俳諧でぼろ儲け

浮世奉行と三悪人

田中啓文

集英社文庫

本書は「ｗｅｂ集英社文庫」で二〇一七年九月から十二月まで連載された作品に、
書き下ろしの「あの子はだあれの巻」を加えたオリジナル文庫です。

目次

本文デザイン／木村典子（Balcony）
本文イラスト／林　幸

俳諧でぼろ儲け

浮世奉行と三悪人

抜け雀の巻

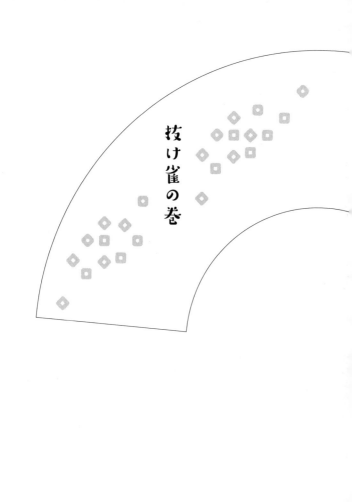

一

波は高く、荒かった。白い靄《もや》が立ち込めるなかを船は進んでいた。

「紺八《こんぱち》どん、これからどないなるのやろ」

船べりに取りすがった楫取《かじとり》の七助《しちすけ》が情けない声をあげた。全身ずぶ濡《ぬ》れで、髭《ひげ》や髷《まげ》からも塩水が垂れている。

「わからん……」

この船の一切を仕切っている船頭の紺八は、ため息まじりにそう言った。

「わしにはまだ、なにがなんやらさっぱりじゃ。船頭務めて三十年になるが、こんなことははじめてやさかいどないしたらええかわからん」

「そやなあ、悪い夢を見とるような心地やわ」

舳《へさき》に当たって砕けた波が、轟音《ごうおん》とともに雨のように甲板に降り注ぐ。七助は吐き捨てるように、

「あんな連中の言いなりにならなあかんやなんて悔しいが……多勢に無勢でどうにもならん。差しで勝負できたら、どたまかち割ったる！」

「しっ。あいつらに聞こえるぞ。福松《ふくまつ》がどうなったか忘れたか」

紺八がにらむと、七助は口を押さえた。

「とにかくあいつらの狙いがわからんうちは、下手に逆らわんほうがええ」

「へえ。――はじめは海賊かと思たけど、こっちの積み荷が欲しいわけでもなさそうやし、船を乗っ取るつもりでもないみたいだすな」

「とにかく、このことを旦那にお報《しら》せでけんのが口惜しいわい」

そのとき、千石船《せんごくぶね》は大きく揺れた。あやうく海に投げ出されそうになった七助がようよう立ち上がると、

「おい、七助、見てみい」

舳に立った紺八は馬手《めて》をかざした。

「あいつらの船が離れていくぞ」

「ほ、ほんまや。鉤縄《かぎなわ》も外れとる。見張りもおらん。紺八どん、こらどういうこっちゃ」

「わしが知るかい！　けど、これで船が動かせる。皆に伝えてくれ」

「なんや気味悪うおまんな」

「気にするな。船操るのがわしらの役目や」

「どないしまんねん。江戸へ向かいますのか」

「いや……いっぺん大坂へ戻ろ。今度のことはどう考えてもおかしい。福松は大怪我《おおけが》させられたし、旦那からお上《かみ》に申し上げてもらわなあかんやろ」

「承知しました。船を戻します」

水夫たちに指図をしようとした七助に、

「ちょっと待て。あれはなんや」

「へ……？」

紺八が靄のなかの一点を指差した。はじめは染みのようだったものがみるみる大きくなり、靄のなかに一隻《せき》の黒い船が巨大な亡霊のように浮かび上がった。

「ひえっ」

七助はぺたんと尻餅をつき、

「う、う、海坊主や。食われてしまうで」

「ちがう。しっかりせえ。あれは船や」

「えっ？　どこの船や」

「あれは……公儀船や」

紺八の言を裏付けるように、その船の帆には葵《あおい》の紋がはっきりと見て取れた。

◇

大坂は高麗橋筋《こうらいばしすじ》と今橋筋《いまばしすじ》のあいだにある「浮世小路《うきよしょうじ》」には、浮世が凝縮したような商売が並んでいる。そのなかでも一番朝早くから開いているのは風呂屋である。仕事まえの朝風呂を楽しみにしている連中が六つ半（午前七時頃）にはもう押しかけてくるから、暗いうちから湯を焚《た》きつけねばならぬ。

「おはようさん」

「おはようさん。今日はいつもより早いんちがうか」

「今から母屋の用事で池田《いけだ》まで走らなならん。そのまえにひとっ風呂と思てな」

「ご苦労なこっちゃ」

「風呂銭ここに置くで」

「おおきに」

続いて質屋、煙草《たばこ》屋、飛脚《ひきゃく》問屋、小間物屋などが暖簾《のれん》をかけ、丁稚《でっち》が水を撒《ま》きはじめる。やがて餅屋、うどん屋、一膳飯屋などからよい匂いが流れだす。

そういった昼の商売が一段落するころ、それまで眠っていたかのように静かだった一角がにわかに活気づく。浄瑠璃《じょうるり》や三味線、踊りなどの稽古屋、安酒をたらふく飲める居酒屋、的に当たると景品がもらえる楊弓《ようきゅう》屋といった商売が店を開け、同時に出会い宿や妾宅《しょうたく》にもひとが出入りしはじめる。

　雀丸《すずめまる》は、「竹光屋《たけみつや》」という文字が染め抜かれた暖簾から顔を出し、夕陽《ゆうひ》が西横堀《にしよこぼり》の水面《みなも》を赤く照らしているのをぼんやりと眺めた。口を半分開き、水の流れを見つめているそのぽかんとした顔つきは、まるでなんにも考えていないかのようだが……そう、なにも考えていないのだ。一日に幾度となく、雀丸は頭をからっぽにし、川や往来や花や木や鳥や虫をぼけーっと見る。そうすることで心のなかが清浄になるような気がするらしい。

　ちゅんちゅん、ちゅちゅん……と十羽ほどの雀が屋根から地面に降り、なにかをついばんでいる。このあたりは堂島《どうじま》の蔵屋敷に近いため、雀が多いのだ。

「そろそろ仕舞おか」

　ふとわれに返り、暖簾を外す。歳《とし》はまだ二十四歳。印半纏《しるしばんてん》に腹掛け、股引《ももひき》という身なりで、かつては藤堂丸之助《とうどうまるのすけ》という大坂弓矢奉行付き与力《よりき》だったとは思えぬほど町人姿が板についている。どこからも「侍の臭い」がしないのだ。近所のものも、彼のことを「雀《じゃく》さん」と仇名《あだな》で呼ぶぐらいだ。

　色白で、目も眉も細く、鼻筋もすっきりとして、唇も小さい。まるで豆腐のようにあっさりした顔立ちだ。腕も細く、身体《からだ》つきもひょろりとしており、父親から直心影《じきしんかげ》流剣術をはじめ弓術、棒術、槍術《そうじゅつ》などを叩《たた》き込まれたとはとうてい見えぬ。もっとも試合

に勝ったことはほとんどない。二、三合《ごう》も撃ち合うと、

「参りました」

と木剣を下げてしまうのだ。「勝つのが嫌」だかららしい。相手の腕を見きわめたから、とか、自分のほうが強いとわかったから勝敗はつけなくてもいい、とかいった理由ではなく、純粋に「勝負をする意味がわからない」のだと言う。「相手が憎いわけでもないのに、どうして争わなければならないのか」わからないのだ。

「ふわあ……」

おおきなあくびをすると、家に入った。土間はやたらと広く、茣蓙《ござ》のうえに大小さまざまな竹が並べてある。その横には、鉈《なた》や鋸《のこぎり》、鉋《かんな》、鑢《やすり》、錐《きり》、膠鍋《にかわなべ》、砥石《といし》……といった大工道具の類が乱雑に置かれている。竹は三方の壁にも、荒縄で縛られてたくさん立てかけてある。

「今日はもう上がりかや」

奥から、しゃがれた太い声がした。柿色の頭巾をちょんと頭に載せた太った老婆が立っている。背が低いのでよけいに肥えて見えるのだ。きちんと羽織を着て、武家の隠居といった風情《ふぜい》である。顔も身体なみに大きく、皺《しわ》くちゃである。吊《つ》り上がった眉毛とぎょろりとした目、赤ら顔のせいで怒っているように思えるが、じつはいつもこういう顔なのだ。平家蟹《へいけがに》という蟹の甲羅には、鬼のような文様が浮き出ているが、それにそっく

りなのである。名前が「加似江《かにえ》」なので、近所では「竹光屋の蟹のご隠居」などと陰で呼ばれているらしいが、もちろん面と向かって言うものはいない。

「今夜の菜《さい》はなんぞ」

三度の飯だけが楽しみだという加似江が厳しい顔で言った。

「骨抜きドジョウの良いものが安かったので、ささがきゴボウを敷いて卵とじにしようと思っております」

「ほう、それはよいのう。酒が進みそうじゃ。腹が減っておる。さっそく拵《こしら》えてくれ」

「かしこまりました」

雀丸は仕事着を脱ぐとさっぱりした浴衣《ゆかた》に着替え、たすきを掛けて、慣れた手つきで夕食を作った。土鍋にささがきゴボウを敷き、開いた骨抜きドジョウを並べると、出汁《だし》に醤油《しょうゆ》、酒、みりんなどで味付けをして煮込み、卵でとじる。いわゆる柳川《やながわ》鍋である。あとはネギとワカメの味噌汁《みそしる》と大根の漬け物を出せばよい。

「よい匂いがしてきたわい。山椒《さんしょう》はあるかや」

「はい。たっぷりと……」

ぐつぐつと煮えた小さな土鍋を雀丸は土間につながる板の間に運び、加似江のまえに置いた。

「うほほほ……美味《うま》そうじゃ」

加似江は相好を崩した。

両親を亡くした雀丸は、祖母であるこの加似江とふたり暮らしである。生業《なりわい》は、暖簾にもあるとおり「竹光屋」だ。徳川《とくがわ》の世が二百五十年も続くと、泰平に慣れた武士たちのなかには「武士の魂」である刀を売って金に換えるものも現れた。彼らが本身《ほんみ》の刀の代わりに求めたのが竹で拵えた竹光だが、できるだけ所持していた刀とそっくりのもののほうがバレにくい。天賦の才というか、鋼《はがね》でできた刀と見紛《みまが》う出来映えの竹光を自在に作ることができた雀丸は、城勤めを辞め、武士を捨て、「藤堂丸之助」というたいそうな名の代わりに竹に縁《ゆかり》のある「雀丸」と名乗りを変え、今では竹光屋として大坂の片隅で地味にひっそりと暮らしている……はずだった。そんな雀丸につい先日、大きな転機が訪れたのだが……。

「こらあ、待たんかい！　勝手なことさらすな！」

表のほうで、男の怒鳴り声が聞こえた。

「ほっといて！　あんたにやましいところがあるさかい、そない言うんやろ。なにもないんやったらなんで怒るんや」

今度は女の甲高い声だ。

「やかましいわい！　横町《よこまち》奉行になんぞ持ちこんだら外聞が悪いっちゅうとんのじゃ！」

「あんたに外聞なんかあったんか。初耳やな。そんなもんあるんやったらわてに見せてほしいわ。汚れたきちゃないふんどし一丁でそのへん歩いとるくせに、なにが外聞じゃ。このゆるふん親父！」

「おまえがちゃんと洗わんからやろ！」

「おとんもおかんももうやめて。ぼくが恥ずかしいさかい……」

今度は男の子の声だ。

「辰《たつ》コ、おまえは黙っとれ」

「そやかて……」

「すんまへーん、横町奉行さんのお宅はここだすやろか！」

「こら、おまさ、待てゆうとんねん。まえの横町奉行は立派なお方やったが、今度のはあの雀さんやで」

「雀さんでもかまへんやないの」

「おまえは知らんのか。雀さんのこと、近所のものはなんて言うとるか……。ぼーっとして毎日川見たり、空見たりしてるさかいあれは抜け作鳥や、抜け作の雀さんや、て言うとるんや」

「抜け作でも田吾作《たごさく》でもかまへん。わては雀さんに訴える」

「こらあ、おまえみたいに口で言うてもわからんやつはこうじゃ！」

「痛い痛い！　髪ひっぱらんといて！　痛い痛い痛いて！　あんたが無法するんやった

らわても……」

「痛い痛い痛い痛い痛い痛い痛いっ！　こらあ、なにをすんねん。顔を引っ掻《か》くやつがあるか。男の面《つら》は金看板やぞ」

「なにが金看板や。ぶっ細工な看板やな。泥看板か」

加似江が苦い顔をして、

「公事《くじ》ごとやったら断りなされ。明日にしてもらうのじゃ」

「どうしてです」

「柳川鍋がぬるうなる」

「それはそうですが……」

ふたりが話しているあいだも、表の怒鳴り声はますます大きくなり、ぎゃーぎゃーわーわーと猫の喧嘩《けんか》のようになっている。そこにこどもの声で、

「なあ、ほんまにやめて。おとんもおかんも……ご近所迷惑やろ」

「辰ちゃん、あんたはそんないらん気ぃ遣わんでもええ。おかあちゃんに任しとき。

——よろしいか、開けまっせ」

入り口の引き戸が開いて、入ってきたのは職人風の男とその妻らしき女、そして、八歳ぐらいの男の子だった。男の顔を見て、雀丸は言った。

「あれ？　貞飯《さだめし》さんやないですか」

「あははは……雀さん、久しぶりやな」

長谷川《はせがわ》貞飯は、上方絵《かみがたえ》再興の祖として名高い浮世絵師長谷川貞信《さだのぶ》の弟子のひとりであるが、無精《ぶしょう》髭を生やし、ぼろぼろの十徳《じっとく》を着たその姿は、とても絵師とは見えぬ。貞飯の師である貞信は役者絵を得意としているが、美人画、芝居絵、風景画、名所絵……となんでも巧みに描く。しかし、貞飯は風景画しか描けぬ。人物を描くと化け物のようになってしまうのだ。しかも、唯一の特技である風景画も、見たとおりにしか描けない。北斎《ほくさい》や広重《ひろしげ》のように洒落《しゃれ》た表現や気の利いた題材の切り取り方はせず、まるで絵図面のようだ……というので、あまり仕事はないらしい。ただし、手先は器用で、屛風《びょうぶ》の張り替えや絵の表装、箱作りなどをやらせたら表具師や細工師そこのけの腕だそうで、からくりを考案するのも上手《うま》く、要久寺《ようきゅうじ》の住職と気が合いそうな人物だが……肝心の絵がダメなのである。

「なにか私にご用事ですか」

「いや、その……用というほどのこともないのやが……」

「なに言うてんの。用があるさかい来たんだす！」

「わしが今、雀さんにもの言うとんのじゃ。おまえは黙ってえ」

「なんやて、あんたこそ黙ってなはれ、この土瓶！」

住まいは浮世小路の二筋南、四軒町《しけんまち》の長屋だ。家が近いので、雀丸はこの夫婦や一人息子の辰吉《たつきち》とも面識があり、毎日のように朝から晩まで夫婦喧嘩をしているということも心得てはいたが、路上でこうまで派手に繰り広げるとは思っていなかった。

「すいませんが、なかに入って、そこをぴしゃっと閉めてください。声が世間に丸聞こえになりますから」

「うわあ、面目ない」

貞飯は頭を搔いたが、女房のまさが、

「このひとが悪いんだっせ。理屈で負けるさかいすぐにでかい声出して、それでも足らなんだら髪の毛引っ張りますねん」

「な、なんやと、こら！　おまえもわしの顔搔きむしるやないかい！」

「あんたが先に手ぇ出したんや」

「おまえがわしの言うこときかんと、横町奉行に訴えるとか抜かすさかいや」

「なにが悪いのん？　横町奉行やったらわての言い分、ちゃあんと聞いてくれはるわ」

「おまえの言い分なんぞ聞いてもしゃあない。——雀さん、こんなアホの言うこと、まともに取り合《お》うたらあかんで」

「だれがアホやねん、このひょっとこ！」

「じゃかましい、このおかめ！」

「狛犬《こまいぬ》！」

「どたふく！」

「ごきぶり！」

「ばった！」

もうめちゃくちゃである。雀丸はふたりのあいだに割って入ると、厳しい顔つきで、

「おやめなさい。お子さんのまえでみっともないですよ」

「す、すまん、雀さん。このガキが……」

「ちがう、このひとが……」

すぐにまたはじまりそうになったので、

「わかりました。横町奉行としての私に訴えごとがあるのですね。まあ、そこにお座りください」

そう言って座布団をすすめた。ふたりは雀丸のまえに座り、男の子はかれらの後ろにちょこんと座った。利発そうな子だが、着物は粗末なものだった。

「はい……お聞きしましょう」

「いや、雀さん、わしはあんたの手を煩わすようなことやない、と思たんやが、おまさが聞き分けがないもんでしゃあなしに来たんや。うちの恥を世間に晒《さら》すこっちゃさかい、わしは気が進まんのやけどな……」

「なに言うてんねん。ええかっこして、うちの恥やなんて……あんたの恥やないの！」

「わしがいつ恥さらしなことしたんや。わしは潔白や。指先ほども悪いことした覚えはない」

「嘘《うそ》ばっかり言うて、この千三《せんみつ》亭主！」

「まあまあ……おふたりとも落ち着いて……」

そう言わなしょうがない。

「私は横町奉行としてお聞きするのですから、今からこの場では喧嘩口論などは一切行わないようにしてください。でないと、訴えを承ることはできません。いいですね」

ふたりはうなずいた。

横町奉行は、「奉行」と名前がついているが町奉行や寺社奉行、鉄砲奉行、弓奉行などのような公の務めではない。大坂の町奉行所に所属する与力・同心は東西合わせても百六十人しかおらず、その人数で大坂全域と摂津《せっつ》、河内《かわち》、和泉《いずみ》、播磨《はりま》の四カ国における司法・行政・警察を一手に引き受けていたのだから、当然、なんやかやと業務に滞りが生じる。なかでも「公事ごと」つまり町人からの訴えごとについては、「公事三年」という言葉があるとおり、町奉行所に訴え出たとしても何年も待たされる。イラチな大坂人には耐え難いことである。

公事の裁きは毎日行われるわけではなく、「御用日」はひと月に何回と決まっているので、田舎《いなか》からそのために出てきた百姓たちは自分の番が回ってくるまで「用達《ようたし》」という御用宿にずっと連泊していなければならない。しかも、その順番はいつ回ってくるかわからないのだ。宿泊費もかかるし、仲介役の「公事師」という連中のいいカモにされることもある。

そんな百姓・町人の事情など、町奉行所の諸役人にとってはどうでもよいことだ。知らぬ顔を決め込み、先例どおり、ゆっくりゆっくり処理していけばよい。それで先祖代々の禄《ろく》をもらえるのだ。

商いのうえの揉《も》めごとは即断・即決が要求される。町奉行の裁きを呑気《のんき》に待っていられない。大坂の町のものがそういうときに公事ごとを持ち込んだのが「横町奉行」である。横町奉行は、大坂の商人たちによって作られた役目であり、お上とはなんの関係もない。ある書物には「商売の道に明るいのはもちろん、諸学問にも造詣が深く、人情の機微によく通じ、利害に動じることのない徳望のある老人が、乞われてこの地位に就いた」とあるように、横町奉行は訴えの当事者双方の話を聞いたうえでただちに裁きをくだす。その裁断が不服でも文句を言うことは許されなかった。それを承知で横町奉行のところに持ち込むのだ。そして、代々の横町奉行の裁きには、勝者も敗者も納得させるだけの力があったという。

そんな横町奉行に、こともあろうに若造で世間知らずで商いの道にも疎く貫禄も経験も乏しい雀丸が就任することになったのだ。なってしまったのだ。前任者の松本屋甲右衛《まつもとやこうえ》門《もん》にうまくだまされた……というのが本当のところだが、甲右衛門は雀丸ならかならず横町奉行の重責を果たせるにちがいない、と彼のひととなりを見込んだのである。大坂を、そして日本をめぐる状況は大きく変化しようとしている。島原《しまばら》の乱以来の大乱である大塩《おおしお》の乱が勃発し、ロシア、イギリス、アメリカ、フランス……といった諸外国の船が頻々と現れ、この国を二百五十年におよぶ長い泰平の眠りから揺り起こそうとしているのだ。そんな時代には、横町奉行も年寄りの隠居では間に合わぬ。身体が達者で、頭脳明晰《めいせき》な若者のほうがふさわしい。甲右衛門はそう考えたのである。

そんなこんなで、甲右衛門に丸め込まれた雀丸は、竹光屋を営むかたわら、新任横町奉行として大坂の庶民の公事ごとを解決することになった。浮世小路に住まっているため、世間のものは「浮世奉行」とあだ名しているらしい。雀丸には、甲右衛門から引き継いだ、彼の手足となって働いてくれる「三すくみ」という心強い補佐役がいるのだが、年齢ゆえか人生経験ゆえか、補佐役たちが雀丸を若干軽んじているような気配ではある。

その話はまたのちほど。

「では、うかがいましょう。訴えの主はおまささんのようですから、おまささんからお話ししてください」

「えっ、こいつが？　雀さん、それはあかん。こらあ、おまさ、おまえは……」

貞飯は言いかけたが雀丸ににらまれて口を閉ざした。反対にまさはにたりと笑う。雀丸は少しでも貫禄を示そうとしてぬるくなった茶を口に運ぶと、まさに向き直った。まさはぐーっと身を乗り出し、雀丸に顔を近づけると、

「うちのひと、浮気してますねん」

雀丸は飲みかけた茶をぶーっ！　と噴き出した。まさにかけるわけにはいかないので、かろうじて少しそらせたが、その結果、茶はすべて加似江の顔面にかかってしまった。加似江は眉毛ひと筋動かすことなく、むっつりと茶を手拭いでぬぐい、雀丸を無言でひとにらみした。あとで覚えておけよ、という意味のようだ。

「ほんまだっせ。証拠もおますねん。この亭主、絵描きとしてわてらを養う甲斐性《かいしょ》もないくせに、一人前なことをさらすやなんて、どう思いなはる？　わてはこのひとが絵でお金をよう稼げんさかい、洗い張りやら縫いもんやら近所の子守りやら……朝から晩までずっと働きづめに働いてますねん。そのお金であんな女と浮気するやなんて……く、く、くくくやしいーっ！　きーっ！」

雀丸は手のひらでまさの口をふさぐと、加似江に目配せした。加似江は立ち上がり、

「ぼん、おばあと一緒に向こうで遊んでよか」

男の子もほっとした様子で、

「うん……」

ふたりは台所のほうへ行った。雀丸はまさと貞飯に向き直り、

「こどもに聞かせるような話やないですね。少しは慎んでください」

ふたりは一瞬しゅんとしたが、それは一瞬だけのことだった。

「ほら、みてみい。雀さんの言うとおりや。辰コのまえでなんちゅうことを言うねん」

「なんやて？　辰ちゃんのまえで言うたのはわてが悪かったかもしれんけど、あんたには言われたあないわ！」

雀丸はきつい口調で、

「喧嘩口論はしない約束でしょう！」

謝るふたりに雀丸はため息をつき、

「すみませんが、もうすこしさくさく話を進めてください。お願いします」

そう言って、かたわらに置かれた柳川鍋をちらと見た。

「ほな、手短に話させてもらいまっさ。——うちのひと、近頃、様子が変やなあ、と思てましたんや」

「ほう……それはどうして」

「夕方になったらそわそわしはじめて、晩ごはんもそこそこに、『ちょっと出てくるわ』ゆうて出かけますねん。遅うにほろ酔い加減で帰ってきて、そのままええ機嫌で寝てしまいます。そういうことがしょっちゅうおますのや。どこへ行ってたん、てきいてもええかげんなことしか言わへんし、だいたい銭もないのにお酒飲んでくるなんておか

るのや」

「せやから言うたやろが。わしの名所絵を贔屓《ひいき》にしてくれる旦那がおごってくれはしおまっしゃろ？」

「嘘つきなはれ！　あんたの絵を贔屓にするような物好きがどこにおるんや！」

「馬鹿にすな！　わしの絵かて、わかるひとにはわかるのや。現に、近頃、その旦那からいろいろ注文が来とるさかい、けっこう忙しゅうしてるやろ。それを、先方へ納めにいくついでに、ちょっと飲ませてもろとるだけや」

「あんた、わてを甘《あも》う見てもろたら困るで」

「な、なんやと……」

「様子があんまりおかしいさかい、昨日いっぺん、あとをつけたったんや」

「えーっ！　ほ、ほんまかいな！」

「ほら見てみ。やましいところがないのやったらそないに驚かんでもええはずや」

「まるで気づかんかったから驚いただけや。マジでそんなことしたんか」

「あんた、大川端の茶店へ入っていったやろ」

「う……」

「どこの贔屓の旦那が茶店で絵の受け渡しするんや？　なあ、教えてんか」

「………」

「わて、松の木の陰でずーっと見てたら、かなり長いことあんた茶啜《すす》ってたなあ。あんなに茶ばっかりお代わりして、おなかだぼだぼなんとちがうやろか、おしっこは行かんでええんやろか、て思てたら、どこぞの妾《てかけ》みたいな、化粧の濃い女が来て、あんたの隣に座ったわなあ」

「あ、あ、あれはやなあ……」

「女が『遅うなってすんまへん、こちのひと』……て言うたわなあ」

「つ、つ、つまりやなあ……」

「ほたら、あんた、えらそうに、『いや、わしも今来たばかりや。ほな行こか』……ゆうて立ち上がったわなあ」

「そ、そ、そうやったかなあ……」

「ほんで、でれでれした顔で東横堀《ひがしよこぼり》のほうへ歩いていったわなあ。わても見え隠れについていったんやけど、高麗橋のたもとに舟が泊めてあって、あんた、その女と舟に乗ったわなあ。これはいかんと思て、わて、急いで降りていったんやけど、船頭がわての顔を見て、すぐに舟を出しよったさかいそのあとのことはわからん。あんた、あの女とふたりで舟のなかでなにしてはったん?」

「え、え、えーと……」

　貞飯の顔からは汗が噴き出している。

「帰ってきたのは夜中やったわなあ。お酒の匂いぷんぷんさせて……」

　雀丸は、

（これはすぐに決着がつくな）

と思った。まさの言い分が正しいなら、非はすべて貞飯にあるのだから。しかし、風向きが変わった。貞飯は顔を上げ、

「よっしゃ、わかった。おまえがそこまで知っとるんやったら、ほんまのことを言うてしまおか」

「浮気の相手のことか」

「ちがう。浮気なんかしとらん」

「まだ言うんか！」

「ほんまや。わしは、さる旦那の注文でいろんな絵を描いとったんや。わしを名指しでな、ぜひあんたに仕事を頼みたい……て言うてくれはった。仕事もほとんどないし、ありがたい話やろ。ただし、その旦那とはいっぺんも会《お》うたことはないねん。旦那は、事情があってあまりひとまえには出られへんらしい」

「なんでやの。顔がめちゃくちゃ不細工やとか」

「ちがうやろ」

「お日さんに当たったら解けるとか」

「雪やないねんから。――わしの考えではたぶん、びっくりするぐらい身分の高いお方やないかと思うねん」

「公方《くぼう》さまとかお天子さまとか」

「アホ。そこまでいくかい。けど、それに次ぐぐらいのご身分の方とちゃうか」

もしくは逆に、世間に出ると命を狙われたり、捕縛される可能性のある人物、ということもありうる、と雀丸は思った。

「つぎはこれを描け、あれを描け、と旦那の注文をわしに告げにくるのが、おまえが見た女や。できあがった絵もあの女に渡す。茶店で待ち合わせして、舟のなかで受け渡しをして、そこから天満《てんま》の料理屋でごちそうになる、ゆうのがいつものだんどりやねん。相手が注文主やさかい、飲ませたる、ゆうのを断るわけにいかんやろ。最初に仕事を引き受けるときに、このことはだれにもしゃべったらあかん、と固く釘《くぎ》を刺されたんやが、おまえがあんまりわしを疑うもんやからとうとう言うてしもた。ええか、おまさ。今わしが言うた話はほかでは言うなよ。雀さんも頼むわ」

「わかりました」

雀丸は言った。

「まだまだぎょうさん描かなあかん場所があるみたいやねん。それに近頃、もっと早く描け、ゆうて納期をやかましゅう言うてくるのがかなわん。なんや売れっ子になったみたいな気になるなあ。——これでわかったやろ。わしは浮気なんかしとらんのや。ただ、絵の仕事をしとっただけや」

「なんや、そやったんか。それを聞いて安心したわ。わての早とちりやった。あんた、堪忍しとう。ほんまにすんまへん……て言うとでも思たか、この極道！」

「えっ？」

「あのな、よう考えてみ。だれにも人気のないあんたの名所絵なんぞ、どこのだれが銭出して買うのや。そないにすぐにバレる嘘ついてどないするねん。だいたいその旦那はどこであんたの名前を知ったんや。近頃、浮世絵なんか一枚も描いてないやろ。はんこ屋行ったかて、あんたの絵なんか置いてるかいな！」

浮世絵は、下絵を描く「絵師」、版木を彫る「彫り師」、色摺《いろず》りをする「摺り師」によって作られる。工房のようなものがあって共同作業をしているわけではなく、それぞれが長屋などの自宅でひとりで作業をし、出来上がったらつぎの工程に回すのだ。江戸における「絵草紙屋《えぞうしや》」は大坂では「はんこ屋」といい、各種の浮世絵や絵草紙などを売っていた。

「そ、それは……こないだ出た地誌の挿絵が気に入ったとか言うてたらしいけど……」

「地誌の挿絵て墨一色の地図みたいなもんやろ。そんなもん気に入るわけがない」

「そんなんわしは知らんがな」

「その旦那は、あんたにいろいろ矢継ぎ早に絵を描かせて、それをどないするつもりやの？　彫ったり摺ったりして浮世絵として売り出すんか？　そやないやろ。それとも、家に飾って眺めるんか、あのしょうもない絵を？」

「まあ……そうかもわからん」

「あるかいな。あのしょうもない絵やで」

「なんべんもしょうもない言うな！」

「しょうもないからしょうもないて言うてるんや。しょうもない絵をしょうもないて言わんかったらなんて言う？　しょうもない絵はしょうもないて言うしかないんや」

「おまえ、かりにも亭主が仕事で描いてる絵をしょうもないて……それは言いすぎやぞ」

「ふん！　嘘がバレそうになったら亭主風吹かせて言い抜けようとするやろ。――雀丸さん聞いとくなはれ。わての考えではこのひと、あの女とねんごろになったんでわてと辰ちゃんを捨てる気ですわ。わてをごまかすために、絵を注文されたとか言うてるだけや。このひと、アホやさかい、そないに知恵は回らん。たぶんあの女が知恵つけたにちがいおまへん」

「わしの話を聞いてなかったんかいな。せやからあの女は旦那との橋渡し……」

「橋渡しが、なんで『こちのひと』てなことを言うんや！」

「そそそそれはな、それはな、旦那の指図で、夫婦《めおと》のように見せかけてくれ、て言われたさかい……」

「そんな話、信じるとでも思うたか！　『旦那』なんかおらんのやろ？　ほれ、ありていに白状しなはれ」

「吟味みたいに言うな。おるわい」

「ほたら、その旦那、なんちゅう名前やのん」

「えーと……それは……」

「ほら、言われへん。やっぱりおらへんねん」

「ちがう。旦那の名前は……言うたらあかんことになっとんねん」

「嘘やー。はい、嘘バレましたー」

「よっしゃわかった。約束を破るのは心苦しいけど、おまえがそこまでわしを信用せんのやったら旦那の名前を言うわ」

「ふんふん」

「けどなあ……やっぱりなあ……」

「どっちやのん！」

「どないしよかなあ……」

「はよ言いなはれ、じれったいなあ！」

「やっぱり言えん。こればっかりはあかんわ。固く約束させられとるよって……」

　まさはさめざめと泣き出し、

「あああ、わが亭主ながら情けない。浮気なら浮気て男らしゅう認めたらええのに、おりもせん旦那のありもせん仕事……そんな言い訳が通ると思てるとは。あんたの着物からなにからみーんなわてが内職したお金で買《こ》うたもんや。それに毎日、始末のうえにも始末して暮らしてるのに、どこの馬の骨かわからん女に貢ぐやなんて……ああ、悔しい！」

「ちがうて言うてるやろ。おまえの思い違いや。これやから女というのは……」

「ほら！　ほら！　ほら見なはれ！　都合悪なったらじきに『女というのは……』て言い出しまっしゃろ！　はっ！　これやから男というのは……」

　まさの声があまりに大きいので、雀丸はだんだん耳が痛くなってきた。

「わかりました。つまり、あなたがたは浮気をした、していない……という夫婦の揉めごとでうちに来られたんですね」

「そうですねん。わての言うことが合うてまっしゃろ」

「なに言うとんねん。わしのほうが正しいわい。なあ、雀さん」

「あんたが正しいわけないやろ。なあ、雀さん」

「わしや！」

「わてや！」

　雀丸はいきなり両手を左右に伸ばしてふたりの口をふさぐと、

「横町奉行はお上がなかなか裁いてくれない公事ごとを裁くのが本来の務めです。夫婦喧嘩を持ち込まれても往生します。帰っていただけますか」

　まさが、

「それは殺生やわ、雀さん。横町奉行ゆうのは大坂のもんの困りごとをたちどころに片づけるのやなかったんか。うちのひとが浮気をしてるのはわてがこの目で見たのやから間違いない。あの泥棒猫みたいな女がうちのど甲斐性なしと二度と会わんように、あの女をお仕置きしとくなはれ！」

「おまさ、あの女はそういうひとやないて言うたやろ」

「まだ言うか！」

　まさは貞飯に摑《つか》みかかった。貞飯も、雀丸の手前、格好をつけようと思ったのか、まさの頰をぶった。ぶった、といってもほんの軽く、撫《な》でた、という程度だったが、まさは逆上して貞飯の顔面を搔きむしった。

「ぎゃおっ！」

　貞飯は逃げ出し、まさは追いかける。大工道具をまたぎ、カンテキを飛び越え、薪《まき》を蹴散らし、狭い雀丸の仕事場をぐるぐる回っている。

（まるで安珍《あんちん》・清姫《きよひめ》だな……）

と雀丸は思ったが、どうにもならないので放っておいた。そのうちに壁に立てかけてあった竹の束が振動で倒れ、貞飯がそれにつまずいたので、まさに追いつかれてしまった。まさは手を貞飯の両脇に突っ込むと身体を高々と持ち上げた。たいへんな怪力である。

「こ、こら、なにをするねん。おろせ！　おろさんかい！」

貞飯は足をじたばたさせたが、まさは聞く耳を持たず、

「でやあーっ！」

と投げた。貞飯の身体は宙を飛び……柳川鍋のうえに落ちた。

「熱《あ》ちーっ！」

貞飯が身体を払ったとき、奥から飛び出してきた加似江が、

「ごらああああああ……っ！」

そう叫びながら、貞飯とまさのまえに立ちはだかり、右手で貞飯の、左手でまさの胸倉を摑んでふたりの頭をごつんとぶつけ合わせた。

「痛あっ！」

ふたりは同時に叫んだ。

「おまえがた、わしが楽しみにしておった柳川を台無しにしおって……許さん！」

またしてもごっつん！　と頭をぶつける。

「痛いっ！　ご隠居さま、すんまへん！」

「わてらが悪うございました！」

「いいや、勘弁ならん。あと百回はぶつけてやる」

「ひゃ、百回！　頭が割れてしまいます」

そのとき、

「おばあ、ごめんなさい」

辰吉が加似江のまえに座り、ぴたりと両手を揃《そろ》えて頭を下げた。

「おとんとおかんを許したげてください。頭を叩くのやったら、ぼくの頭を叩いてください。お願いします」

両目にいっぱい涙が溜《た》まっている。加似江もふたりの首根っこから手を放し、

「ぼん、これはおばあが悪かった。ぼんにとってはどっちも大事な親やからのう。もう叩くのはやめるわい」

「おばあのドジョウ鍋はぼくがそのうちどうにかして償《まど》いますよって……楽しみにしてたのに堪忍してください」

「あっはっはっ……そうかそうか。その気持ちだけもろうておこ。ぼんはそんなこと気にせんでええのじゃ。気を遣わせてすまぬのう」

加似江は貞飯とまさをきっとにらみつけ、

「おまえがた、こどもにこんなことを言わせてどうする。ちいとは改悟して、夫婦喧嘩を慎むがよかろう」

「へへーっ！」

ふたりは加似江のまえで頭を床にこすりつけた。

まさと辰吉は手をつないで先に家を出た。

「ほな、雀さん、また来るわ」

貞飯がそう言ったので、

「もう来んといてください」

「そうけんけん言わんといてえな。わしもいろいろたいへんなんや。一家三人、家賃入れて四人家内を養わなあかん。というて、絵を描くことよりほかはようせん男や。この割りのええ仕事は手放せん。けど、嫁はんはあないしてキーキー角立てよる。さっぱりわやや。どうせまた揉めるやろ。――そのときはまた力貸してんか」

雀丸は首をかしげた。てっきり貞飯は浮気をしていて、それをごまかそうと下手な言い訳を並べたものと思っていたのだ。

「貞飯さん、力を貸してほしいとおっしゃるなら、私にだけ、その旦那の名前をこっそり教えてもらえませんか」

「えーっ、そやなあ……ほかならぬ横町奉行の頼みならば、雀さんだけに言うわ。ほかに言うたらあかんで」

「それはもちろん」

貞飯は雀丸の耳に口をつけ、

「旦那の名前はな……」

「はい」

「地雷屋蟇五郎《じらいやひきごろう》や」

雀丸は仰天した。

◇

地雷屋蟇五郎は、相撲取り並みに肥え太った巨体を豪奢《ごうしゃ》な着物に包み、山海の珍味を肴《さかな》に酒を飲んでいた。珍味といってもそんじょそこらの珍味ではない。コノワタ、唐墨《からすみ》、雲丹《うに》は言うにおよばず、牛肉の味噌漬け、雛鳥《ひなどり》のつけ焼き、カツオの刺身、海老《えび》の真薯《しんじょ》、アワビの残酷焼き……といった凝った料理、カステイラ、チイズなどの西洋料理など、ちょっとやそっとの金では入手できぬものばかりをずらりと並べ、それらを箸でちびちびつまみながら盃《さかずき》を口に運ぶ。酒も摂津の銘酒「八福《はちふく》」で、大名家にしか売らぬというのを金にものを言わせて強引に手に入れたのだ。食器も盃も箸も金製で、行燈《あんどん》の明かりが反射すると目がちかちかする。

かたわらにはべっているのは、大金で身請けしたキタの新地の美妓《びぎ》、玉《たま》である。妾にしたわけではなく、酌をさせるためだけに落籍《ひか》したのだ。

「ああ、愉快愉快。この世をば我が世とぞ思うなんとかのなんとかかんとか……という歌があったが、まさにその心境やわい」

顎にまでたっぷりと肉がついたその顔は、目と目が離れ、口が大きく、唇が薄いので、蟇蛙《ひきがえる》に似ていなくもない。いや……そっくりと言っていいだろう。

ここは、北浜《きたはま》の大川沿いにある地雷屋蟇五郎の屋敷の離れである。贅《ぜい》を尽くして作られ、天井には蒔絵《まきえ》がほどこされ、欄間《らんま》には精緻《せいち》を極めた透かし彫りがなされ、床柱や長押《なげし》には悪趣味にも金箔《きんぱく》が巻かれている。敷地の広さといい、母屋の威容といい、使用人が住む長屋の多さといい、蔵の数といい、ちょっとした大名屋敷ほどもある。鴻池《こうのいけ》、飯《めし》、住友《すみとも》……といった大豪商には数歩譲るものの、

「地雷屋の門をくぐったら母屋に着くまでに三日かかるから、握り飯を持っていけ」

という軽口が流行《はや》ったぐらいである。

地雷屋は廻船《かいせん》問屋で、四百石から千石積みの樽《たる》廻船を多数所有し、株仲間の肝煎《きもい》りも務めている。米、酒、醤油、酢、油、木綿……などを積んで江戸とのあいだを行き来するその船足は大坂随一とも称され、多くの商人《あきんど》がこぞって利用した。ぼろ儲《もう》けに次ぐぼろ儲けで、地雷屋は巨万の富を得た。儲けた金は惜しげもなく日々の贅沢につぎ込む。

「死んで仏さまのまえに並んだら公方さまも貧乏人もみな同じや。金は生きているうちに使うもんや」

つねづね蕃五郎はそう言っていた。

「金の箸、金の皿、金の柱……太閤《たいこう》さんやあるまいし、たちの悪い趣味やというのはわかっとる。けど、こんな馬鹿げた暮らしができるのも今なりゃこそや。ひと昔まえなら淀屋《よどや》のように取り潰されていたやろし、この先もどうなるかわからん。こういうことはなにもかも一炊《いっすい》の夢なんや」

淀屋は、淀屋橋という橋を架ける資金をひとりですべて出したほどの豪商で、五代目淀屋辰五郎《たつごろう》は天井をギヤマン張りにして金魚を泳がせるなどの贅沢にふけったが、そのおごりが町人の分をわきまえぬものとして公儀の怒りを買い、ついには闕所《けっしょ》・所払いになった。今から百四十年ほどまえの、公儀にも力があったころの話だ。徳川の屋台骨が傾き出した昨今、ことに商人の力が強い大坂ではとても通らぬ。徳川家も諸大名も、商人の顔色を見なければやっていけないご時世なのだ。

「淀屋はんは五代目が店を潰した、て聞いとります。どんな大商人《おおあきんど》でも三代続かせるのすらむずかしいそうだすなあ」

玉が酒を注《つ》ぎながらそう言った。

「わっはははは。『爪に火を灯《とも》して貯《た》めた親の子が蠟燭《ろうそく》で読む傾城《けいせい》の文』というからな。

初代は貧乏から這《は》い上がろうとして必死で働き、無駄な金は一切使わん。二代目は親の働きぶり、倹約ぶりを見てるさかい、これも始末する。けど、三代目は……というわけや」

「なるほど、そうだすか。——で、旦さんは何代目ですのん」

「わしかいな。わしゃ初代や」

「ええっ？　一代でこれだけの分限《ぶげん》になりはったんだすか。てっきり親の財産を引き継ぎはったのやとばかり……」

「初代も初代。わしはもともと水屋でな……」

　水屋というのは文字通り水を売る商売である。大坂は水が悪く、井戸を掘っても鉄気《かなけ》があったり塩気があったりと、なかなか良い水が出ない。川の水も雨が降ると濁ったり、ゴミの投棄で汚れていたりして、飲用に適さないものが多かった。そこで、きれいな川から水を汲《く》み、桶《おけ》に入れて、おうこ（天秤棒《てんびんぼう》）で担って売り歩く「担ぎの水屋」が重宝されたのだ。長屋の住人は、買った水を土間に置いた水瓶《みずがめ》に移し替えて利用した。

「おまえ、わしの身上《しんしょう》を聞きたいか」

「聞きとおます。わては旦さんに身請けしてもろたのに、旦さんのことなんにも知らんのはあきまへんやろ」

「殊勝やな。ほな、地雷屋蟇五郎の一代記を講釈しよか」

蟇五郎は遠くを見るような目をしたあと、

「わしは両親《ふたおや》を早《はよ》う亡くしたもんで、おばはんに引き取られたんやが、このおばはんがひどいドケチでな、金勘定だけが生きがいの因業ババアやった。居候のわしをタダでこき使《つこ》うだけこき使て、三度の飯もよう食わさんさかい、いつもいつもひもじい思いをしとった。いつか大きいなったら、腹いっぱい飯を食うてみたい……それだけが望みやったなあ」

「まあ……旦さんにそんな時分があったやなんて信じられまへん」

「ほんまの話や。ある日、あんまり腹が減ったんで、おばはんの留守に勝手に一升飯炊いて、漬けもんと味噌汁でバリバリーッと食うてやった。余った飯は握り飯にして竹の皮に包んで腰に下げ、そのまま家を飛び出した。八歳ぐらいやったかなあ」

「そんなこどものころでしたんか」

「そや。その日から宿なしや。どこかに奉公しよかと思たが、まともな店は口入屋《くちいれや》を通さんと相手にしてくれへん。請け人もおらんから、奉公はあきらめて、自分で商売はじめることにしたんや。たいがいの商売には元手がかかるけど、水やったらタダやろ。そや、水屋や！　と思いついたわけや。八歳のガキなりに考えたんやな。毛馬《けま》あたりの野良にだれも使うてない小屋があって、そこに寝泊まりしながら桶とおうこを作るところからはじめた。今から思えば、お百姓が農具をしまっておく小屋やったんやろな。材木やら大工道具も置いてあった。それを使うてトンカチトンカチやってるうちに、なんか水の漏らんもんができた。土手に捨ててあった、腐ったような小舟も修繕して、こどもひとりなら乗れるようにした。その舟で大川の上流で水を汲む。あとは売って歩くだけや。見よう見まねで『水やあ水やあ、ひゃっこい水やあ、飲んだら五臓に染みわたるう』ゆうて売ってみたら、こどもが売りにくるゆうんで、けっこう買うてくれる。売り声が甲高《かんだこ》うてよう通るから好きや、ていう客もおった」

「今のお声からは考えられしまへんな。あ、これは失礼を」

「かまへんかまへん。あんな美声やったのに、いつのまにかこんな蟇蛙みたいな声になってしもた」

「その水売りがうまいこと当たりましたんか」

「それがやな、わし、棒手振《ぼてふ》りに鑑札がいるやなんてことまるで知らなんだ。水売るだけならええのやが、水船を出すにはお上に届け出なあかんのや。ある日、機嫌よう舟出して水汲んどったら、ほかの水船のおっさんにぼこぼこに殴られてな……」

「まあ、怖い」

「このガキ、だれの許しを受けて水汲んどんねん、て言われて……だれの許しも受けてまへん、食うために水売ってますねん、て正直に話したら、その親方もええおひとでな、わしの身の上を不憫《ふびん》がって、家に住まわせてくれて、水売りもさせてくれた。まあ、わしの売り声を気に入ってくれたみたいやったなあ」

「よろしゅおましたなあ」

「わし、親がおらんさかい、その親方をほんまの親みたいに思て尽くしたのや。そのうちに、親方が流行病《はやりやまい》でころっと亡くなってな、わしが鑑札も水船も親方の家もすっくり受け継ぐことになったんやが、そのときわしがぴーんとひらめいたのは、その小船を使うていろんなものを運んだらどやろ、ゆうこっちゃ。三十石に菱垣《ひがき》廻船、樽廻船……ものを運ぶ船はぎょうさんあるが、ちょっとしたものをちょっとしたところにちゃっちゃっと運ぶ、ゆうような小回りの利く、江戸でいう猪牙《ちょき》みたいな船はこっちには存外なかった。船には『よろずお運びもうしあげます』という旗を揚げた。ちょっとした小遣い銭ぐらいの金で手紙一枚運ぶような仕事も断らず、朝早くでも夜中でも大雨でも大雪でも引き受けたのが良かったんやな。速いし、安いし、船頭はかわいらしいし、……わしの小船の評判はウナギのぼりやった」

「こどもは得ですなあ」

「値段の決まりを守らんかい、ゆうて同業の連中からは文句も出たけど、わしも生計《たつき》がかかっとるからそんなもん知ったこっちゃない。もちろんちゃんと鑑札ももろたで。はじめのうち、町奉行所の役人はなかなか首を縦に振らんかった。こどものくせに船を持つとは生意気な、言うてけんもほろろやったが、こっそり金を摑ませるとコロッと態度が変わってな……。町奉行所というところは、袖の下を摑ませたらなんぼでも言うこときく、ゆうのもそのときわかったのや。そのときのことが頭にあるからやろか、わしはいまだにどうも町奉行所が大嫌いでな」

「…………」

「ときには少々危ない橋も渡った。ほかの船では断るような、出どころのわからん品も運んだ。夜逃げやら女郎の足抜けも手伝《てつど》うた。こういうやり方が大当たりしてな、そこで貯めた銭で船を買い足していくことで、十五、六のころにはわしは三十人もひとを使う、いっぱしの船問屋の主人になっとった」

「えらいもんだんな。けど、こどもには苦労もおましたやろ」

「ガキやゆうてなめてかかってくるやつらもぎょうさんおった。そういう連中にはやっぱり金やな。金で頰桁《ほおげた》叩いたら、なんぼでも言うこときよる。どつかれたり蹴られたり、殺されそうになったこともあったけど、そういうときは金で破落戸《ごろつき》を雇《やと》て、ぐうの音《ね》も出んほど仕返ししたるのや。おもろかったなあ。世のなか結局は金なんや、ということがあのとき身に染みた。金の切れ目が縁の切れ目、ゆうこともわかった。おたがいさまや。それでええのや」

「でも、それではちょっとさみしおますなあ」

「そうか？　わしはちいともさみしいことないで」

「旦さんにお金で身請けしていただいたわてが言うのもなんだすけど、世のなか、銭や金やない付き合いゆうのもあるのとちがいますやろか」

「ははは……ないない。おまえもわしに金がのうなったら、遠慮せんと出ていってええのやで」

「ものすごいこと言わはる。すかんたこやわあ」

「使用人が多くなってきたので、わしは大金をはたいて茶船《ちゃぶね》の株を買うた。千石積みの大けな菱垣廻船、樽廻船から荷物を下ろして、荷揚げ場まで運ぶのや。これもうまいこといったのやが、そこまでいくと欲が出てきた」

「旦さん、はじめから欲ばっかりですがな。——で、なにをしはったん？」

「樽廻船の株を買うたのや。船と合わせて、どえらい金がかかった。借金まみれになったけど、これはいちかばちかの勝負やったなあ」

「その勝負に勝ちはったんだすな」

「そや。腕利きの船頭を金にもの言わせてあっちゃこっちゃから引き抜いたんや。よそが十二日かかるところを、わしとこの樽廻船は風待ちが上手いさかい江戸まで九日で行きよる。少々値が高うても、速いほうがええわな。傷みの早い品を扱う商人はみんなうちの得意先になってくれた。一生かかっても返せんかもわからんと思てた借金も一年で返せた。それから先はなにをやってもぼろ儲けや。気ぃついたら、こうなっとった。廻船問屋の株仲間もわしのやり方にあれだけ文句言うとったのに、しまいには肝煎りをやってくれ、て言うてきた。とどのつまりは……金やな」

「旦さんはどこを切ってもお金、お金、お金だすなあ……」

「ふふふふ……たしかにそやったけどな、十年ばかりまえにあるお方に出会うて、考え方が変わったのや」

「なんというお方だす」

「松本屋甲右衛門ゆうてな、ついこないだまで横町奉行やった御仁や。今の大坂の侍は町奉行所の与力・同心も蔵屋敷の役人もお城のやつらも……みんな腸《はらわた》まで腐っとる。なにをする力もないくせに、賄賂さえもらえばたやすく政《まつりごと》を歪《ゆが》めよる。そのくせ金のない町人はいじめ放題や」

「お侍を腐らせたのは旦さんたち商人やおまへんか」

「そういう面もあるけどな。――横町奉行はそういう腐った侍の横暴から百姓・町人を守っとるのや」

「旦さんはなにをしてはりますのん」

「わしか。わしは三すくみ……」

「三すくみ？」

「あ、今のは内緒ごとや。忘れてくれ」

「へえ……。けど、その甲右衛門ゆうお方はもう横町奉行を辞めはったんだっしゃろ。今のお方は、やっぱり頼りがいのある、酸いも甘いも噛《か》み分けたお金持ちのご隠居はんだっしゃろか」

「それがなあ……頼りない、金もない、ひょろひょろっとした、まだまだ人生の修行半ばの若い衆なんや」

「いややわあ。今の横町奉行がそんなおひとやったら、大坂は闇だっしゃないか」

蟇五郎はぐびりと酒を口にふくむと、

「それが……そうでもないのやなあ。そこが面白いところでな……」

玉はつぎの言葉を待ったが、蟇五郎は笑うだけでなにも言わず、しばらく肴を食い、酒を飲んだあと、

「せやけど、わしはやり方を変えたわけやない。商いで大成するかどうかは、危ない橋を渡れるかどうか、ゆうことや。ひとがやらんような、綱渡りみたいな商いに飛び込んでいく。そういう気持ちはガキのころと変わらん。ヤバい仕事をこなせてこそ、よそさんよりもようけ儲かるのや。高いところに登らな熟柿《じゅくし》は食えん、虎穴に入らずんば虎児を得ず……ということやな」

「旦さん、そんなことしてたらそのうち手が後ろに回るんとちがいますか」

「心配いらん。わしがやっとることは、お上の法度《はっと》に触れるか触れんかぎりぎりのとこ

ろや。お縄になるようではもともと子もなくなる。そのあたりはちゃんと見極めとるがな」

「それやったらよろしゅおますけど……」

「わーっはははは……わしはな、ここまでやったらお上も見て見ぬふりをする、とわかったら、とことんそのなかで稼ぐで。その一線を越さんようにしとる。ちゃんとわきまえとるさかい大丈夫や」

「あこぎなお方やこと」

「ふふふ……うちの『地雷屋』ゆう屋号も、よそのもんは怖がってよう踏まん地雷火《じらいか》をあえて踏んでみせる、ゆうところからつけたんや。平穏無事な場所にずっと引っ込んで商いしとるだけでは、そら儲からんで。ひとに後ろ指をさされとるぐらいがちょうどええのや。商いの道というのはな……」

　そう言い掛けたとき、廊下から声がした。

「えー、旦さん、おくつろぎのところすんまへん」

「おお、なんや、角兵衛《かくべえ》」

　角兵衛というのは一番番頭である。

「今、表に東町の北岡《きたおか》さまとおっしゃる与力のお方がお越しでおます」

「なに？」

　東町奉行所の北岡五郎左衛門《ごろうざえもん》といえば、定町廻《じょうまちまわ》りのひとりであるはずだが面識はない。急な訪問は解せなかった。

「よっしゃ、わかった。すぐに行くわ」

蟇五郎は盃を置くと立ち上がった。玉は不安げにその後ろ姿を見送った。

蟇五郎が店の表に出ると、上《あ》がり框《がまち》に与力が腰を下ろしてこちらを見ていた。ほかには同心がひとり、下聞きが四人、土間に突っ立っている。同心はふところに手を入れており、十手を握っているのだろうと思われた。そのぴりぴりした雰囲気に蟇五郎は首をかしげた。

（おかしいな……これはなにかあるぞ）

腹帯を締め直してひそかに気合いを入れると、板の間に座って頭を下げ、

「当家の主《あるじ》、地雷屋蟇五郎でございます」

北岡は、青々と剃《そ》り上げた月代《さかやき》を爪でぽりぽりと掻きながら、

「昼間から酒盛りか。いい身分だな」

「わかりますか」

「匂いがぷんぷんする。店のものは皆働いているのだから、少しはわきまえよ」

「はい、以後、気をつけます。――本日はなんのご用事でございましょうか」

「貴様のところは廻船問屋だな」

「はい、廻漕《かいそう》を渡世としております」

「樽廻船を所持しておるな。何隻ある？」

「四隻でございます。ほかにも茶船やら伝馬船《てんません》やら合わせますと……」

「きかれたことにだけ返答せよ。樽廻船のうち、今、海に出ているものは何隻だ」

「四隻すべて、江戸と大坂のあいだを運航させております」

　樽廻船も菱垣廻船も大坂・西宮《にしのみや》と江戸を往復する航路を取る。いわゆる西廻り海運、東廻り海運とは別である。樽廻船・菱垣廻船、あわせて四百隻が運航していたとも言われており、樽廻船は普段は十二日かかって江戸に着いたが、その年にできた新酒を江戸に運ぶ順位を競う「新酒番船」のとき、一番になる船は五、六日ほどしかかからなかった。ときには江戸まで二日、という驚異的な船足の場合もあったという。

「間違いないな」

「はい……間違いないと思いますが……」

　ここまで言って、蟇五郎は不安になってきた。与力の意図がどこにあるのかわからなかったからだ。蟇五郎は一番番頭の角兵衛を振り返り、

「角《かく》や、わしが今言うたこと合うとるか」

「へえ、合うとります」

　蟇五郎は北岡に向き直り、

「間違いございません」

「つまり、船は出払っており、すべて大坂と江戸のあいだを運航中だと言うのだな」

「はい……」

「貴様のところに『谷九九丸《たにぐくまる》』という船があるのう」

「ございます」

「本日、谷九九丸が土佐《とさ》沖で公儀の船手頭《ふなてがしら》によって拿捕《だほ》された」

「ええっ……！」

初耳だった。角兵衛のほうを見ると、番頭も真っ青になっている。

「抜け荷の疑いがあるということで以前より目をつけていたそうだ。案の定、船内からはご禁制の品が見つかったと聞いておる」

「そ、そんなアホな」

「公儀役人に向かってアホとはなんだ！」

「いえ、その……なにかのお間違いではございませぬか」

「貴様、お上の裁定を間違いだと申すか」

「そやおまへんが……抜け荷は露見したら死罪でございます。そのようなことに手を染めるほど私どもはおろかではございませぬ」

「では、抜け荷はその谷九九丸の船頭どもが勝手にやったことで、店の主たる貴様は知らぬとでも申すつもりか。そんなことで言い抜けられるほど東町は甘くはないぞ」

蟇五郎は脂汗を流しながら、一番番頭に言った。

「谷九九丸がなにゆえ土佐におるのや」

「わ、わかりまへん。昨日の朝早うに安治川《あじがわ》から出帆しまして、今頃は勝浦《かつうら》から熊野灘《くまのなだ》あたりにおるはずでおますけど……」

「船頭はだれや」

「紺八で、楫取《かじとり》は七助、親仁《おやじ》は福松でおます」

「それやったら間違いはないと思うが……」

蟇五郎は北岡与力に、

「当家の船が土佐にあるというのは手前どもも今はじめて知りました。どちらからお聞きになられましたので」

「船手頭より大坂城代を通じてつい先ほど報せがあった。谷九九丸という大坂の樽廻船と英吉利《イギリス》の商船が土佐沖にてひそかに取り引きを行っている、その場に踏み込み、ご禁制の品々を没収《もっしゅ》し、船頭どもを捕縛したゆえ、町奉行所のほうで大坂の船主を捕え、吟味してほしいとのことであった。今月の月番は東町ゆえ、われらが参ったのだ。地雷屋蟇五郎、神妙にお縄をちょうだいいせよ」

「お待ちください、お待ちください……これはやはりおかしゅうございます」

「申し開きは町奉行所でいたせ」

蟇五郎は角兵衛に目で合図を送った。角兵衛は心得顔ですぐさま帳場から紙に包んだものを出して、主に渡した。蟇五郎はそれを北岡に差し出すと、

「これをお納めくださいませ。もちろんそちらの同心のお方の分も支度いたします」

「地雷屋、これはなんだ」

「なんだ、と申されますと困りますが、本日、こちらまでご足労いただいた足代ということで……」

北岡は鼻先で笑い、その紙包みを放り出すと、

「ふん、賄賂か。はばかりながらこの北岡五郎左衛門、貴様のような素町人《すちようにん》から金をもろうて悪党を見逃すほど腐ってはおらぬぞ」

「それはそうでございましょうが、今の濁世、きれいごとだけでは渡っていけませぬ。魚心あれば水心……とかなんとか申しますゆえ……」

「あなどるなよ、地雷屋。貴様は世の与力・同心は皆、魂まで腐り果てていると思うておるだろうが、わしのように潔癖な硬骨漢もおるのだ」

「わかりました。——おい」

蟇五郎が顎をしゃくると、角兵衛はさっきよりも分厚い紙包みを北岡に渡そうとした。

「汚らわしい！」

北岡はその包みを土間へ叩きつけた。紙が破れ、小判が散乱した。

「東町の与力、同心を甘く見るな、たわけが！」

「こ、こ、これは失礼をば……」

「抜け荷だけでも死罪に当たるものを、あまつさえ町奉行所の役人を賄賂で籠絡せんといたすとは不届き至極。われらを不浄役人と思うてか！」

それまで黙っていた四十がらみの馬面の同心が、

「北岡さまは東町きっての清廉なお方だ。賄賂などとは片腹痛い。控えおれ！」

「皐月《さつき》、よう言うた。このものに縄を打て」

その言葉に皐月親兵衛《しんべえ》は捕り縄を出し、蟇五郎を縛《いまし》めようとした。角兵衛が皐月の腕にとりすがり、

「谷九九丸が抜け荷をしたご禁制の品いうのはいったいなんでおます」

「それは……言えぬ」

「それでは手前どもでは調べようがおまへん」

「貴様らはなにもせえでよい。調べは船手頭とわれら町方においてすでに相済んだ。あとは、蟇五郎の身体に聞くまでだ」

「そんな……せめて抜け荷の品の名を教えとくなはれ。そうしたら帳面と突き合わせができます。お願いいたします」

「ええ、うるさい、放せ！」

それでも角兵衛は腕を放そうとしなかったので、皐月はその背中に十手を叩きつけた。角兵衛は、ぎゃっと言って倒れた。

「主人思いはけっこうだが、出しゃばると貴様もひっくくるぞ」

奥から走り出てきた玉は角兵衛を抱き起こし、

「お調べもせず証拠も示さずいきなり縄かけるて、それはなんぼなんでも無体《むたい》やおまへんか！」

「なんだ、貴様は？　蟇五郎の妾か」

玉は平然として、

「さようでございます」

「妾風情の出る幕ではない」

「そうおっしゃられても、おのれの主が無理無体に連れて行かれるのを黙って見てはおれまへん」

「なにを生意気な……」

皐月がまたしても十手を振りかざそうとしたとき、蟇五郎が言った。

「もうええのや。おまえたちの気持ちはようわかった。わしは今からお奉行所へ行くが……なあに、身に覚えのないことやさかい、すぐに疑いも晴れて帰れるやろ。それまでおとなしゅう待っててくれ」

そう言ったあと、蟇五郎は少し考えてから、

「雀さんには言うといてもらおか。――ほな、旦那、参りまひょか」

北岡はにやりと笑い、

「その態度、殊勝である。たしかにすぐに帰れるかもしれぬ。身に覚えがなければな。なれど、身に覚えのないことまでも『ある』と言うてしまうのが町奉行所というところよ。――行くぞ」

下聞きのひとりが縄の端を持ち、蟇五郎の背中をどんと突いた。蟇五郎はよろよろと歩きながら、店から出て行った。先ほどまでこの世の栄華を謳歌《おうか》していたのが嘘のような姿だった。東町のものたちがすっかりいなくなったあと、角兵衛はその場にへたっと座り込んで泣いた。ほかの番頭や手代、丁稚など大勢の店のものたちは呆然《ぼうぜん》としたまま声もなかった。ただひとり、玉だけが気丈に、

「これはなにかの間違いだす。旦さんは今さっきもわてに、お上の法度に触れるか触れんかぎりぎりのところを見極めて、一線を越さんようにする、お縄になるようではもとも子もなくなるて言うてはったところや」

角兵衛が顔を上げ、

「そ、そうだす。それが地雷屋の商いのやり方だすさかい」

「それやったら抜け荷なんかするはずがない」

「江戸に向かわせてた谷九九丸が土佐におる、ゆうのも解せん。船頭の紺八は腕利きで、頼りになる男でおます。旦さんを裏切って勝手に抜け荷なんぞするとはとうてい思えん。――これはもしかしたら……」

角兵衛は腕組みをした。

「もしかしたら、なんやのん」

「濡れ衣かもしれまへん。うちを潰してやろう、と思とる同業のもんの仕業やないかと思います。そいつらが東町の与力・同心と手を組んで、旦さんを陥れようとしとるのかも……」

「それやったらえらいことやないの。泣いてるときやおまへんで。なんとかせな……」

「なんとかせな、て……わてもこんなことはじめてでどないしたらええのか……」

「横町奉行や。旦さんはたいそう今の横町奉行に肩入れしてはった。たしか仇名が雀さんや」

「あ、そういえば、旦さんも、雀さんに言うといて、て言うてはりましたな！」

「角兵衛、わてと一緒にお願いにいきまひょ」

角兵衛の顔が少しだけ晴れた。

二

大坂東町奉行所は、大坂城の城外、京橋口《きようばしぐち》を出たところにある。北は大川に面し、天満橋南詰めを川沿いに東に折れると、大名屋敷のような構えの壮大な建物の塀が見えてくる。門前には広場があり、門の左右には長屋が連なっている。

正門を入り、玄関をくぐると白洲《しらす》の手前に与力溜まりがある。その一室で北岡五郎左衛門は部下の同心皐月親兵衛に言った。

「地雷屋蟇五郎を牢《ろう》屋敷に入れることができた。あとは白状するのを待つだけだ」

「白状いたしますかな」

「石を抱かせ、脛《すね》の骨が折れれば、たいていのものは思うてもおらぬことを口にする」

「え？　算盤《そろばん》責めをなさるのですか」

「吟味役の三田村《みたむら》にはすでに伝えてある」

「なれど……牢問《ろうどい》にはお頭《かしら》（町奉行）の許しを得ねばなりませぬ」

いわゆる「拷問」に当たる吊るし責めを行うには老中に問い合わせねばならないが、笞打《むち》ちや石抱き、海老責めなどでも町奉行の許可が必要だった。

「お頭は風邪《ふうじや》で伏せっておられる。わしが代わって許しを与えよう」

「は、はい……でも大事ございませぬか。万一、無実の罪であったなら、われらも責めを受けましょう」

「公儀船手頭が抜け荷だと言うておるのだ。それがくつがえる気遣いはあるまいて」

「さ、さようでございますな」

船手頭は船奉行ともいい、徳川家の船舶を管理し、また、海運の取り締まりがその務めであった。四国・九州の各大名家を海上から巡視することも船手頭の主たる役割のひとつである。

「それにしても、皐月、おまえ、さっきなんとか言うておったな」

「なんのことでございます」

「『北岡さまは東町きっての清廉なお方だ。賄賂などとは片腹痛い。控えおれ』と申したではないか」

「あははは……申しました申しました」

「『役人の子はにぎにぎをよく覚え』などと申すが、わしもおまえも日頃、賄賂をもらい慣れておるからのう」

「北岡さまほどではございませぬ」

「なにゆえあのようなことを申したのだ」

「一度言うてみたかったのです。胸がすっといたしました」

「よう申すわい。あっはっはっは……」

「あっはっは……」

◇

「さっきはえらい目に遭《お》うたわい」

加似江が柳川鍋をつまみながら酒を飲んでいる。貞飯とまさの喧嘩のせいでドジョウもささがきゴボウもぐちゃぐちゃになってしまったが、雀丸は床に落ちた具を洗ってもう一度鍋に戻し、焼き豆腐を加えて煮直した。見かけは悪くなったが、酒のアテとしてはけっこういける。

「けど、貞飯さんに絵を注文している旦那というのが、地雷屋蟇五郎さんというのはまことでしょうかね」

「三すくみのひとりじゃな」

「はい。なにもやましいところがなければ、ひとまえに出られないなどと嘘を言ったり、そんな女に仲立ちをさせたりすることはないはず。名所絵ぐらい、堂々と頼めば済むことでしょう。貞飯さんの話がまことなら、その絵の注文について地雷屋さんにはなにかしらやましいことがあると思われます」

「地雷屋はおまえの味方ではないか」

「まだ知り合ってから間もないので、ひととなりまではわかりません。私に力を貸してはくれますが、根は金儲けがなにより好きな強欲商人ですからね……」

「ふうむ……」

「それにしても、夫婦喧嘩は犬も食わぬと言いますが、まことですねえ。貞飯さんの隣近所は、あの夫婦の怒鳴り声で毎朝目を覚ますらしいです」

　雀丸はにこにこと盃を口に運んだ。

「たわけ。呑気なことを抜かしておるが、おまえもよい歳じゃ。そろそろ嫁をもらわねば、夫婦喧嘩すらできぬぞ」

「はあ……そう言われてみれば夫婦にならなければ夫婦喧嘩はできませんね」

「そのとおりじゃ。どこぞに憎からず想《おも》うておる娘でもおらぬのか」

「いませんなー。竹光屋などというわけのわからぬところに嫁に来るような娘はよほどの物好きでしょう」

「では、物好きを探せばよかろう」

あてがわれた二合の酒を飲んでしまった加似江は、冷や酒を茶碗《ちゃわん》であおりはじめた。

「物好きはなかなかおりませんよ」

「あの園《その》とかいう娘はどうじゃ。なかなか気が合うておったように見えたが……」

　雀丸は飲みかけていた酒を噴き出しそうになった。

「あの娘とはただのネコトモです」

「ネトコモ？　なんのことじゃ」

「ネトコモではありません。ネコトモ……猫好きのことをそう呼ぶそうです」

「ふん、雀のくせに猫が好きとはおまえも変わっておるわい」

「それに、園さんのお父上は東町の同心です。町人になった私とは身分がつり合いませぬし、正直、もう武家と親戚づきあいをする気もありません」

「身分違いとはおまえも古くさいことを言うのう」

「そうでしょうか」

「雀丸、今に見ておれよ。近いうちに武士も町人も百姓も一緒……身分というものがなくなる世の中になるぞ」

「どうしてわかります」

「身分ほどくだらぬものはないからじゃ。大勢が、もうそのことに気づきかけておる。なんの役にも立たぬ無駄飯食いの武士どもが『ひとのうえに立つ』などと申して威張っておる。おかしいと思わぬほうがおかしい」

　なるほど、と雀丸は思った。雀丸の商売も、武士が「武士の魂」である刀を窮迫のために売り払うことで成り立っているのだ。

「でも、お祖母《ばあ》さま、そのようなことはあまり口にせんほうがよろしいのではありませぬか」

「なにゆえじゃ」

「武士も町人も百姓も同じになる、とは、徳川の世が崩れ去るということでしょう」

「そうじゃ」

加似江はこともなげに言うと、茶碗に残っていた冷や酒をぐーっと一息に飲み干した。それから飯に茶をかけるとさらさらと腹に収めた。

「ま、あの同心が親類になるというのはわしもぞっとするが、当人同士が好き合っておればかまわぬぞえ」

「だーかーらー、あの子とはただのネトコモ、いや、ネコトモ……」

雀丸がそう言って酒を飲みかけたとき、

「ごめんください。雀丸さんはいらっしゃいますか」

雀丸は今度こそ本当に酒を噴いた。その声は、今話題になっている皐月同心の娘、園のものだったからだ。板の間を布巾で拭きながら、

「おりまーす。どうぞお入りくださーい」

加似江は雀丸の背中をドン！　と叩いて、にやりとした。

からからと戸が開いて、丸顔の娘……園が入ってきた。腕に白と黒のぶちの猫を抱いている。ヒナという名前で、なぜか雀丸にもよくなついている。すぐに腕から降りると、

雀丸のところへやってきて、身体をこすりつけた。

「ご隠居さま、これはおみやでございます」

園は、紙包みを加似江に渡した。加似江はひと目見るなり大声をあげ、

「おおおっ、大和屋《やまとや》のよもぎ餅か。これは好物じゃ」

加似江はさっそく手ずから茶の支度をはじめた。雀丸がヒナの喉を撫でながら、

「どうかしたんですか」

「ヒナを診ていただくために道隆先生のところに参りました。その帰りにちょっと寄り道を……お邪魔でしたでしょうか」

町医者で元馬医者能勢《のせ》道隆の住まいは樋《ひ》ノ上橋《うえばし》の南詰めだから、そこから天満の同心町にある屋敷に帰るには、浮世小路はとんでもなく遠回りなのだが、雀丸はそのことには触れず、

「いえいえ、とんでもない。大々々歓迎ですよ。で、ヒナは怪我でもしたのですか」

「ええ……少しばかり……」

「なにをしでかしたのです」

「雀を獲《と》ろうとしたのです」

猫が雀やネズミを狩るのはあたりまえだ。

「それで……？」

「飛びかかったら雀につつかれて、泣きながら私のところに戻ってきました。前足を見ると血が出ておりましたので、大事をとって道隆先生に診ていただいたのです。膏薬《こうやく》を塗っていただきました。雀に負けるなんて、猫としては恥ですね。きつく叱っておきました」

「きっとたまたま強い雀だったのでしょう。気にすることはありませんよ」

なんとものんびりした会話をよそに、加似江はよもぎ餅の数を数えている。

「六つか。ひとりあてふたつずつじゃな」

「お祖母さま、数えるなんてはしたないですよ」

「ふん、悪いか。ならばおまえの分もよこせ」

「いやです。私は二個、ちゃんといただきます」

園はそんなふたりを笑って見ていたが、

「そういえば、雀で思い出しました。先日、父とともに高津宮《こうづのみや》の寄席《よせ》へ参りました」

「へー、園さんのお父上は寄席などへ行かれるのですね。さばけたおひとだ」

浪人ならいざしらず、身分ある主持ちの武士やその家族は、寄席などの悪所や居酒屋はおろか、うどん屋、煮売り屋などに入ることすら稀《まれ》であった。それらは町人のためにある場所なのだ。たとえばそういう侍がウナギを食べたいと思ったら、下僕にウナギ屋まで買いに行かせ、家で食べるのである。

「町奉行所の役人は、町の皆さんのことをよう知っておらねば務まりませぬゆえ、どこへでも参ります。うちの父は落語が好きで、ときどき私もお供をするのです」

「なるほど」

「そのとき、落語家が演じておりましたのが、雀が出てまいるお話で、とても面白うございました」

園によると、小田原《おだわら》の宿《しゅく》のある宿屋に、汚らしい風体《ふうてい》をした男が泊まるところから落語ははじまる。

「気に入れば長逗留《ながとうりゅう》になるが、金の五十両も預けておこうか」

と言うので、宿の主は、どなたさんにかぎらず勘定はお発《た》ちのときでけっこうでおます、と答えた。この男が昼に五合《ごんごう》、夜に一升、一日に一升五合の酒を飲む。これを毎日続けてついには五日になったが、まるで出立《しゅったつ》しようという気配がない。これはおかしい、と女房が騒ぎ出したので、しかたなく主は、

「宿賃は出立のときでよいが、酒屋が現金払いなので酒代だけ先にお下げ渡しください」

そう男に言うと、じつはその男は一文無しのからっけつだった。どうしてくれると怒る主に男は、

「わしは絵師だ。宿賃の形《かた》として絵を描いてやろう」

そう言って、そこにあった白紙《しらかみ》の衝立《ついたて》に五羽の雀の絵を描いた。主の目からは、ただ

の下手くそな絵としか見えなかったが、その絵師は、

「この絵はおまえに預けおく。わしがふたたび戻るまで売ったりしてはならぬぞ」

そう言い残して去っていった。主は女房にさんざん怒られ、ののしられたがどうにもならず、その日は寝てしまった。

ところが翌朝、その雀の絵に朝日が当たると、不思議なことに、絵のなかの雀が五羽とも抜け出して、庭で餌をついばんだり、遊んだり……。衝立はというと、真っ白になっている。しかも、しばらくすると雀たちは戻ってきて、衝立のなかにぴたりと収まった。主はびっくり仰天。

「あのひとは日本一の絵の名人にちがいない」

そのことが評判を呼んで、近郷近在はおろか遠くからも「絵から抜け出す雀」見たさに大勢の客が押し寄せ、宿はつねに満員。小田原の殿さまが「千両で買いたい」と言ってきたが、律儀な主は絵師の言葉を守って売ろうとしない。

そんなところへひとりの老人が現れ、「この雀たちはそのうち死ぬ」と言い出した……。

「落語の題は『雀旅籠《はたご》』、江戸では『抜け雀』というそうです」

園はそう言った。

「雀が抜け出すから『抜け雀』……そのまんまですね。で、その先はどうなるのですか」

雀丸がわくわくしてたずねると、園は微笑《ほほえ》んで、

「それは申せません。雀丸さんの興を削ぎますから」

「でも、ここまで聞いたら続きが気になって仕方ありません」

「ご自分で寄席に行かれて、確かめられてはいかがですか」

「はあ……わかりました。では、そのときは園さんもお付き合いください」

「まあ！　お誘いくださるのですか。ありがとうございます」

成り行きで、園と遊びにいく約束ができてしまった。雀丸はさすがに照れて、

「絵師といえば、今日、知り合いの絵師の……」

と言いかけたとき、遠くから叫ぶような声が聞こえてきた。

「おかん、やめときて。恥かくだけやさかいやめとき」

「なにゆうてるの！　一言、いや、十言ぐらい言わんとわては収まらんし」

「おかん、ちょっと待って。いつもはのそのそしてるくせに、こういうときだけ走るの速いなあ……」

（またか……）

と雀丸は思った。さっき帰ったばかりの辰吉とまさの声に間違いない。

「いかん……！」

加似江はよもぎ餅の包みを片づけはじめた。

「どうしたのです」

「あやつらが来るとわしの分が減る」

「うちに来るとはかぎらないでしょう」

「来るに決まっとる。わしがなんぞ食おうとしたらかならず来よるのや」

ふたりの足音と声は案の定、竹光屋のまえでとまった。

「おごめーん、横町奉行さん、雀さん、いてはりまっかー。いてまんねやろー。あけまっせー」

いるともいないとも、なんとも答えぬうちに、まさは飛び込んできた。辰吉も一緒だ。まさの髪の毛はほつれ、着物もはだけてヨレヨレだ。園は目を白黒させ、ヒナは背中の毛を立てて唸《うな》っている。

「なんの用件ですか。さきほど横町奉行は夫婦喧嘩は扱わんと申し上げたでしょう」

「殺生だっせ、雀さん。それはそうかもしれんけど、わてかてあのひとの浮気で頭がうわずってしもて、かというてお上に願《ねご》うて出るわけにもいかず、頼れるところゆうたら横町奉行のところしかなかったんだす」

「夫婦の揉めごとは、仲人に仲裁してもらうのが筋でしょう」

「わてらは仲人を立てて夫婦になったのやおまへん。あのひとが長谷川先生のもとで修業してるときに、わてが先生のお宅に女子衆《おなごし》奉公してましてな、いつのまにかそういう男と女の仲になって……」

「おまささん、おやめなさい。辰吉くんが聞いていてていますよ」

「たがいに惚《ほ》れて惚れ合って、好いて好かれて一緒になったんだす。せやさかい、仲人なんちゅう気の利いたもんはおまへんのや」

「そうですか……」

「そのことが師匠にバレましてな、ほんまやったらうちのひとは破門されて、わてもクビになるところだすのに、長谷川先生は優しいお方で、そんなに惚れ合うてるのなら一緒になれ、ゆうて裏長屋に家を借りてくれはりましたんや。そんな風にして夫婦になったもんやさかい、ひとつのものは半分ずつ、半分のものは四半分ずつ、四半分のものは八半分ずつ分け合うてこれまでやってきました。かわいいかわいい辰ちゃんも生まれて、お金はないけど幸せに過ごしてたのに……あのひとが『旦那』からの注文で名所絵を描くようになってからどうも妙なことになって……」

「例の女ですか」

「へえ……」

まさは悄然《しょうぜん》として、

「あれから帰ってもわてはまだ得心しとらんかったさかい、喧嘩の続きですわ。その旦那ゆうのがほんまにおるんやったら、どこのなんちゅう旦那や、聞いてどないすんねん、その旦那のところへ暴れ込んだる、アホ、おまえには言えんわい……そこからどつきあいだす。障子は破れるわ、戸は折れるわ、カンテキはひっくり返すわ……」

「こどもが見てるのですから、そういうことは……」

「けど、わての気が収まりまへんがな！　それからしつこううちのひとを問い詰めましたんや。そしたらなんて言うたと思います？」

「さあ……」

わかるわけがない。

「おまえがわしのことを信じてくれんのやったら、もう……もう……もう……」

「牛じゃな、まるで」

「もう……もう別れよか、て……」

そこまで言うと、まさはどっと泣き崩れた。あまりに激しく号泣するので涙と鼻水と涎《よだれ》で板の間がべしゃべしゃである。まさの嗚咽《おえつ》がやむのを待って、雀丸は言った。

「それでどうなったのです」

「わても売り言葉に買い言葉で、よっしゃ、ほな離縁するさかい、三行半《みくだりはん》書いてんか、て言うてしまいましてん」

「ほう……」

「ほたら、うちのひと、そのますーって出ていってしもたんです。寄席が好きやさかい、また気晴らしに落語でも聴きにいったんやろ、どうせ半刻《はんとき》（約一時間）ぐらいしたら帰ってくる、帰ってきたらひどい目に遭わせたる、思て待ってましたんやが、待てど暮らせど帰ってこん。そのかわりにどこぞのこどもが来て、『知らんおっさんにこれ渡せて言われた』ゆうてこの手紙を置いていきましたんや。見とくなはれ」

雀丸は手紙を読んだ。そこにはこう書かれていた。

拙者暫《しばら》く家に立ち戻らぬ故
行き処《どころ》探すまじきこと
かたがた願い置き候《そうろう》

「これは貞飯さんが書いたものですか」

「へえ……あのひとの字ですわ。ああああ……なんでこんなことになったのやろ。あのひとが出ていってしもた。あの女のところに行ったにちがいない。ああああああ……ああああ……」

また号泣、涕泣《ていきゅう》、哭泣《こっきゅう》である。なにか声をかけなければ収まりそうにない。雀丸は、言わずもがなの言葉を言ってしまった。

「考えようによっては、もし貞飯さんが浮気をしているなら、これで別れられたわけですから……」

まさは切れた。

「アホなこと言わんとってちょうだい！　あのひとがおらんかったらわても死ぬ！　ここで喉突いて死ぬ！」

「いや、ここではやめてほし……」

「だいたいあんたのせいなんやで！　あんたを横町奉行と見込んでわてらの相談ごとを持ち込んだのに、夫婦喧嘩は扱わん……て杓子定規《しゃくしじょうぎ》なこと言うからこうなったんや。どないしてくれるの。わてはあんたに一言文句言いたい思て来てるんや」

「せやから、おかん、雀丸さんが迷惑してはるからやめてや」

「辰ちゃん、なに言うてんの。もしおかんとおとんが夫婦別れしたらあんたどないするつもり？　それもみな、この横町奉行が悪いんやからな」

「あのですね、おまささん……」

「雀さん、今すぐうちのひとを探し出して、あの女から取り返してきてんか」

無茶である。

「横町奉行はそういう職やないんです。何遍言うたらわかってくれるんですか」

雀丸がそう言ったとき、

「雀丸さん、このひとを助けてあげてください」

雀丸は驚いて園を見た。まさも驚いたようで、ぽかんと園の丸顔を見つめている。園は続けた。

「ご亭主に隠しごとをされるなんて悲しすぎます。きっとまだおふたりには話し合う余地が残っていると思います。ちゃんと話をしておたがいの思い違いを解けば、ちがった道もあるはずです。たとえ役目から外れていようと、一旦は横町奉行に持ち込まれて、雀丸さんも関わった案件です。こじれてしまった糸をほぐすのは、横町奉行のお務めではないでしょうか」

「えぇーっ！　それはちがうと……」

「ヒナもそうだと言ってますよ。ほら……」

「にゃー」

雀丸は深い深いため息をつき、

「わかりました。貞飯さんを探します。探せばいいんでしょう」

「やったー。よかったですね。雀丸さんに任せておけばきっとなんとかなりますよ」

「そ、そやなあ。ほな、雀さん、よろしゅうお頼み申します」

辰吉も、

「雀丸さん、おとんのことよろしゅうお頼み申します」

「にゃー」

どうやらやるしかないようだ。

（まあ、地雷屋蟇五郎さんに会えば、なにかはわかるだろう……）

そう思った雀丸が、

「引き受けたうえは、きっちりやらせてもらいます。私の役目は、貞飯さんの居場所をつきとめて、おまささんのところに連れて帰ること。そこからあとは夫婦の話し合いでなんとかしてくださ い。いいですね」

まさはうなずいて、頭を下げた。

「では、話も決まったところで、みんなでお茶でも飲みましょう。そうそう、よもぎ餅があった……」

そう言ったとき、加似江と目が合った。加似江は怒りが爆発しそうな顔つきで、よもぎ餅の包みを開いていた。よもぎ餅六個に対して五人……ひとり一個になってしまったのだ。雀丸はそっと目を逸《そ》らせた。

と、そのときだ。

「横町奉行の雀丸さんのお宅はこちらだすやろか」

鈴を転がすような美しい声である。

「――今日は千客万来やな。はいはい、こちらです。どうぞお入りください」

横町奉行の、ということは、竹光作りの依頼ではないわけだ。

（今日もまた注文はないみたいだな……）

横町奉行は無報酬である。どんな揉めごとや公事ごとを解決しても一文の銭ももらえない。横町奉行ばかり繁昌《はんじょう》しても竹光屋が儲からないかぎり、雀丸は働いたことにならないのだ。

「ごめんやす」

そう言って入ってきたのは値の高そうな内掛けを着た女と、商家の番頭風の男だった。男のほうが先に口を開いた。

「竹光屋雀丸さんにははじめてお目にかかります。わては、雀丸さんもご存知の廻船問屋地雷屋蟇五郎のもとで一番番頭を務めさせてもろとります角兵衛と申します。こちらは……」

女が腰を折り、

「わては地雷屋の旦さんのお世話になっております玉と申します」

雀丸が目を輝かせて、

「うわあ、ちょうどよかった。じつは地雷屋さんにおうかがいしたいことが……」

そう言い掛けたのを遮って、角兵衛が言った。

「本日罷《まか》り越したのはほかでもございません。地雷屋蟇五郎が東町奉行所に召し捕られたのでございます」

「えっ……！」

一同は絶句した。あれほど騒いでいたまさすら言葉が出なかった。なかでも園は蒼白《そうはく》になっていた。

「あの……私の父は東町の町方同心をしております。皐月と申すのですが……」

おずおずとそう言うと、角兵衛が手を打ち、

「そや、旦那をお召し捕りになったのは、まさにその皐月さまという同心でございました！」

園はふらふらとその場に倒れた。

◇

天満牢屋敷にある穿鑿所《せんさくじょ》は薄暗く、黴《かび》臭く、湿り気のある部屋だった。その中央に、後ろ手にくくられた蟇五郎が座っていた。横に立っているのは吟味役与力の三田村喜四《きし》郎《ろう》だ。二重まぶたで鼻筋が通り、色白の、いわゆる公家《くげ》顔というやつだ。杖《つえ》を持って立っているのは打ち役と呼ばれる三田村配下の同心だ。吟味席には北岡与力と皐月同心が座していた。本来ならば、自白の内容や責めの次第を書き記す書物役《かきものやく》同心や獄医などが立ち会わねばならないのだが、それにあたるものたちはひとりもいなかった。

「よろしいのでございましょうかねえ」

皐月が落ち着かなげに、北岡与力に話しかけた。

「なにがだ」

「地雷屋はかなり知られた豪商です。それを証拠もなしに召し捕って、牢問にかけるなど……もし万一、無実であったとしたら……」

「まだそのようなことを申しておるのか。言うたであろう。公儀の船手頭が大坂城代を通じて東町に言うてきた一件だ。しかも、わしが扱うよう名指しであった。わしらの手もとに証拠はなくとも、船手頭が抜け荷だと申しておるのだからそれでよいではないか」

「はあ……なれど、聞くところによると、船手頭からの大坂町奉行所への依頼は、召し捕って吟味せよ、ではなく、裏付けが欲しいから地雷屋に話をきいてくれ、だけだったそうではございませぬか。牢問にかけるにはお頭に許しをえねばなりませぬ」

「お頭は風邪で伏せっておられるのだから仕方あるまい。あとでお報せすればよい。きっとお頭もわれらのはからいをほめてくださるはずだ」

「そうでしょうか……」

北岡は声をひそめると、

「びくびくするな。それに今更なにを申す。われらはもう、作州屋《さくしゅうや》から金を受け取っておるのだぞ、たんまりとな」

「そのことでございますが、北岡さまは何度もそうおっしゃいますが、わたくしはいただいておりませぬので……」

「声が高い。三田村に聞こえるではないか。――わかっておる。万事とどこおりなく運んだら、おまえにもわけてやる。――大金だぞ」

「はは……ははは……楽しみにいたしております」

「あとは、地雷屋が白状すればよい。――おおい、三田村、やってくれ」

吟味与力はうなずくと、

「廻船問屋地雷屋蟇五郎、そのほう、持ち船の谷九九丸を使うて英吉利船との抜け荷を企《たく》らんだこと、船手頭からの書状により明白である。きりきり白状いたせ」

蟇五郎は顔を上げ、

「なんど申されましても、手前はそのような大それたことを考えたこともございませぬ。証拠があるならばお見せいただきとう存じます」

「船手頭は、さるところより貴様のところの樽廻船と英吉利船が土佐沖で密会しているとの報せを受け、以前からひそかに山内家と図って内偵しておったのだ。そこへ谷九九丸が現れたゆえに拿捕した。そして、谷九九丸には酒やみりん、酢、醤油、油、米などに交じって禁制の品が積まれていた。それこそ動かぬ証拠ではないか」

「さるところ、とはどこでございます」

「それは船手頭にきかねばわからぬ」

「では、谷九九丸に積まれていたご禁制の品とはなんでございましょう」

「地図だ」

「地図……？」

「左様。国外持ち出し厳禁の日本地図が一点、船倉に隠されていたそうだ」

「谷九九丸の船乗りたちはなんと申しておるのです」

「安治川を出て田辺《たなべ》沖あたりにさしかかったときに海賊に襲われた、などと言うておるそうだ。苦し紛れの言い訳にしても稚拙だな。刀で脅され、反抗した水夫のひとりは斬られて大怪我をした、とか申しておるようだが、どうせ狂言であろう。海賊の言うがままに土佐沖に出たが、そこでなぜか海賊船はなにも盗《と》らずに谷九九丸を放免した。そして、気がついたら船手頭に捕まっていたそうだ。ははは……だれが信じようか」

「斬られたというのはなんという水夫です」

三田村は思い出せなかったらしく、皐月のほうを向いた。皐月は、

「福松です」

と即答した。

「福松が大怪我を？　ああ、なんということっちゃ……」

「とにかく日本地図という証拠があるのだ。貴様も、抜け荷の件を認めてしまったほうがよいぞ。牢問は杖打ち、笞打ち、石抱きとあるが、杖ならばさほど痛みもなかろう、などと思うておるなら大間違いだぞ。杖はときに骨を叩き折るし、笞は肉を裂く。貴様

のように安楽で自堕落な暮らしを送ってきたものには耐え難い責め苦だ」

「でも、抜け荷を認めてしまったら死罪です。どちらがよいかは明らかでございます」

「理屈のうえではそうだが、なかなかそうでもない。責め苦に耐えきれず白状するのなら、はじめから白状しておけばよかった……と思うようになる。石を抱いたものは、ことにそう思うらしいわい」

蟇五郎は三田村をにらみつけ、

「大坂の商人としては、やってないことをやったとは言えまへんな。よろしゅおます。杖でも笞でも石でも耐えてみせまひょ。まとめてやっとくなはれ」

「抜かしたな。わしは貴様のような骨のある罪人が好きだ。——おい」

三田村が合図をすると、打ち役が蟇五郎の背に回り、着物を脱がせ、下帯ひとつにした。そして、大きく杖を振り上げた。

◇

雀丸の介抱で、園はすぐに気がついた。ぺろぺろとヒナが顔をなめている。園はすぐに起き上がり、玉と角兵衛に頭を下げると、

「よかった。大丈夫ですか」

「はい……気が上《かみ》ずってしまったみたいです。すみません、父がご迷惑をおかけしたよ

うで……」

雀丸は、

「仕方ありません。それが園さんのお父上のお役目なのですから」

「でも……」

「ただ、私も地雷屋さんが抜け荷までなさるひとだとは思いません。この一件、なにか裏があるような気がしています。それをなんとか探り出さねばなりませんが、相手が町奉行所と船手頭では一筋縄ではいかぬと思います」

「私、地雷屋さん召し捕りについてのあれやこれやを父から上手く聞き出してみようと思います」

角兵衛が喜んで、

「おお、それはありがたい」

しかし、雀丸は首を振り、

「いけません。町奉行所の同心がお役目のうえで知り得た秘密を家族であることを利用して聞き出す、というのは道理に反しています。我々はみずからの手で詮議しなければなりません」

「せやけど、どうやって……」

「こういうときこそあのひとたちに働いてもらいましょう。――角兵衛さん、少し遠いので恐縮ですが、口縄坂《くちなわざか》に一家を構えておられる鬼御前《おにごぜん》さんという女侠客《おんなきょうかく》のところに行ってくださいませんか。事情を話して、すぐに来てほしい、と雀丸が言っている、と伝えてください」

「お、女侠客？　そんなおとろしいひと、わてのテコに合いますやろか」

「天王寺《てんのうじ》は遠いので、角兵衛さんにお願いしたいのです」

「よろしゅおます。わても男や。みんごとそのお方をここまで引っ張ってまいりまっさ！」

言うが早いか、角兵衛は尻端折《しりはしょ》りをして鉄砲玉のように飛び出していった。

「もうひとりは私がじかに談判してきます。――ほかの皆さんは一旦それぞれの家に引き取ってください。また、だんどりが整い次第お声掛けをいたします」

まさが、

「雀さん、地雷屋はんのことも大事やけど、わてとこの一件も忘れんとってや」

「わかってます。貞飯さんもお探しします」

皆がそれぞれ竹光屋を出て行った。最後まで残った園はヒナを抱きかかえると、

「では私もこれにて失礼いたしますが、雀丸さま、私が気を失っていたのはどれほどでしたか」

「そうですねえ……ほんのわずかです。線香半分が燃えるほどのあいだでした」

園は加似江に向き直り、

「ご隠居さま……」

急に声を掛けられた加似江は、

「む、なんじゃ」

「そのようなわずかなあいだに、よもぎ餅を食されたのですね」

「な、なぜわかった」

「口の端に白い粉がついております」

加似江は弾《はじ》かれたように指で唇をこすり、

「すまぬ。七人になったので、だれかひとりが食えぬことになる。困ったのう、と思うていると、おまえさんが気を失《うしの》うたのでな、ああ、これでひとり一個になった、と……」

「まあ、ひどうございます。ひとが倒れているすきに……」

「はは、すまぬすまぬ。なれど、わしだけではないぞ。皆、一個ずつ食うたのじゃ」

雀丸が、

「お祖母さまが、それ、今のうちじゃ、早う食え、と皆を急《せ》かしたからではありませんか。大事ない、ただの気のぼせじゃ。水でも飲ませればすぐに気がつく、とか申されて……おかげで喉に詰まりました」

「皆さん、冷たすぎです。つぎはまたよもぎ餅を持参して、私ひとりで食べてさしあげます」

「それでは土産《みやげ》にならぬではないか」

どうも妙なところで気が合っている様子だ。

◇

外はもう薄暗かった。雀丸は、まっすぐに立売堀《いたちぼり》へと向かった。そこにある煙草屋の二階に、彼がもっとも信を置いている男が間借りしているのだ。

（いるかな……。今時分は稼ぎ時だから、新町《しんまち》かキタの新地に出向いているかもしれないな……）

そんなことを思いながら、浮世小路を西に突き当たると西横堀に沿って南へ南へと下る。北御堂《きたみどう》の裏手へ差しかかったあたりで、カンカラカンカン、チンチラチンチン、ゴンゴンゴゴゴン、ドンドドドン……というにぎやかな音とともに、よく通る歌声が聞こえてきた。

撃てば当たるは鉄砲で
食えば当たるはてっちりで
継ぎが当たるは破れ着で
髭を当たるは豪傑で

鬼門に当たるは丑寅《うしとら》で
的に当たるは強弓《こわゆみ》で
炬燵《こたつ》に当たるは年寄りで
千両当たるは富くじで
なんでも当たるは八卦見《はっけみ》で

(夢八《ゆめはち》だ……!)

雀丸はすぐにわかった。この歌は、「しゃべりの夢八」のコマアサルなのだ。

(いいところで会えた……)

雀丸が立売堀に会いにいこうとしていた男こそ、この夢八であった。すぐに真っ赤な襦袢《じゅばん》に黄色いひらひらの女ものの着物を着、金色の羽織に緑の烏帽子《えぼし》というけったいな格好の若者が踊るような歩き方でこちらに向かってやってくるのが見えた。腰には鉄の板やら鈴やらでんでん太鼓やら当たり鉦《がね》やらを紐《ひも》でぶら下げている。さっきけたたましく鳴っていたのはこれなのだ。

夢八の商売は「嘘つき」である。虚言でひとをだます「騙《かた》り」ではなく、酒席の座興に、面白くて楽しくて夢のある嘘をつぎからつぎへとつきまくり、一座を盛り上げる芸人である。嘘をつくほかに、小噺《こばなし》、顔真似《まね》、声真似、音曲《おんぎょく》、謎かけ、踊り……なんでもやる。

ほんまだっか、そうだっか
あんたの言うことそうだっか
嘘です嘘です真っ赤な嘘です
嘘は楽しやおもしろや
嘘はうれしやはずかしや
嘘つきゃ幸せ、嘘つきゃご機嫌
嘘つきの頭《こうべ》に神宿る
この世のなかに
ほんまのことなんかおまへんで
ほんまだっか、そうだっか
ほんまだっか、そうだっか

その歌声は、雀丸のまえでぴたりと止まった。そして、

「これはこれは雀さん、お久しぶり。どうぞお掛けなけれ」

「お久しぶり？　一昨日会いましたよ。それに、道のうえで『お掛けなはれ』はおかし

いでしょう」

「ほな、どうぞ立ってなはれ」

「今からご出勤ですか」

「今夜はキタの新地に出向くつもりですねん。その道中、こないしてコマアサルをしながら流しとりますのや」

「お忙しそうですね」

「貧乏暇なしゅうやつでおます。ほな、急ぎますのでこれで……」

と行き過ぎようとするのを、

「その急いでいるところをちょっとお願いがありまして……」

「ええっ、かなんなあ」

そう言いながらも夢八の顔はうれしそうだ。

「なんのご用事だす?」

雀丸は派手な格好の夢八を道の端っこに連れていき、一連の出来事を詳しく説明した。

「ふーん、そんなことがおましたんか。地雷屋はんが召し捕られたやなんて、えらいことですがな。今の町奉行所は、ご法もお定めもないがしろにして、いきなり許しを得ずに牢問、拷問……白状したらおしまいだすわ。地雷屋の旦那がそんな目に遭うてはらへんことを祈りますが……」

「ですから一刻を争うのです」

「そのわりにはのんびりしてはりますなあ」

「これでも精一杯急いでいるのです。――力を貸していただけますか」

「ソラモチでおます！」

「ソラモチ？　よもぎ餅なら知ってますけど……」

「そらもちろん、ゆうことですわ。横町奉行の手伝いならなんぼでもやらせてもらいます」

「よろしいのですか。貧乏暇なしのところを一銭にもならぬことをお頼みして……」

「貧乏暇なしなのに横町奉行なんぞやってはる雀さんもよう似たもんですやんか」

「ありがとうございます。鬼御前さんは裏街道を歩く商売柄、盗人や海賊にわたりをつけられるように思いますので、そちらの道から一件を探っていただこうと思っています。

夢八さんは、地雷屋さんを憎んだり、恨んだり、陥れようとしそうな同業者がいないかどうかをお調べいただけますか」

「要久寺の和尚《おしょう》はどないしますねん」

要久寺は下寺町《したでらまち》にある貧乏寺で、「ナメク寺《じ》」と異名をつけられているほどぼろぼろだが、そこの住職大尊《だいそん》和尚も横町奉行を補佐する「三すくみ」のひとりなのだ。

「鬼御前さんは大尊和尚のことが苦手です。ですから、お声掛けをためらっています」

蛇は蛙に勝ち、蛙はナメクジに勝ち、ナメクジは蛇に勝つ。これが「三すくみ」のひとつ、「虫拳《むしけん》」という遊びである。

「そうは言うても、地雷屋はんは大尊和尚にとっても親しい仲間だっしゃろ。仲間の苦難に手を貸すな、というのはかわいそうな気もしますけど……」

「はい。わかっています。ですが、あの一癖もふた癖もあるあのお三方を上手に使うのは、若輩ものの私にはとてもむずかしいのです。横町奉行としては、情にほだされるのは禁物で、ちゃんとした結果が出なければなにもありませんから」

「そ、そらそうだんな」

「でも、あとでもう一度よく考えてみます」

夢八は驚いた。へらへらしているようで雀丸は、短いあいだに横町奉行としての考え方を会得しかけているではないか……。

「ほな、わたいはひとっ走り行ってきまっさ」

「お願いします。――あ、夢八さん、もし聞き込みの途中で絵師の貞飯さんの行方について心当たりがある、というひととぶつかったら、そちらのほうもよろしくお頼みいたします」

「わかっとりま。――待てよ」

今にも走り出そうとした夢八だったが、急に足をとめて腕組みをし、

「うーん……なんやったかなあ……ついこないだ、似たような話をきいたような気が……」

「まことですか？」

「あ、そや、思い出した！　新町の但馬楼《たじまろう》でわてを呼んでくれはったお客が世間話のついでに言うてましたんや。知り合いの菱田《ひしだ》なんとかいう絵師が、どこのだれともわからん大金持ちからの注文で、ぎょうさん名所絵を描かされてたのが、ある日急に姿が見えんようになってしもた……て」

「貞飯さんと同じですね……」

「しかも、注文に来てたのは、花魁《おいらん》にしてもええぐらいの別嬪《べっぴん》やったそうだすわ」

「…………」

「わたいも、ぼーっと聞いてましたさかい、あんまり詳しいことは覚えてまへんのやが、たしかそんなことやったと思います。そうしたら、その話を聞いてた舞妓《まいこ》のひとりが、わてのお馴染《なじ》みさんで摂津から通うてきてた絵描きさんが、突然来んようになって、心配して手紙出したら、行き方知れずになってるて返事が来ました、てなことを言い出しましてな……」

雀丸はしばらく考え込んでいたが、

「夢八さん、貞飯さんがいなくなったのは、もしかしたら夫婦喧嘩で飛び出したのではなく、かどわかしかもしれません。大坂中、いや、上方中でそういうことが起こっているのかも……」

「夫婦喧嘩やと思てたけど、案外、根は深いかもしれまへんな」

「そうかもしれません。良いことを教えてくださいました」

雀丸は頭を下げた。

◇

「ご安堵《あんど》あれ。万事とどこおりなく運んどります。東町奉行所の与力と同心に、手前の存知よりのものがおりましてな、その連中がほいほい引き受けてくれました。もちろん賂《まいない》はたっぷりとはずんでございます。今頃は地雷屋は白状に及び、そのうち死罪になりますやろ」

「首尾はどうじゃ」

「その与力と同心から秘密が漏れるようなことはなかろうな」

「そのものたちには、肝心のことはなにひとつ伝わっておりまへんのや。ご城代は、地雷屋を取り調べるように東町奉行所に命じましたが、それを手前が、召し捕って牢問にかけるようその与力たちに頼んだのでおます」

「大坂城代にも町奉行所にも言うことをきかせるとは、作州屋、おまえも怖い男じゃな」

「あの方々は手前の申すことを聞いとるのやおまへん。金の言うことを聞いてはるだけでおます」

「それはそうじゃ。――あとはどんどん描かせるだけだのう」

「そちらのほうもぬかりなく進んどります」

「異人があのようなものを欲しがるとは思いもよらなんだ。考えてみれば、日本地図なんぞよりずっと役にはたつのう」

「さようでおますな。しかも、ずいぶんと急いでおる様子やとか」

「その分、値を吊り上げてやったが、即座に承知しおった。まだまだ売れるぞ」

「ご在役さまは異人に絵を売っているのやのうて、この国を売っているようなもんだすなあ」

「ふふふ……売国奴か。そのとおりかもしれぬ。なれど、わしはご家老の指図で動いておるだけじゃ。山内家の台所はとうに潰れてしもうておる。立て直すには手立てを選んではおれぬ。金さえ稼げればなにをしてもよいのだ。おそらく他家も同様であろう。金がなければ軍備も調えられぬ。徳川の屋台骨がぐらつきだし、先行きが見えぬ今を生き残るには、金がいる。抜け荷でもなんでもするぞ」

　抜け荷は商人や役人だけが行うものではない。大名家が率先して抜け荷を行うことも多いのだ。薩摩《さつま》の島津《しまづ》家や石州浜田《せきしゅうはまだ》家、加賀《かが》の前田《まえだ》家などの例が知られているが、もちろんほかにもあっただろう。財政が逼迫《ひっぱく》した大名は、長崎の会所《かいしょ》を通さずひそかに清《しん》や阿蘭陀《オランダ》などとの直《じか》取り引きを行った。島津家などは、幾度となく公儀から抜け荷を糾弾されてもやめようとせぬ。少しまえには家老の調所《ずしょ》笑左衛門《しょうざえもん》が責めを一身に引き受けて服毒死したが、それでも抜け荷は続けているぐらいである。

「それにしてもうまい企みじゃな。地雷屋に抜け荷の罪をかぶせてしまえば、当家へは疑いが向かぬようになる。おまえも、地雷屋がいなくなれば大坂の廻船を牛耳ることができる。一挙両得というやつじゃ」

「地雷屋は目のうえの瘤《こぶ》でおましてな、あの店がのうなると、たいそうありがたいのでございます。手前ども同様、賄賂をばらまいてのし上がってきた店でおますが、横町奉行とつながりがおましてな……」

「横町奉行？　ああ、町人が町人の揉めごとを裁くとかいうアレか。大坂ならではの仕組みじゃな。あのようなものがおると、侍を恐れぬ町人が増えてなにかとやりにくいわい」

「はい、手前も同じ考えでございます。町人というのは、侍が申すことをなんでも、はいはいそうでございますかおっしゃるとおりにいたします、と聞いておればええのです。でないと、手前がお武家衆に袖の下をお渡ししている意味合いがのうなります」

「ははは……そのようなことを申しておるが、その武家を金の力で動かしておるのはおまえではないか」

「お気づきでございますか」

「さすがは作州屋、腹が黒いのう」

「ご在役さまほどではございませぬ」

「ところで、なにもかも片づいたあと、あの絵師どもはどうすればよいかな」

「それはもう……後腐れなく始末してしまうのが一番でございましょう」

「うははははは……やはりおまえのほうが腹黒いわい」

「いえいえ、ご在役さまを見習《みなろ》うておるだけでございます」

「わしこそ、おまえを見習うておるのじゃ」

「ご謙遜、ご謙遜……ご在役さまのほうが……」

「おまえのほうが……」

「ご在役さまのほうが……」

「おまえのほうが……」

いつまでも終わらない。

◇

夢八と別れたあと、雀丸は足を延ばし、下寺町の要久寺に赴いた。「ナメク寺」と呼んだほうが通りがよい要久寺は、寺ばかりが並ぶ下寺町界隈《かいわい》でも図抜けた貧乏寺である。本堂も斜めに歪んでいて、大風が吹いたら倒れそうなほどである。建ててから一度も掃除したことがないのでは、と思えるほどの汚さで、天井には蜘蛛《くも》の巣、壁にはネズミの巣があるが、ネズミの巣のほうは今は空き家である。ネズミが、あまりの汚さに嫌気がさして出ていったらしい。

（何遍来ても……汚いなあ……）

毎度のことながら呆《あき》れるしかない。山門の横には「葷酒《くんしゅ》山門に入《い》るを許す　なんぼでも許す」という石柱が建っていて、住職の酒好きを物語っている。この石柱を作ったことによって、要久寺は臨済《りんざい》宗の本山から縁切りをされたのだそうだ。

勝手知ったるボロ寺に上がり込むと、雀丸は庫裏《くり》に向かった。

「和尚さん……大尊和尚さんはおられますか」

「おお、ここじゃ。入ってこい」

声のしたほうに向かうと、和尚は板の間にあぐらをかき、大ぶりの茶碗で酒を飲みながら、なにやら細工ものを作っている。竹筒に鉄の輪がいくつもはめられており、その一端に長い棒がついている。

「なんですか、それは」

「わからぬか。水鉄砲じゃ」

大尊和尚は、からくり作りが得意なのである。

「はあ……こどものおもちゃですね」

「ちがう。そのようなありきたりのものではない。ここに取り付けた貯水箱に水を溜め、それを圧し縮めることで、よくある水鉄砲よりはるか遠くに水を放つことができるのじゃ。とてつもない圧がかかるゆえ、こうして鉄の輪をはめぬとすぐに割れてしまう」

「二間《けん》（約三・六メートル）ぐらいは飛ぶのですか」

「なんの、十間は届くな」

「えーっ、それはすごい」

すごい、と言われて和尚は顔を上げた。異相である。額が福禄寿《ふくろくじゅ》のように縦に長く、頬かむりするにはよほど長い手拭いでもむずかしいだろう。白い顎鬚《あごひげ》は床まで垂れ、とぐろを巻いている。身体は骨と皮ばかりに痩せこけているが、太い竹を鑿《のみ》でたやすく割っていくのを見ると、その細い腕にはかなりの力が秘められているものと思われた。

「しかも、ものすごい強さの水が出るぞ。豆腐ぐらいなら壊してしまう」

「豆腐？　それぐらいならこどもの水鉄砲でも壊せそうですが……」

「いや、豆腐ではなかった、コンニャクじゃ。コンニャクぐらいなら壊してしまう」

コンニャクでもたいしたことはなさそうだ。だが、豆腐とコンニャクのちがいについて言い合っているときではない。雀丸は早速本題に入った。

「地雷屋の蟇五郎さんがですね……」

そう一言言っただけで、

「蟇五郎か。あやつは苦手じゃ」

大尊和尚は顔をしかめた。

「わしはこのとおり清貧を楽しむ術《すべ》を知っておる。酒さえあれば極楽。そのほかのものは邪魔じゃ。金は邪魔にはならぬと思うかもしれぬが、あれがあると、どうも酒の味がまずうなる気がする。まことはこの寺も邪魔なのじゃが、からくりを作らねばならぬでな、今のところは手放してはおらぬ。本来無一物、いずくにか塵埃《じんあい》あらん……唐《から》の六祖《ろくそ》慧能《えのう》もそう言うておられるが、それはまことでな、おまえが今見ているこの塵埃……これも『ない』のじゃ。わかるか」

塵埃、などという生易《なまやさ》しいものではなく、ゴミ屋敷状態だとは思ったが、それは口にしなかった。

「ところが、あの男は金、金、金、金、金、金……朝から晩まで金じゃ。どうも気が合わぬ。あやつの顔を見ると、こちらに金の気がうつるようで気分が悪うなる」

「蟇五郎さんの金は、和尚さんの酒と同じじゃないですか？」

「たわけ！　金と酒を一緒にするでない。酒は神聖で清らかなるもの、金は汚らわしき世俗のものじゃ。そんなこともわからぬのか！」

「す、すいません……。おっしゃることはごもっともなのですが、その蟇五郎さんがたいへんなのです」

雀丸は、地雷屋蟇五郎が東町奉行所に召し捕られ、今頃は天満牢屋敷できつい責めを受けているかもしれないことなどを逐一話した。

「ふん、日頃の悪行が身に報うたのじゃろう」

最初は吐き捨てるように言ったが、

「うーむ……なれど、あの男にかぎって、抜け荷は働かぬと思うぞ。あやつは金の亡者で、金のためなら危ない世渡りも辞さぬ悪徳商人じゃが、露見したらかならず死罪になるようなことには手を出さぬ。それが彼奴《かやつ》の処世なのじゃ」

「私もそう思います。これにはなにか裏があると思うのです」

「じゃな」

「抜け荷の件は鬼御前さんに頼みました。で、和尚さんにお願いしたいのは……」

「うむ」

「蟇五郎さんのことではありません」

大尊はガクッと倒れそうになった。

「じつは、うちの近所に長谷川貞飯という浮世絵師がおりまして、その家が夫婦喧嘩が絶えぬのです」

和尚は、ますますわからん、という表情で、

「それがどうした。夫婦喧嘩など放っておけばよい」

「ところが、蟇五郎さんに関わりがないとも言い切れないようなのです」

雀丸は、貞飯が失踪したこと、はじめは喧嘩の果てに家出をしたと思っていたが、よそでも絵師の失踪が相次いでいること、そして、貞飯に絵を注文してきたのが「地雷屋蟇五郎」であることなどを話した。

「おのれのことを秘し、女に仲介させる……というのは蟇五郎らしゅうないな。あやつはなんでも俺が俺がと表に出るやつじゃ」

「でしょう？　なので、和尚さんには絵師かどわかしの一件について調べていただきたいのです。もしかすると、蟇五郎さんの件とつながりがあるのかもしれません」

和尚は細い腕を組み、目を閉じてしばらく考えていたが、

「夫婦喧嘩か……。蟇五郎に関わりがあるともないともわからぬのであろう。わしも、蟇五郎とは長い付き合いじゃ。たしかに彼奴は苦手ではある。苦手ではあるが……鬼御前が抜け荷のことを調べるというなら、わしも夫婦喧嘩ではなく、蟇五郎と直につながっておるようなことを調べたいわい」

雀丸は内心ほくそえんだ。なんだかんだと言いながら、やはり蟇五郎のことが心配なのだ。

「ではありましょうが、この一件、真っ向からではなく、案外、搦《から》め手のほうから真実がこぼれ出るような気がするのです」

「うーむ……」

「ただの勘ではありますが、その勘に賭けてみてください」

和尚は目を開けると、

「わかった。横町奉行であるおまえさんを信じてみよう」

そして、天井から垂れ下がった紐の一本をぐい、と引いた。カラカラカラ……という音がして、すぐに万念《まんねん》という小坊主が飛んできた。目が大きく、頓智《とんち》がききそうな顔立ちだ。

「和尚《おっ》さま、なにかご用で」

「うむ、わしは今から横町奉行の仕事で出かけねばならぬ。しばらく帰れぬかもしれぬゆえ、留守を頼むぞ。もし、葬式が取れたら、おまえが適当にやっつけておけ」

「大丈夫です。近頃、うちの檀家《だんか》は、死人が出てもうちには頼みに来ませんから」

「それはけしからん。檀家のくせになにゆえじゃ」

「和尚《おっ》さまが酔っ払って、棺桶を踏み抜いたことがありましたでしょう。あれからこっち皆、申し合わせて、よその寺に頼んでいるみたいです」

「うはははは。あれはひどかったな」

雀丸は呆れ顔で、

「では、私は竹光屋に戻りますから、なにかあったらそちらまでお報せください」

そう言うと立ち上がった。

◇

「やめい」

吟味役与力の三田村が声をかけた。打ち役は一礼して汗を拭った。蟇五郎の背中には赤いみみず腫れが無数についており、肉が弾けて血が滴っているところもある。全身からたらりたらりと脂汗を流していて、ガマの油が絞れそうなほどだ。息も絶えだえでぐったりと突っ伏している蟇五郎に三田村は言った。

「のう、蟇五郎。これでもまだ白状せぬか」

「はい。いかほど打ち据えられましょうと、やってもいないことをやったとは申せませぬ」

「そうか……」

三田村は立ち上がり、蟇五郎に近づくと、

「ならば、やむを得ぬ。石を抱いてもらうことになるぞ」

「…………」

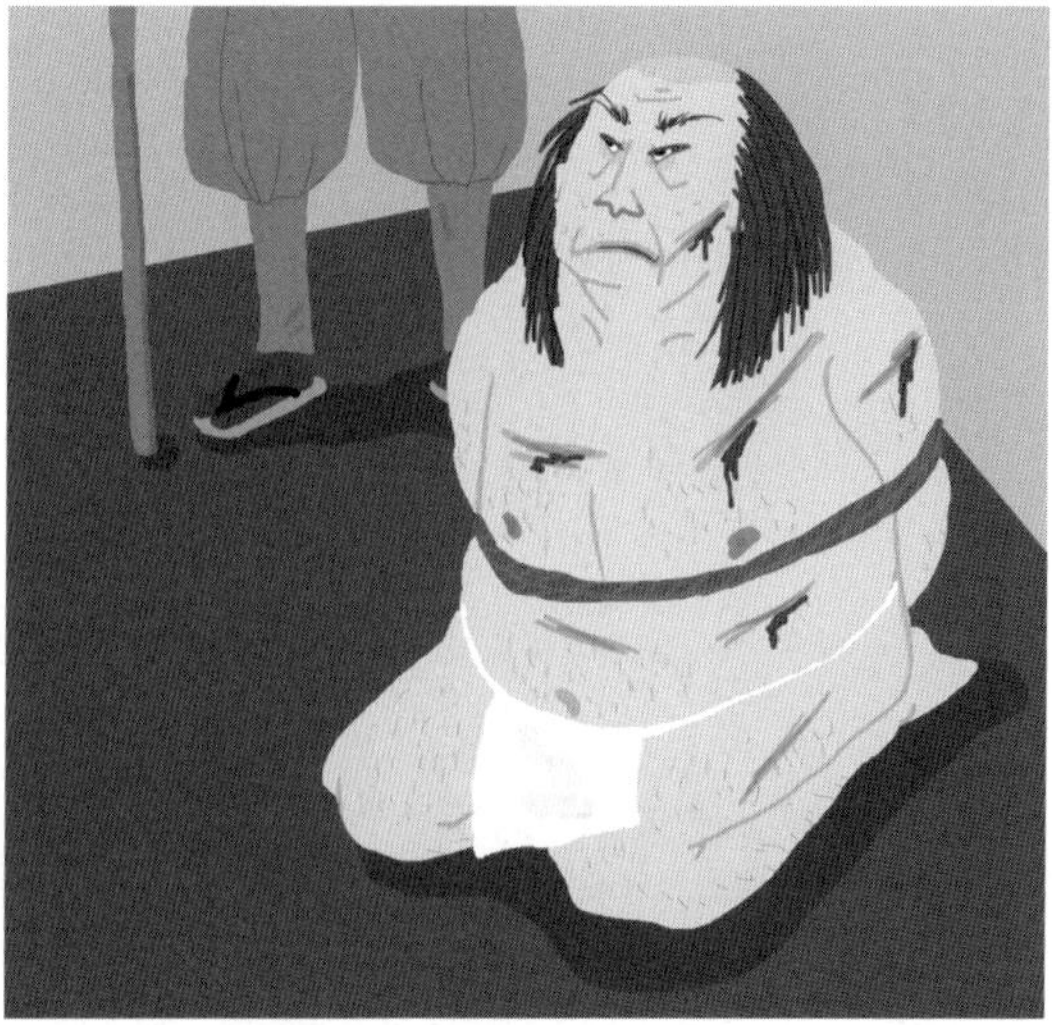

「脛の肉が裂け、骨が砕ける。たいがいのものは口を割る。そのような目に遭うまえに言うてしもうてはどうだ」

「三田村さまに申し上げます」

「なんだ」

「肉が裂け、骨が砕けるような拷問ならば、その苦しさから逃れるために、心弱きものはやってもいないことを『やった』と申しましょう。そのような責めになんの意味がございます」

三田村は、痛いところを突かれた。日頃、彼もそのような思いを抱かぬではなかったのだ。我慢の限界を超えた苦痛を与えると、だれしもが自白する。だが、それはまことの「白状」なのだろうか。吟味役として三田村は、つねにその考えと戦っていた。

「では、おまえはなにも言うつもりがないのだな」

「はい。身に覚えのないことを『やった』と言うのは、負けでございます。たとえ死んでも負けとうはございません」

「ふむ……」

三田村は内心、

（こやつは、無実ではないのか……）

と思ったが、彼にはどうすることもできない。三田村は打ち役に言った。

「支度をせよ」

「石抱き、でございますか」

三田村は一瞬考えたが、

「いや……笞打ちだ」

三

雀丸が竹光屋に戻ると、口縄の鬼御前が上がり框に腰を下ろし、鉈豆煙管《なたまめギセル》で煙草を吸っていた。

「ようやっと帰ってきたわ。長いこと待ったんやで。あんたの頼みやゆうからすっ飛んできたんや」

生地の分厚いだぶだぶの浴衣をだらしなく着て、幅広の帯を締め、腰には女だてらに長脇差《ながわきざし》をぶちこんでいる。浴衣は鬼面を散らした柄で、裾が短いので白い太股《ふともも》が丸出しである。やや太り肉《じし》で、腕も太いが、胸にはさらしを巻き、乳房を押さえている。もともと背が高いうえに、高下駄《たかげた》を履いているので、立つとかなりのたっぱがある。顔には歌舞伎の隈《くま》取《ど》りのような化粧をほどこし、目尻を吊り上げている。いわゆる「女伊達《おんなだて》」というやつだ。四天王寺《してんのうじ》に近い口縄坂に一家を構え、子方《こかた》たちを従えて俠客の看板をあげている。

「それは遅くなって失礼しました」

「ええねんええねん。あては雀さんの頼みやったらなんでもきくのやさかい。地獄へ行ってくれ、ゆわれてもにっこり笑《わろ》うて行きまっせ」

隣で角兵衛が汗の小一升もかきながら、

「こんなこと言うてはりますけど、このひと連れてくるの、たいへんでしたで。『鬼』て書いてある暖簾の家、入るの嫌ですがな。けど、度胸すえて、『ごめんなはれや。こちらに口縄の鬼御前ゆうおひとがいてますやろか』て言うたら、そこにおった若い衆《し》が、『おい、素人《しろうと》のおのれが、うちの姉さんのことを呼び捨てとはええ根性やないか』言うて、いきなり白刃をわての……わての……わての喉《のんど》に突きつけましたんや！」

鬼御前は艶然《えんぜん》と笑って、

「ほほほほ……冗談《てんご》や冗談。うちの若いもんは皆、冗談が好きやさかい……」

「冗談には見えまへんでしたで。そのあと、奥からこのおひとが出てきて、『表が騒がしいやないか』て言うさかい、わてを助けてくれるんかいなあと思たんで、『すんまへん、地雷屋蟇五郎方の番頭で角兵衛と申します』て言うたら、『なに？　地雷屋？　どこの馬の骨かと思たら、あのカスのところの番頭かい！　殺してしまえ！』……もう無茶苦茶ですわ」

「なにが無茶苦茶やねん。あんたが、雀さんのお使いやてはじめに言うてたら、もう、下にも置かんもてなしやったのに……あんたのだんどりが悪いんやなあ」

角兵衛は目を赤くして、

「もう二度と、ヤクザもんの家に使いにいきとうおまへんわ！」

「そう言わんとまたおいでえな。雀さんの知り合いやったらいつでも歓迎やで」

どうでもいい話である。

「で、私の調べてほしいことというのは……」

鬼御前は右の手のひらを伸ばして雀丸の言葉をさえぎり、

「みなまで言わんでよろし。角兵衛はんの話を聞いて、あてはすぐにつてをたどって瀬戸内の海賊と抜け荷について調べさせましたんや。たしかに海賊みたいなふるまいをする連中はおるけど、樽廻船や菱垣廻船を大っぴらに襲うことはないようやなあ。あと、異国との抜け荷は清国とのものが多いらしいけど、あんまり高知の沖ではやってないんとちがうか、ゆうことでしたわ」

「さすがは鬼御前さん。仕事が早いですね」

「おーほほほ……お世辞とわかってても、あんたに言われたらうれしいわあ」

「ということは、谷九九丸が海賊に襲われたというのは間違いなのでしょうか」

「そやねえ……田辺沖あたりでは目立つさかい海賊は出んのとちがうやろか」

「では、鬼御前さんは引き続き、調べを続けていただけますか」

「わかりました。けど……あの蟇蛙、いつまで持つやろか」

蟇蛙というのは蟇五郎のことである。

「東町のお取り調べは厳しいので知られてますねん。あてもいっぺん、女牢に入ったことおますけど、百叩きで背中からお尻まで真っ赤っ赤になりました」

そう言ったあと、

「うわあ、嫌やわ。雀さん、今、あてのお尻思い浮かべたやろ。この助平《すけべ》」

そんなこと微塵《みじん》も考えていなかった。

「ああいうところは厳しい修行をしてるあてらでも音を上げるほどだすねん。ましてやさんざん好き放題に暮らしてる蟇蛙には、地獄やと思う。身に覚えがあろうがなかろうが、苦しみから逃れたいと思て白状してしまうかもしれまへん。そうなったら……」

「死罪ですよね。無実の罪である証拠が見つかるまで、蟇五郎さんには耐えていただくしかありません」

「耐えられますやろか」

「きっと……たぶん……できれば……」

「もし、死罪のお裁きが下されたら、あては子方を連れて天満の牢屋敷に暴れ込んで、蟇蛙を助け出します」

鬼御前も、やはり蟇五郎には仲間意識があるようだ。

「そんなことにならないよう祈ります」

雀丸も、蟇五郎は拷問に耐えることはできないだろうと思っていた。惰弱な暮らしに馴染んだものはこらえ性がなくなる。自分ならどうだろう……と雀丸は思った。おそらく無実の罪であっても、石を膝に乗せられて、肉が裂け、脛の骨が折れたら、あることないことぺらぺらしゃべってしまうのではないだろうか。

（早くしなければ……）

雀丸が焦ったとき、

「おごめーん！」

入ってきたのは夢八だ。

「夢八さんも早いですね。さっき出ていったところでしょう」

「手遅れになったらなんにもなりまへんからな。――と言うて、なにがわかったゆうわけやないんですが、だんどりだけは済ませました。明日の朝には、土佐からなにか報せがあるはずだす」

「えっ、どうやって？」

「それは……ふっふっふっ、内緒でおます」

雀丸は、嘘つきのはずの夢八の言うことに、じつは嘘はないと感じていた。彼が明日の朝に土佐から報せが来るといったら、本当に来るのだ。

「これでもう、今のところ打つ手はないですね」

雀丸が言った。

「あとは明日のことにしましょう。皆さん、ご苦労さまでした」

雀丸は頭を下げたが、立ち上がるものはいない。鬼御前が心配そうに、

「もし、今夜のうちに蟇蛙が白状してしもてたらどないしまんのや。書物役同心が書き取ったもんに爪印を押さされたら……万事おしまいだっせ」

皆は押し黙った。しかし、どうしようもないのだ。竹光屋が暗澹《あんたん》とした空気に覆われようとしたとき、

「飲みましょうか……！」

と雀丸が言った。

「けど、こんなときに不謹慎とちがいますやろか……」

角兵衛が眉をひそめたが、加似江が大きくうなずいて、

「雀丸、よう言うた。かかるときは酒じゃ。飲んで意気を上げるのが一番良い。昔の英雄豪傑も酒盛りで翌日の戦《いくさ》に備えた。わしらも飲んで、明日またがんばればよい」

夢八もにたーりと笑い、

「そやなあ。飲みまひょ飲みまひょ。タダ酒ならなんぼでも飲みまひょ」

鬼御前も白い股を剝《む》き出しにしてどっかと大あぐらをかき、

「よう考えたら、あてら、みんな極道の集まりやわ。侍辞めて竹光作ってるもん、悪徳商人、嘘つき、それにあてみたいにお天道《てんと》さんはばかるような女伊達……不謹慎や言うたら生きてることがそもそも不謹慎や。せめて世間さまになんぼかお返しができれば……とそればかり思うてますねん」

皆が、ホッとしたような表情になった。

雀丸がちゃっちゃっと酒肴《しゅこう》の支度をした。なにもないのでありあわせだ。梅干しの種を取り、包丁で叩いて、鰹節《かつおぶし》をまぶしたもの、ほうれん草をさっと湯がいて固く絞り、胡麻《ごま》をかけたもの、目刺しの軽くあぶったもの、冷奴《ひややつこ》に茗荷《みようが》を刻んで載せたものなどである。酒は一升徳利からめいめいが手酌で茶碗に注いで飲む。

「さあ、角兵衛はん、飲みなはれ」

鬼御前に茶碗を押し付けられ、

「よ、よっしゃ。明日は明日の風が吹く。旦さん、ご勘弁を……」

そう言うと、息をもつかずぐーっとあおった。

「ああ、喉がよう渇いてたさかいけっこうだすわ」

「あんた、いける口やないか。さあ、もう一杯」

「いや、もうよろしいわ。あとはちびちびと……」

「なに言うてるん？　あての酒が受けられへんちゅうんか」

頭のどこかでは蟇五郎のことを案じながらも、和気藹々《あいあい》の酒盛りがはじまった。鬼御前は、角兵衛を酔い潰さんばかりにどんどん飲ませる。角兵衛も負けじと鬼御前に飲ませる。すると加似江が鬼御前に勝手な負けん気を出してこれまたがぶがぶ飲む。夢八は、そのあたりに落ちていた竹を拾って大津絵《おおつえ》の又平《またべい》の真似をして踊り出す。雀丸がそんな様子を見つめながら飲んでいると、

「こんばんは……」

表で静かな声がした。雀丸は弾かれたように立ち上がると、戸を開けた。園だ。

「どうしたのです」

「父にいろいろきいて参りました」

皆、酒を飲む手をとめて、園を見た。

「そういうことはしなくてもよいと……」

「吟味の中身についてはなにもきいておりません。ただ……地雷屋さんのご様子を、と思いまして……」

「まあまあ、なかに入ってください」

園は悄然として腰をかけると、

「やはり、地雷屋さんを召し捕ったのはうちの父でした。父とその上役の北岡さまと申

される与力のお方が受け持ったそうです。大坂ご城代から北岡さまを名指しで、召し捕るようにというお指図があったとか……」

「それは変ですね。ご城代が与力、同心を名指しするとは……」

雀丸はつぶやいた。

「父は、牢屋敷での責めにも立ち会ったらしく、地雷屋はどんな牢問をかけても音を上げるどころか、唇を嚙み、頑としてなにひとつ白状しようとせん、これはひょっとすると……と申しておりました」

「ひょっとすると、とはどういうことでしょう」

「そのさきは聞いておりませぬ」

雀丸は一同に、

「蟇五郎さんも命懸けでがんばっておられるようです。私たちもがんばりましょう」

「うーい」

皆は茶碗を持ち上げた。

◇

それより少し先立つ時刻のことである。

「ふーむ……」

吟味役与力の三田村は、笞打ちをやめさせた。これ以上やると、背中の骨が砕ける。すでに肉が裂け、血が床にまで滴っている。

「これでもしゃべらぬか」

「………………」

もはや蟇五郎は声を出す力もないようだ。三田村は吟味席まで引き返してくると、北岡与力に言った。

「公儀船手頭が証拠の日本地図を見つけたと申しておったが、まことなのか」

「今更なにを言う」

「こやつがなにも言わぬのは、おのれの命が惜しいゆえ、だけとは思えぬ。まことに無実なのではないか。たとえば店ぐるみではなく船頭が勝手に企てたとか……」

「船手頭が地雷屋が首謀だと言うておるのだから、それでよかろう」

「それでよいわけはない。あとでちがっていたとなれば、われら東町の失態となり、お頭も迷惑を被ると思うが……船頭たちを大坂に呼び寄せて、吟味をやり直したほうがよいのではないか」

「われらはあくまで船手頭と大坂城代に、地雷屋に白状させるよう命じられただけだ。その務めを遂行するまで」

「それはおかしい。死ぬまで責めればほとんどのものは苦痛から逃れようと白状する。

それでは吟味にならぬ。我々は真実を探り出したいのであって、はじめから決められた答えを引き出したいわけではない」

「三田村、地雷屋が抜け荷をしていたことは船手頭の調べですでに明白となっておるのだ」

「船頭たちが企んだのか、主の指図で店ぐるみで行われていたのかはまだわかっておらぬはず」

「同じことだ」

「同じではない」

「よいか、三田村。もしも蓑五郎が知らなかったとしても、雇い人が天下の大罪を犯したのだから責《せき》は免れぬ。いずれにせよ死罪か遠島だ。ここはどうしても蓑五郎の自白が欲しいのだ」

「なにゆえそれにこだわる。どうしても地雷屋を潰したいのか」

「い、いや、そんなことはない。船手頭が……」

「すぐそれを申す。町奉行所は船手頭の手先ではないぞ」

「よいからお主は地雷屋を責めておればよい。責めが手ぬるいゆえ白状せぬのではないか。一刻も早う書き留めを作りたいのだ」

「そろそろお頭の風邪が治り、出仕してくるからか」

「………」

「一旦牢問をやめ、お頭におうかがいを立てたほうがよいのではないか」

「そ、それは困る……」

上役である北岡と、吟味役与力三田村のやりとりを聞きながら、皐月は考えていた。

(地雷屋という男、金儲けのためにはどんな悪辣なやり方でも押し通す下衆《げす》商人と聞いていたゆえ、少し責められればすぐにでも白状するだろうと思うていたが……)

案に相違して、蟇五郎はまるでしゃべらぬ。その態度も立派で、泣きごとを並べることもなく、「やっていないことをやったと言うわけにはいかぬ」と一貫して主張し続けている。

(これは……もしかすると……まことに無実なのではないか……)

皐月同心の頭にはそんな疑念が萌《きざ》しはじめていた。

◇

翌朝、起きてみると二日酔いだった。雀丸は水瓶から柄杓《ひしゃく》で水を汲み、くーっと飲み干したが、まだ頭はしゃっきりしない。加似江とふたり、湯漬けに香の物という朝飯を食べたあと、竹光屋の暖簾を掛けようとしているところへ、夢八と地雷屋角兵衛が連れ立ってやってきた。

「これはご両人、おそろいで」

　角兵衛が、

「そこでばったり会いましたんや。店にいても、いてもたってもおれんさかい早うから
お邪魔を承知で来てしまいました」

「邪魔だなんてとんでもない。横町奉行の務めですから」

　そうは言ったものの、これで一文でも儲かるわけではない。手間も暇も取られるので
かえって持ち出しになる。

「へっへっへっ……昨夜はごちそうになりましてえ……」

　夢八はいつもの派手な着物ではなく、あたりまえの格好である。

「谷九九丸のことがいろいろわかってきましたで」

　雀丸は感嘆した。

「ほう、それは早いですね」

「へっへっへっへっ……」

　なかに招き入れ、座布団をすすめると、そのうえに座った夢八は、

「今、谷九九丸は土佐の港に繋《つな》がれとりまして、船頭はじめ船乗りは皆、山内家の奉行
所で公儀船手頭と山内家小目付役の吟味を受けとるみたいです」

「ということは、船手頭は本物だったのですね」

「土佐沖で樽廻船と英吉利の商船が抜け荷をしている、という噂《うわさ》を山内家の船奉行が聞きつけ、大坂在役を通じて大坂城代、そして、若年寄に報せ、若年寄が船手頭に命じて土佐沖に網を張らせていた……とまあ、そういうことらしいです」

樽廻船は江戸に向かわせていた、という地雷屋の主張と食い違っている。どこで食い違っているのだろう。だれかが嘘を言っているはずなのだが……。

「船頭たちが言ってる、海賊についてはどうです」

「えーとですねえ……」

夢八は、書状のようなものを見ながら説明をはじめた。

谷九九丸が田辺沖まで来たとき、海賊船が突然現れ、船を横づけにして乗り込んできた。抗《あらが》った水夫がいきなり斬られたので、みんなビビッてしまった。海賊船は谷九九丸に鉤爪のついた太い縄を何本もかけ、動きを封じておいてむりやり西へと向かわせた。刀を持った連中がずっと見張っているので、水夫たちは言うなりになるしかなかった。ところが、土佐沖に出たところで、海賊たちはなにひとつ盗らずに谷九九丸から海賊船へと戻り、縄も外して、去っていった。船乗りたちはあっけにとられたが、気を取り直して江戸に向かおうとしたとき、公儀の船手頭が現れ、拿捕されてしまった。役人たちが、

「抜け荷の疑いがある」

と言って船内を調べ出した。すると、持っていたはずのない伊能忠敬《いのうただたか》の「大日本沿海輿地《よち》全図」が見つかった。いくら海賊の話をしても信じてもらえなかった……。

「抜け荷の相手である英吉利の船というのは？」

「それは見当たらなかったようだすな」

雀丸は考え込んだ。日本地図は国外への持ち出しが禁止されているだけで、日本にいるかぎりは禁制品でもなんでもない。谷九九丸の船乗りたちの話が本当なら、江戸に向かうつもりだったのだから、日本地図があったとしてもおかしくはない。しかし、船乗りたちは、日本地図は持っていなかった、と言っている。海賊船がなにも盗らなかったのは、彼らの目的が谷九九丸に日本地図を持ち込むことだったからではないか……。

「昨日の今日で、よくそこまで調べられましたね。でも、いくら夢八さんが足が速いといっても、土佐まで行くわけにはいかないでしょう。どうやって向こうのことを調べたのです？」

「へへ……そこはそれ、商いのうえの秘密でおます」

「書状をやりとりするにも、半日では早飛脚でもむずかしいでしょう」

「じつは、これですねん」

夢八がふところから取り出したのは、鳥の羽だった。

「それは……？」

「鳩《はと》でおます。わたいの知り合いに鳩使いがおりましてな、遠いところとやりとりしとりますねん。土佐なら片道二刻（約四時間）もありゃ行きよりますわ」

「なるほど、伝え鳩というやつですね。――でも、鳩が一度に運べる書状は小さなものでは？」

「せやから、何羽も連ねて飛ばしますねん。そのかわり値ぇもごっつう張りましたけど、そんなん言うてられん」

　角兵衛が、

「うちは使たことないけど、京、大坂の商人のなかには鳩でやりとりしてる店もありますな。だいたい十五里飛ぶのに半刻ほどやと聞いとります。――夢八さん、その費用、わてとこが出しまっさ。なんぼか言うとくなはれ」

「そらありがたい」

　雀丸は、なるほど、そういう使い方をすれば金も生きるなあ、と思った。

「伝え鳩か、いいなあ。私も飼おうかなあ」

　雀丸が言うと夢八が、

「あんたは鳩より雀がええんとちがいますか。鳩飼《こ》うたら鳩丸になってしまう」

　皆はどっと笑ったが、雀丸はこの夢八という男がまだなにかを隠しているように思えてならなかった。それは、薄気味悪いというより、雀丸にとってたいへんな魅力なのだ。そんな雀丸の感慨をよそに、夢八は言った。

「これはたぶん、鳴滝《なるたき》一件を真似たんだっせ」

「鳴滝一件ってなんでしたっけ」

雀丸がたずねると、それまで黙って聞いていた加似江が、

「おまえはほんに天下国家のことをなんも知らんのじゃな。鳴滝一件と言うのは、シーボルトたらいう医者のことじゃ」

二十年ばかりまえ、独逸《ドイツ》人で長崎阿蘭陀商館の医師を務めていたシーボルトは、鳴滝という場所に私塾を開き、大勢の弟子を育てたが、帰国に際し弟子のひとり高橋景保《たかはしかげやす》が贈った伊能忠敬の日本地図が国禁に触れるとして尋問を受け、蒐集《しゅうしゅう》した絵図、刀、鏡などまでも没収され、国外追放になった。高橋景保は死罪となり、家族や通詞《つうじ》、弟子など五十名を超えるものたちが連座して処分を受けた。

「地雷屋はんに罪をなすりつけるためにシーボルトの件を真似たに相違おまへんわ」

夢八がそう言うと、角兵衛も目を三角にして、

「どこのどいつか知らんけど、汚いやっちゃ」

雀丸は、

「その『汚いやつ』ですが、角兵衛さんには心当たりはありませんか」

角兵衛は途端にしょげたような顔つきになり、

「それがその……うちの旦那はご存知のとおり、ああいう性質《たち》だっしゃろ。儲かるとなればなりふり構わずでおますさかい、恨みもぎょうさん買うとります。旦那は常日頃、商いは戦やから法度に触れんかぎりはなにをやってもええ、勝てばええのや、と口癖のように言うとりますが、腹を立てとるお方はおりまっしゃろなあ。けど、名前を挙げるのは、わてとしては同業者を密告《さ》すようでちょっと気が引けます。もし間違えてたらえらいことでおますし……」

「地雷屋さんの命がかかっているのですよ。教えてください」

一番番頭は頭を抱えた。すると、夢八が、

「ほな、わたいから申しましょう。わたいが小耳に挟んだところによると、作州屋治平《じへい》というのがなにかにつけて地雷屋はんと張り合うておるとか……」

角兵衛の顔がこわばった。

「へえ……たしかにそれは……」

「作州屋なら、蟇五郎さんを罪に陥れるぐらいのことはしかねませんか」

雀丸がきくと、

「うーん……」

角兵衛はしばらく唸っていたが、

「わかりました。旦さんのためや。思い切って申し上げます。わても、旦那が捕まったときに真っ先に思い浮かべたのは作州屋はんの名前だした」

「へー、どうしてです」

「あの御仁は、うちが廻船をはじめたころはことあるごとにうちを潰そうとしとりました。やり方もえぐいんだす。たとえば船乗りを金で言いなりにして、海のうえで積み荷を燃やさしたりしまんねん。荷主への償いもせなあかんし、信用も落ちるし……めちゃくちゃでしたわ。けど、うちがめげんと商いを大きゅうしていったら、しれっとあたりまえの付き合いをするようになりましたけど……腹のなかではなにを考えとるかわかりまへん」

「そうでしたか……」

いくら鳩が使えても、大坂にいては埒《らち》が明かぬ。土佐に赴くべきだろうか、と雀丸は思った。しかし、船手頭とは会えぬだろうし、地雷屋の船乗りたちも山内家の牢に入れられているだろうから、行ったとしてもたいしたことはわからないかもしれない。雀丸は頭を抱えた。

◇

それから五日が経《た》った。待つしかない雀丸は、竹光屋で竹を鑢《やすり》で削りながらじっと待ったが、夢八も鬼御前も角兵衛も新しい報せはなにももたらさなかった。ただただ時だけが過ぎていく。蟇五郎がとうとう白状してしまうのではないか、あるいは責めに耐えかねて獄死してしまうのではないか、という焦りは増す一方だったが、どうにもならぬ。雀丸は、東町奉行所に蟇五郎との面会を願い出てみたが、身内でも町役でも大家でもないものの請求など受け付けてもらえるはずがない。

(横町奉行なんて言っても、ただの素町人だからな……)

雀丸は、公の権威がない横町奉行の「弱さ」を痛感した。

ただ、園が毎日やってきて伝えてくれる、父親から聞いた蟇五郎の吟味の様子は、とても救いになった。蟇五郎は頑として口を割らず、その態度は落ち着いており、打ち役のほうが逆に癇癪《かんしゃく》を起こすほどだという。

「立派だ……」

と皐月同心も話しているらしい。しかし、日々の厳しい責めは蟇五郎の身体をむしばんでおり、湿気が多く暑さ寒さもきつい牢の暮らしにいつまで耐えられるかはわからぬし、病にでも罹《かか》ったら、いくら獄医がいたとて、劣悪な環境ではあっというまに悪化し、

「一発であの世行き」

だそうだ。もうひとつ心配なのは、いつまでも蟇五郎がしゃべらぬと、責めが重くなっていくことで、今はまだ笞打ちだが、つぎは石抱きになるだろう。そうなったら蟇五郎も耐えられるかどうかはわからない。

「父は小心なので、もし蟇五郎さんが無実だとわかったら……と恐れているようです」

「そうですか……」

園と同じく毎日やってくるのは、絵師の女房まさだ。

「雀さん、まだうちのひとの居場所、わからへんの？　さぼってるんとちがう？　大坂の町じゅうをずーっと走り回って、『貞飯さんはいてますかー』て叫びながら探したほうがええんとちがう？　わしはあのひとがおらなんだらあかんねん。戻ってきたらもう怒鳴り付けたり、どついたり蹴ったりせえへん。約束する。せやから……なあ、なあ、なあなあなあなあなあなあ！」

そう言われても、こちらも待つしかないのだ。

「わかりました。貞飯さんには内緒にしておいてくれと言われたことをお話しします」

「えっ？　浮気相手の名前かいな」

「ちがいますよ。貞飯さんに絵を注文していた人物です。――地雷屋蟇五郎という廻船問屋の主さんだそうです」

「地雷屋ていうたら……抜け荷で召し捕られた……」

「はい。この一件の裏にはなにかありそうです。地雷屋さんは今、牢屋敷で責めを受けています。もし、死んでしまったりしたら、貞飯さんの居場所もわからなくなってしまいます」

「そうでしたんか……」

「夢八さんによると、いなくなった絵師は貞飯さんだけではないようです。少なくともあとふたりはいるらしい。しかも、あいだに入っているのは花魁に見紛うほどの別嬪さんだったそうですよ」

「えーっ！」

「つまり、貞飯さんが言っていたことはまことだったわけです。浮気ではありません。よかったですね、おまささん」

「そ、そやったんか……」

「貞飯さんは言ってました。その旦那との約束で名前は出せないけど、いろいろたいへんだ、と。一家三人、家賃入れて四人家内を養うには、この割りのええ仕事は手放せない……とね」

　まさは泣き出した。

「あんたあ……わてが悪かったわあ……あんたがそんな気でいてくれてるのに、わてがキーキー言うて浮気を疑うやなんて……ああああ、許してやあ！」

　さんざん泣いたあと、まさは雀丸に向き直り、胸倉を掴んだ。

「な、なんですか」

「雀さん、なんとかしてうちのひとを探し出してちょうだい！　早う……ちょっとでも早う！　わてはあのひとに謝らなあかんのや！」

「わかってますって。今、あるひとにお願いして、その一件も探ってもらってます」

「ひと頼みやのうて、あんたが自分で動かんかいな！　ぼーっと座っててもなにもわからんで！」

「そう言われても……」

言いながら、雀丸はふと思いついて、

「貞飯さんのお仕事場を拝見してもよろしいですか」

「なんで？」

「なにか手がかりがあるかもしれませんから」

雀丸は、貞飯の家に行くから、夢八や鬼御前、園、大尊和尚などが訪ねてきたら報せてほしい、と加似江に言い残して、家を出た。貞飯の住まいは竹光屋からほど近い四軒町の長屋である。

「むさくるしいところですけど……」

まさにそう言われて上がり込んだ長屋は、なるほどむさくるしかった。

「辰吉くんは？」

「今、寺子屋でおます。もうじき昼ご飯食べに帰ってきよりますわ」

貞飯の仕事場は、何十本もの筆、絵具のほか、くしゃくしゃに丸められた大量の反故《ほご》紙《がみ》で足の踏み場もないほどに散らかっていた。

「うちのひとが出ていったときのまま、手ぇつけてまへんのや。いつ帰ってきても、すぐに仕事にかかれるように……」

「描き損じも捨ててないんですか」

「仕事のもんに触られるのをごっつう嫌がりますねん。せやから……」

雀丸は、積んである浮世絵の下絵を調べたが、とりたてて気になるものはなかった。つぎに、丸められた反故描きをひとつひとつほぐしてみる。

（おや……）

そのうちのひとつに目が留まる。大坂城の大手門だ。名所絵というより、かなり克明である。

（さすがだな。風景を描かせるとたいしたもんだ……）

大手門だけでなく、大坂城の絵の反故描きは数十枚あった。さまざまな蔵や櫓《やぐら》、石垣、天守、堀など、普段は入るのがむずかしいような場所のものもあり、いずれも事細かに描き込まれていた。おそらく叱責覚悟のうえ無断で入り込んで描いたのだろう。反故でこれだけあるのだから、実際は膨大な枚数を描いたにちがいない。

それだけではない。安治川から港へ出る川口の図、大川周辺の図、東西町奉行所の図、寺社仏閣、橋、廓《くるわ》や道頓堀《どうとんぼり》などの繁華な地など、大坂の主だった場所の反故も見つかった。

（これはえらいことになった……）

描き損じを手にしながら雀丸は震えた。大坂を俯瞰《ふかん》できるような地図よりも、要所要所をこういう「絵」で描いたほうがずっとその場所の具体的な様子がわかるではないか。そして、城や橋、港などの具体的な様子を細かに知りたい理由は……ひとつしかない。

（戦……）

貞飯は、浮世絵師としての腕ではなく、建物や風景を写実に描く腕を買われたのだろう。もしかすると注文主が急かすので、どこかに監禁されて絵を描かされているのかもしれない……。

（ほかにも絵師が失踪しているということは、大坂だけでなく、京や堺《さかい》、奈良、和歌山……いや、日本中の「名所絵」が描かれているのかもしれない……）

「雀さん、なんぞわかりましたんか」

反故を握りしめたままなにも言わぬ雀丸に、まさは心配そうに言った。

「少しほぐれてきました。がんばります。これは私の勘ですが、思いもよらぬところからすべてが解き明かされるのではないかと……」

雀丸がそう応えたとき、

「雀さん、おるかー！」

それは、要久寺の大尊和尚の声だった。

◇

大尊和尚が、

「口で言うてもわかりにくい。見てもらうのが一番」

それだけ言って雀丸とまさ、それに寺子屋から戻ってきた辰吉の三人を連れていったのは、八幡筋《はちまんすじ》だった。このあたりは古道具屋が多く軒を連ねているが、大尊はそのうちの一軒、「深爪屋《ふかづめや》」という店に入った。歩いていても見過ごしそうな小さな構えで、使用人も丁稚をひとり使っているだけのようだ。

「ごめん」

和尚が暖簾をくぐると、恰幅《かっぷく》のよい主は穏やかな笑顔で迎えてくれた。

「今度、横町奉行になった竹光屋雀丸と申します」

雀丸が挨拶すると、

「横町奉行にわざわざお越しいただくとは光栄でございます。今、丁稚《こども》にお茶いれさせますさかい、どうぞお座りを……」

大尊和尚がさえぎって、

「いや、急ぎじゃ。茶はいらん。早うあれを見せてやってもらいたい」

「はいはい、承知しました」

　主は店の奥に引っ込んだ。大尊は雀丸に、

「ここの主はからくり好きでな、わしと気が合うのじゃ」

　しばらくすると主は、小さな衝立のようなものを持ってきた。それをひと目見るなり、辰吉が、あっと叫んだ。

「おとんの絵や！」

　それは、四角い盆ぐらいの大きさの木の衝立で、雀が五羽描かれている。木《こ》っ端《ぱ》のようなもので急いで拵えたらしく、仕上げも適当だし、見栄えはしない。

「間違いありませんか」

　雀丸がきくと、まさも興奮した様子で強くうなずき、

「この下手くそな雀……あのひとの絵ですわ」

　ばらまかれた米を食べている雀の絵は、たしかに下手くそだ。名所絵とは雲泥の差で、とても同じ絵師の描いたものとは思えない。

「これをどちらで……？」

「二十歳過ぎぐらいの男が売りにきよりましてな、面白いのですぐに購《あがな》いました」

　主によると、古道具は市に買い付けに行くことがほとんどだが、たまにこうして素人が売りに来るものを買い上げることもあるそうだ。

「売りにきたのは、どこのだれかわかりますか」

主はかぶりを振り、

「はじめてのお方から買い上げますときは、盗品やったら困りますさかい、一応はおたずねしますのやが、おところもお名もまことのものやった例《ためし》はほとんどおまへんな。今度の方についても、和尚さまに言われて調べてみたのでやすが、やはりでたらめでおました」

「背格好に目だったところは……？」

「おまへんなあ。中肉中背で……強いて言うならば、商家に勤めているというよりは、どこぞのお屋敷の小者みたいな……」

ようするに「わからない」ということだ。

「出どころも、知り合いにもらった、とだけ言うてましたな。ほんまかどうかわかりまへんけど……」

「どこがどう面白いのです」

「ちょっと見といとくなはれや」

主が、衝立の横の部分を引っ張ると、なんと雀の数が三羽に減っているではないか。

「えーっ！」

雀丸は仰天して大声を出した。

「そないに驚かいでも……」

　主が苦笑いした。

「け、けど、二羽いなくなりましたよ！」

「ほな、戻しましょか」

　今度は横の部分を押すと、雀は五羽に戻った。

「わかりましたやろ」

　まるでわからない。きょとんとしている雀丸に、辰吉が言った。

「下の板に、格子戸みたいな枠がはめ込んであって、それを右左に動かしたら、板に描いたある雀のうち二羽だけ枠に隠れて見えんようになってるねん」

　なんとも理路整然とした説明だ。雀丸は頭を掻き、

「いやー、なるほど。まるでわからなかったです。どうもどこか抜けてるもんで……」

「おとんが雀さんのこと、抜け作鳥やて言うとったわ」

「これ、辰吉！　ほんまのこと言うたら失礼やろ」

　まさが、もっと失礼なたしなめ方をした。雀丸は、なにか言って挽回《ばんかい》しなくては……と思い、

「これは……『抜け雀』ですね」

　そう言って、園から聞いた落語のネタを受け売りで話した。

「ああ、わてもうちのひとから聞いたことあるわ。うちのひと、しょっちゅう寄席に行ってたさかい……」

　まさも言った。

「ぼくも連れてってもろたことある」

　辰吉はそう言ったあと、

「おとんに会いたい……」

　とつぶやいた。雀丸がなんと声をかけていいものやら迷っていると、大尊和尚が言った。

「わしは、この主から、面白いからくりが手に入ったから見にこないか、下手な雀が五羽描かれていて、まだ絵具が乾ききっていない作りたてのものだ、と聞いて、なんとなく勘が働いた。雀さんから、絵はいまひとつじゃが貞飯殿がからくりを作るのが上手いと聞いておったからのう」

「でも、このからくりからは、作ったのが貞飯さんだというほかはなにもわかりませんよ。売りにきたのがどこのだれかもわからないし……」

「そうじゃろうか。貞飯殿が落とし噺《ばなし》の『抜け雀』をよく知っておられたなら、なにゆえ五羽とも消さなかったのであろうかのう。このからくりの仕掛けならば、五羽消すのはたやすいはずじゃ」

「さあ……なにゆえ、と言われましても……」

するると辰吉が、

「雀が二羽だけ抜けたゆうのは『抜け二』の洒落とちゃうやろか。おとん、そういう駄洒落も好きやねん」

思ってもいなかったことだが……そうかもしれない、と雀丸は思った。もし、貞飯がどこかに押し込められ、助けを求めようとしているなら、大っぴらに手紙を書くわけにはいかない。知恵をしぼって、見咎《みとが》められてもバレないようなかたちで、なにかにその意を託さねばならないのだ。雀丸は、もう一度、雀の絵を見直した。この絵から読み取れることはほかにないか……。

「『抜け雀』を題にした、というのは、もしかしたら、抜け作の雀さん、つまり、私に宛てた報せだということかもしれません」

和尚が手を打って、

「いや、間違いなかろう。おまえさんに気づいてもらおうとしたのじゃ」

「でも、貞飯さんのかどわかしが抜け荷に関わりがあること、それを私に報せようとしたことはわかりましたが、肝心の貞飯さんが今いる場所は……」

辰吉が、

「この雀、米食うてるなあ」

雀丸は思い出した。家のまえで雀を見たときに、このあたりは堂島の蔵屋敷に近いため、雀が多い……そう思ったのだ。

「蔵屋敷だ！」

雀丸は叫んだ。

◇

雀丸が、同行の大尊和尚、まさ、辰吉、それに無理を言って連れ出した「深爪屋」の主の四人に、

「ちょっと寄るところがある」

と待たせておいて、はるばるやってきたのは東町奉行所だった。「ちょっと寄る」にしては相当な遠回りだが、どうしても会わなければならない相手がいた。門から少し離れたところで様子をうかがっていると、しばらくして同心皐月親兵衛が出てきた。行き過ぎようとするのを、

「皐月さま、どうもどうも」

皐月は露骨に顔をしかめ、

「またおまえか。なにをしておる」

「皐月さまを待っておりました」

「なに？　わしはおまえと話などしたくない。どうせ、園と付き合いたいなどと世迷言《よまいごと》を抜かすのであろう」

「ちがいまーす」

「では、地雷屋の一件か」

「大当たり。ちょっと耳を貸してください」

「帰れ帰れ。わしは忙しいのだ」

「そうではございません。皐月さまにどうしてもお報せしたいことがありまして……」

「いらぬ！　帰れと申しておる」

「皐月さまにも得になる話ですよ」

「くどい！　あっちに行け」

「まあまあ、そう言わずに……」

雀丸は皐月にひょこひょこ近づくと、その耳をぐいと引っ張った。

「痛い、痛い！　なにをするのだ、この無礼ものめ！」

しかし、雀丸がその耳になにごとかをささやくと、途端、態度が変わった。

「そりゃまことか」

「はい。証拠も出てきそうな気配です」

皐月は蒼白になり、供をしていた小者に、

「こうしてはおれぬ。――わしは牢屋敷に行く。おまえは先に帰っておれ」

そう言うと、あたふたと駆け出していった。それを見送りながら、

「船が難破しそうなので真っ先に逃げ出すというやつだな……」

雀丸はつぶやいた。

◇

「遅かったではないか」

待ちくたびれたらしい大尊和尚の機嫌は悪かった。

「すみません、東町奉行所まで行ってたもんですから」

雀丸は大汗を手拭いでぬぐいながらそう言った。

「東町……？　なんとまあ遠くまで行ったのう」

「でも、おかげで地雷屋さんはもう牢問されずにすみそうです」

「おお、それはよかった」

和尚たちは、土佐山内家の蔵屋敷の裏門が見えるところに陣取っていた。土佐の蔵屋敷は堂島ではなく、鰹座橋《かつおざばし》を挟んで白髪町《しらがまち》の南北二カ所にあった。西長堀川《にしながほりがわ》に面しているので、堂島と同じく水運の便はよい。彼らがいるのは、橋の南側で、ここなら両方の蔵屋敷がよく見える。

「こちらはどんな塩梅《あんばい》です」

「まだ出てこぬ。ちと思惑が外れたかのう……」

大尊和尚が首をかしげたとき、深爪屋の主が、

「あいつや！　衝立を売りにきたやつに間違いおまへん！」

そう言って指差したのは、裏門から現れた小者風の男だった。懐手をして和光寺《わこうじ》のほうへ歩き出したその男のまえに雀丸たちは飛び出した。

「な、なんや、おまえら」

深爪屋の主が、

「あんた、こないだうちの店に雀の衝立を売りにきたお方やな」

「どこぞで見た顔やと思たら、あの古道具の親爺《おやじ》かいな。そや、わしが売ったんや。なんぞ文句あるんか。金返せて言われても遅いで。もう使てしもたわい」

雀丸が進み出ると、

「あの衝立をどのようにして手に入れたのかおききしたいのです」

「そんなもん、どうでもかまへんやろ」

「まあそう言わずに」

いくばくかの金を握らせると、小者はにやりと笑い、

「ははは……じつはうちの屋敷におる絵描きが、暇潰しにこんなもん拵えてみたけど、

面白いからくりやろ、もしよかったらどこぞで売って、あんたの小遣いにしてもええで、て言うさかい、そのとおりにしただけや」

「その絵描きというのは、長谷川貞飯という御仁ではありませんか」

「さあなあ、名前までは知らん。今、うちの屋敷にはなんでかわからんけど絵描きがぎょうさんいてるねん。みんな、ご在役さまに尻叩かれて、躍起になって絵ぇ描いてるわ。あんなに大坂のあちこちの絵描かせて、なににするんやろなあ」

皆は顔を見合わせた。

◇

「地雷屋はどうした。そろそろ白状したか」

「あれから報せが来とりまへんが、今日にでも東町の昵懇《じっこん》な与力に使いを出しておきますわ」

「強情なやつじゃな」

「なあに、いざとなったら獄死してもらいまっさ。食べものか飲み水に毒を入れてやればすぐに片づきますやろ」

「おまえにかかったら、牢屋敷のなかもおのれの庭先のようじゃのう」

「へへへへ、だいぶんに金を使いましたさかいなあ……」

「これで上方の絵はだいたい揃うた。ご家老もお喜びじゃ」

「へえ、英吉利船へ渡す約定《やくじょう》の期日になんとか間に合いそうで、安堵しとります」

「わしは今から一旦、その取り引きの支度のために土佐に戻る。あとのことはよろしく頼むぞ」

「へえ、心得とります。土佐行きの船も安治川につないどりますゆえ、ゆるゆると土佐までの船旅をお楽しみくださいませ。酒も料理もたんと積んでおます」

「いつもすまぬのう。――あちらがつぎに所望しておるのは、東海道の各所の絵じゃ。江戸、四国、陸奥《むつ》、南街道、西街道、まだまだ当分、稼げるようじゃ」

「なれど、あの絵師どもを連れて旅に出るというのはなかなかむずかしゅうおます。途中で逃げられでもして、ことが露見したらそれこそ一大事で……」

「それもそうじゃな。では、行く先ざきの絵師を使うか」

「と申しましても、江戸と大坂、京ぐらいにしか浮世絵師はおりまへん。あとは大名家に仕える御用絵師で、これはさすがに使えまへんやろ」

「うーむ……なんとかせねばならぬのう。克明な名所絵の抜け荷は、今やわが土佐の大きな金箱じゃ。このことは殿もご承知で、内証《ないしょう》の立て直しのひそかな柱になるのでは、と大いに見込みを持っておいでじゃ」

「絵師どもの妻子を人質に取ればええのやおまへんか。言うこときかんならこどもを殺す、ゆうたら、たいがいのもんはあきらめますやろ」

「ははは……相変わらず悪知恵の働く男よのう。で、なにもかも終わったら、その絵師たちは斬ってしまえばよいのだな」

「いえ、お断りになられますと、これはお武家さまがやった、とわかってしまいます。やはり毒を飲ませるのが一番かと……」

「むふふ……おぬしの悪知恵には河内山《こうちやま》や村井長庵《むらいちょうあん》も裸足《はだし》で逃げそうじゃな。怖い怖い」

「手前はご在役さまのほうが怖うございます」

「いや、おまえのほうが怖い」

「ご在役さまのほうが……」

「おまえのほうが……」

「ご在役さまの……」

そのとき、

「いつまでやってるんですか。私もそれほど気が長いほうじゃないんです」

間延びしたような声が聞こえた。廻船問屋作州屋別宅の離れで密談していた土佐山内家大坂在役塚本源吾衛門《つかもとげんごえもん》と作州屋治平はあわてふためいてあたりを見回した。

「なにやつ！」

塚本が刀の鯉口《こいぐち》を切ると、唐紙が開き、細い竿竹《さおだけ》を一本肩に担いだ男がそこにいた。

「どこの大名家のご内証もたいへんだとは思いますが、だからといって、罪のないものを罪に陥れるというのはダメだと思いますね」

「貴様……なにものだ」

「横町奉行、竹光屋雀丸」

雀丸は、竿竹の先端をまっすぐに塚本に向けた。

「四十九万石を敵に回すとは、命知らずの大たわけじゃな。すぐにあの世に送ってつかわす」

「あの世に行くつもりはありません。そんなことを言うなら、こうしてやる」

雀丸は竿竹の先を塚本の喉に当て、こちょこちょとくすぐった。

「や、やめい！　やめぬか！」

「そーれ、こちょこちょこちょこちょ……」

塚本は身を引くと、刀を抜いた。

「竿竹と刀では勝負にならぬことを教えてやろう」

「そうですかね。案外、竹のほうが強いのですよ。知りませんでした？」

「やかましい！」

塚本は天井まで振りかぶった刀を思い切り振りおろした。その切っ先は雀丸の頭を真っ二つにした……と見えたが、雀丸は寸前に身体をひょいとかわし、竿竹で塚本の額を「コン！」と突いた。

「ううーい」

塚本は妙な声を発したかと思うと、ふらふらと左右に揺れていたが、

「ひええっ！」

と叫び、いきなりくるりと身を翻すと、座敷から駆け出していった。

「ご在役さま！」

あとを追おうとした作州屋のまえに雀丸が立ちはだかった。

「だれか！　だれか来とくれ！　狼藉《ろうぜき》ものや！」

作州屋治平が大声で呼ばわったが、だれも来ぬ。そのかわりに現れたのは、大尊和尚だった。

「この屋敷におる使用人は、皆、東町奉行所の捕り方がひっくくってしもうておる。あきらめて成仏いたせ」

「あ、アホ抜かせ。東町はこっちの味方や」

「それがもうそうではないのじゃ。機を見るに敏な同心がひとりおってのう……」

「なんやと……」

作州屋は顔をこわばらせた。雀丸は落ち着き払った声で、

「これは私が推し量ったことなので、違うところがあったら言ってくださいね。あなたと土佐の山内家はたがいに計らって、まずは公儀の船手頭に『地雷屋が土佐沖で抜け荷をしているらしい』と嘘を吹き込みました。それを真に受けた船手頭が待ち受けているところへ、作州屋さんの廻船を海賊船に仕立て、金で雇った破落戸《ごろつき》や浪人を海賊に化けさせ、地雷屋さんの船を襲わせて、むりやり土佐沖まで引っ張っていき、そこで解き放ちます。あたりまえですが船手頭は地雷屋さんの船のなかを詮議して、海賊がわざと置いていった日本地図を見つけます。日本地図を異国に渡すのは国禁ですから、地雷屋さんは召し捕られます。扱いは今月の月番の東町奉行所ということになりますが、おそらく作州屋さんが大坂ご城代に、北岡という定町廻り与力に任せるよう名指しさせたのでしょう。ご城代は、だれが受け持とうがかまいませんから、気軽にその言葉に従いました。あなたたちの目論見《もくろみ》では、地雷屋さんは東町奉行所の厳しい牢問に負けて白状をし、獄門になる……そういうつもりだったのでしょう。ところが案に相違して地雷屋さんは強情で、やっていないことはやっていないと言い続けました。——そんなところとちがいますか」

「…………」

「一方では、土佐の山内家は、大坂をはじめ主な町の城、港、寺社、奉行所などを名所絵風の克明な絵にして、英吉利国に売り渡し、莫大《ばくだい》な利を得ていました。英吉利はなにゆえそんなものを欲しがっているのか。十年ばかりまえ、清国と英吉利国が阿片《アヘン》をめぐって戦を起こしましたよね。もし、英吉利が日本に戦を仕掛けるようなことが今後あるとしたら……いや、通商を行おうとするにしても、そのときに入用なものは伊能忠敬が作ったような大きな日本地図ではないでしょう」

つまり、この国の主な軍事施設、行政施設、港湾などの詳細な絵があれば、ほかの国よりもずっと立場が有利になる。どんな条約を結ぶにしても、威嚇がたやすくなるだろう。もちろん戦となれば、さらにそういった絵の価値は上がる。写真というものはまだないのだから。

「あまり世間に知られていないが名所絵を得意としている絵師に、あちこちの景色を描かせる。しまいには急がせるためにかどわかしまでして無理に描かせる。むちゃくちゃですよね」

「ほざけ」

「長崎の出島《でじま》にあらざるところで異国と取り引きをすること、阿蘭陀と清にあらざる国と取り引きすること、国外持ち出し禁止の日本地図に準ずるものを異国に売ること……どれをとっても明らかな抜け荷ですね。これもまたあなたの企みですか」

「うちは土佐の御用も務めとる。財用のことで相談を受けたさかい知恵を貸しただけや。それに抜け荷はどこの大名家もやっとるやないかい」

「ただの抜け荷ならまだしも、国を滅ぼすような行いだとは思いませんか」

「ふふふ……なんも知らんのやな。土佐は、抜け荷で儲けた金で異国から大砲やら軍艦を買うつもりなんや。この先、この国がどうなっても、土佐だけは生き残るためにな」

「………」

「おっと、いらんことまでしゃべってしもた。もちろん聞いたうえからは死んでもらうで」

作州屋はふところから短筒《たんづつ》を取り出し、そこにあった煙草盆で火縄に火を点《つ》け、火ばさみに挟むと、雀丸に向けた。雀丸は竿竹を構えたが、さすがにそれでは防げない。

「横町奉行やと？　町人の味方やと？　わしに言わせれば、うっとうしいだけやな。えらそうに……二度とわしの邪魔をすな。——去《い》ね」

作州屋は引き金を引いた。火皿に着火した……と思った瞬間、どこからともなく水が飛んできて、その火をじゅっと消した。大尊和尚が水鉄砲を放ったのだ。うろたえる作州屋に大尊和尚は、

「鉄砲より水鉄砲のほうがうえじゃな」

作州屋は短筒をその場に放り出し、脇差を抜いて雀丸に斬りかかったが、竿竹で胸をしたたか突かれ、その場に尻餅をついた。そこへ東町奉行所の捕り方たちが押し寄せ、あっというまに作州屋治平をひっくくってしまった。

「あ、あんたは同心の皐月さま……あなたさまにはずいぶんと袖の下をお渡ししているはず……」

「しっ！　声が高い。わしは、北岡さまから一銭ももろうておらぬのだ。言いがかりはよしてもらおう」

「そ、そんな……」

「お頭に一部始終を申し上げ、土佐山内家の蔵屋敷に押し込められていた絵師を解き放ち、名所絵をすべて召し上げたぞ」

そう言うと皐月親兵衛は作州屋を十手で思い切り殴りつけ、

「こやつに縄打て！」

高らかにそう叫んだ。雀丸と和尚の姿はすでにそこにはなかった。

◇

山内家大坂在役の塚本源吾衛門は、土佐へと向かう千石船のなかで汗を拭きながらため息をついていた。あのあと大慌てで西長堀川に待機していた小舟に転がり込み、安治川を下って湾へ出、作州屋が支度していたこの土佐行きの船にようよう乗り込むことができたのだ。

（なにが横町奉行だ……）

酒を立て続けにあおりながら、塚本は吐き捨てた。

（武家の政というものがまるでわかっておらぬ。町人の欲するがままにしておっては、この国は滅びてしまうわ）

鳴門《なると》の渦を越え、故郷の土佐が見えてきたころに、塚本は床几《しょうぎ》から立ち上がり、船べりに両手を突いた。

（すぐに登城してご家老にことの次第を申し上げ、つぎの手を打たねばならぬ。作州屋はもう使えぬゆえ、ほかの商人を探すか。作州屋と同じく金に汚いと申すゆえ、思い切って地雷屋と手を組む、というのもありじゃな……）

そんなことを考えていた塚本は、一隻の船に目をとめた。その船は、こちらに向かってみるみる近づいてくる。

「なんじゃ、危ないではないか。ぶつかるぞ」

塚本は叫んだ。船乗りたちも驚いて騒いでいるが、その船は速力を落とすことなくまっしぐらに進んでくる。その帆には、葵の紋所があった。

「まさか……」

船は、作州屋の船に横付けされ、役人風の武士たちが乗り込んできた。

「われらは公儀船手頭である。土佐山内家の大坂在役塚本とはそのほうか」

「塚本はわしだが……」

「英吉利国にわが国の詳細な絵図を多数売却して私腹を肥やさんとした抜け荷の疑いがある。ただいまから江戸表に汝《なんじ》の身柄を運び、吟味するゆえ、さよう心得よ」

「私腹を肥やしたとは心外じゃ。わしは山内家のために……」

「なお、このことは山内家筆頭家老深尾《ふかお》殿もご承知である。縄を掛けよ！」

「い、いや、それはなにかの間違い……」

たちまち縛り上げられた塚本はがっくりと肩を落とし、

「それにしても、わしがこの船に乗っているということがようわかったな」

そう言うと、船手頭の役人は笑って、

「鳩が来たのだ」

◇

土佐堀川沿い、梅檀《せんだん》ノ木橋《きばし》南詰めにある「ごまめ屋」という小さな居酒屋を貸し切りにして、ささやかな宴《うたげ》が開かれていた。参加しているのは、雀丸、加似江、長谷川貞飯、まさ、辰吉、地雷屋蟇五郎、大尊和尚、鬼御前、夢八、玉、角兵衛の十一人だ。園は、夜の他出を父親が許さないため不参加となった。

「さあ、でけましたで」

主の伊吉《いきち》と女房の美代《みよ》が大皿や大鉢に盛った料理を運んできた。イイダコの煮付け、イワシとネギの炊き合わせ、塩サバと大根の生姜煮《しょうがに》、八杯豆腐の海苔《のり》かけ、半助《はんすけ》と焼き豆腐の煮物、連子鯛《れんこだい》とカンパチの造りなどである。

「うわあ、ごっつぉやなあ！　今晩のおかずの心配がいらんと思たらうれしなってくるわ。どれからいただこ」

真っ先に声をあげたのはまさだった。

「おまえ、ちょっとは静かにできんか。まずは雀さんが挨拶しはってからや。それまで辛抱せえ」

辛抱せえ、と言われるのもどうかとは思ったが、雀丸は口を開いた。

「えー、本日はお日柄もよく……」

「祝言《しゅうげん》やないぞ！」

夢八がさっそく茶々を入れた。

「えー、園さんから聞いた話では、作州屋は取り潰しになるらしいです。土佐の山内家については、大坂在役の塚本というひとが詰め腹を切らされるだけで、家老も殿さまもお咎めなしだそうです。船手頭もことを荒立てるつもりはないみたいですね。あと、東町奉行所の北岡与力はお役御免になるらしくて、園さんのお父上の皐月さんはべつの組に組替えになると聞きました。皆さん、それぞれに働いていただいて、横町奉行としてたいへんありがたく思っておりまして……」

「話が長いぞよ！　料理がさめる」

加似江が一喝した。

「す、すいません。では、地雷屋蟇五郎さんが牢から出られたこと、ならびに貞飯さんが土佐の蔵屋敷から戻ってこられたことなどなどを祝って、大いに飲み、食べ、騒ぎたいと思っております。さあ、はじめ！」

皆は争うようにして料理を取り分け、ぱくぱくと食べはじめた。ことに加似江の食べっぷり、飲みっぷりは群を抜いており、まわりがそれにつられているのだ。

「うーむ、美味い。サバの塩の抜き加減もほどよいのう。このネギはどこのものじゃ。難波《なんば》村？　そうであろう」

などとひっきりなしにしゃべりながらも飲み食いの速度は落ちないのだ。

料理も酒もみるみる減っていくのを伊吉夫婦は呆然と見ていたが、

「あかん。すぐにつぎの料理作らんと……」

そうつぶやいて厨房《ちゆうぼう》に戻った。宴たけなわのころ、貞飯が言った。

「此度《こたび》は、わしのことで皆にえろう気を遣わせてしもて、すんまへんでした」

貞飯は、夫婦喧嘩で家を飛び出した直後、地雷屋の使いを名乗るあの女（じつは作州屋の妾のひとりだった）に土佐山内家の蔵屋敷に連れていかれ、部屋にこもって絵を描くよう強要された。女房が心配するから、居場所を伝えさせてくれと言っても拒否され、朝から晩までひたすら作業をさせられた。下絵はすでに納品してあったので、それを仕上げるだけなのだが、膨大な枚数があったので、眠る暇もなかった。しかし、なんとかしてここにいると外部に伝えねば、と合間を見て抜け雀のからくりを作り、顔なじみになった蔵屋敷の下働きの男に、「小遣い稼ぎをしないか」ともちかけるとあっさり承知して、こっそり持ち出してくれた。あとは、雀丸の目にそれが触れることを祈るだけだったそうだが、

「要久寺の和尚《おっ》さんが見つけてくれはったそうで、こうして無事に出てくることができました。皆さんのおかげでおます。おおきに……おおきに……」

加似江が、はちきれんばかりに飯《いい》が入ったイイダコの最後のひとつを口に運びながら、

「こどもの手柄も忘れてはいかんぞ。利発な良い子じゃ」

「わかっとります。辰吉がおらんかったら、わしらとうに夫婦別れしとるかもしれまへん。これからも三人で仲良うやっていきます」

「絵の修業を怠るでないぞ」

「それがその……絵のほうはどうも上達せんので、すっぱりやめて、これからはからくりを拵えて、それをお子たちに売ることで暮らしていこか、と思とりまんのや」

まさが横合いから、

「あんた、なに言うてんの。絵もやめんでええやろ。絵の注文が来たら絵を描いて、か

らくりの注文が来たらからくり作ったらええやないの。手広うやっていかな儲かるかいな」

「おまえ、そう言うけどな……」

「おとんもおかんもやめてや！　今、おばあに言われたとこやないか」

ふたりはしゅんとしたが、

「けど、おとんが帰ってきてうれしいわ」

貞飯は鼻をすすった。

蟇五郎が盃を置き、

「わしも、今度ばかりは目ぇ擦ったわい。雀さんはじめ、ご一同のおかげで死なずにすんだ。このとおりお礼申し上げる」

そう言って身体を折った。雀丸が、

「蟇五郎さんが頑として白状しなかったからです。正直、私はすぐに音を上げるのでは、と思っておりました。たいしたものです。——お具合のほうはいかがですか」

「さんざん叩かれたさかい背中は腫れ上がってしもとるけど、三田村という吟味役の与力が石を抱かさんかったので助かった。もし、算盤責めをされてたら、さすがにしゃべってたかもわからん。——まあ、今からしばらく有馬《ありま》にでも湯治に行って、贅沢に飲み食いしたら治るやろ」

加似江が、

「おまえさんも今度のことを省みて、少しはこれまでのようなあくどい儲け方を考え直す気になったかのう。あまりがめつくすると、またぞろかかる危うい目に遭うぞよ」

「それだすのや。わしも心を決めましたわい」

「ほう……」

「あのまま牢屋で死んでいたらと思うとぞっとする。これからは人生を愉《たの》しみたい。そのためには……」

「そのためには？」

「もっともっと荒稼ぎして、その金を湯水のように使いまくるつもりゆえ、よろしゅうに」

一同はずるっと滑り、雀丸も、

（こりゃあかんわ……）

と思ったが、そのほうが蟇五郎らしい、とも思った。

◇

「本日より南原《なんばら》さまの下に就かせていただくことになり申した。万端よろしくお願い申し上げます」

頭を下げる皐月同心に、定町廻り与力南原卯兵衛《うへえ》は言った。ごわごわした太いくせ毛をむりやり髷に結っており、目つきは鷹《たか》のように厳しい。

「北岡は、作州屋から多額の賄賂を受け取っていた咎により罷免されたが、その下にいたおまえが一銭ももろうておらなんだとは立派である」

「恐れ入ります」

「東町としても、それがきっかけとなって土佐の抜け荷を暴くことができ、船手頭からも大坂城代からもお褒めの言葉をいただいた。お頭も喜んでおられる。おまえの手柄だ」

「ありがとうございます……」

「ところで、此度のことに例の町人奉行……」

「横町奉行でございますか」

「さよう、その横町奉行の働きがあった、と聞いたが、まことか」

「は……はは、それがでございます、横町奉行の雀丸なるもの、市井に埋もれておりますがこれがなかなかの逸材にて、此度のそれがしの手柄も……」

「許さぬ」

「――え?」

「わしは横町奉行などというものは大嫌いだ。町人の分際で町奉行の真似事とは片腹痛い。お頭も、きっと憤っておられるにちがいない」

「はっ、まことにおっしゃるとおりでございますな。あのようなものはまったくけしからぬ、その……」

「潰してやる」

「は？」

「わしが横町奉行を潰してやると申したのだ。じつは以前……」

南原はなにかを言い掛けて、

「いや、この話はいずれまたにいたそう。——しっかり励めよ」

「はっ、精進いたします」

与力溜まりを退出した皐月親兵衛は、

（南原殿は、以前に横町奉行となにかあったのだろうか……）

首をひねりながら長い廊下を歩いた。

俳諧でぼろ儲けの巻

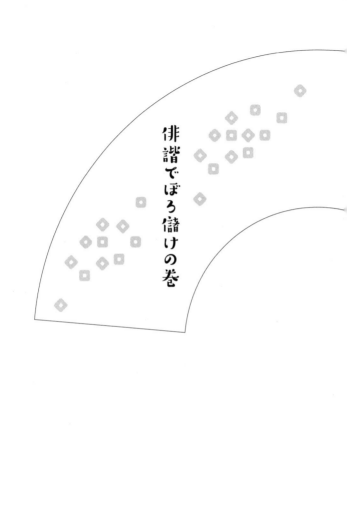

一

大坂の陣に勝利をおさめ、徳川家が天下を磐石《ばんじやく》にしてからすでに二百数十年が経《た》っていた。長い泰平に慣れた大坂の民は、日々忙しく金儲《かねもう》けにいそしんでいたが、昨日のつぎには今日が来て、今日のつぎには明日が来るという、なにごとも起こらない日常に退屈しまくっていた。派手で賑《にぎ》やかで陽気なことが好きな大坂のひとびとは、

「なーんかブワーッとしたことが起こらんかいなあ」

「ほんまやなあ。できれば、金のかからんことがええなあ」

「というより、金の儲かる、景気のようなることのほうがありがたいなあ」

「大塩の乱みたいなことはごめんやで。わしらにとばっちりが来んようにしてほしいなあ」

「なんぞ、この退屈が吹っ飛ぶようなことはないかいなあ」

「あのね、わて、ちょっと思いついたんやけど、言うてええかな」

「言うのはタダや。なんぼでも言わんかい」

「あのね、地雷火《じらいか》をお城に仕掛けて、火ぃ点《つ》けたらどないやろ。退屈もなにもかも吹っ飛ぶと思うねんけど」

「アホ。そんなことしたらおまえの首も吹っ飛ぶわい」

「あかんかなあ」

そんな風に大坂のひとびとが待ち望んでいた「ブワーッとしたこと」が、意外な形でもたらされた。松尾芭蕉《まつおばしょう》の辞世の句が見つかったのである。

◇

「ごめんなはれや」

「あらま、現青《げんせい》先生。ようお越し」

生玉《いくたま》神社にほど近い古道具屋の暖簾《のれん》をくぐったのは、頭に宗匠《そうしょう》頭巾をかぶり、柿色の袴《はかま》に絽《ろ》の十徳《じっとく》を着た初老の町人だった。よく見ると、着物にも足袋《たび》にも繕った跡があり、けっして裕福ではなさそうだ。

「今日はなんぞ、掘り出しものはないかいな」

「いやあ……今朝も市に行っていろいろ仕入れましたけど、先生のお眼鏡《めがね》にかなう珍物はおまへんなあ」

応えたのは、昆助《こんすけ》というこの店の主《あるじ》である。主と奉公人ふたりだけの小さな店だ。

「これはなんでしたかいな」

現青と呼ばれた男は、古い文机《ふづくえ》のうえに置かれた紙の束に目をつけた。

「ああ、それだっか。古い反故《ほご》だすわ。日記やら落書きやらなにやら……そんなもんでも置いときゃだれぞが買《こ》うていくかもしれん、と思て置いとりますのや。先生が気に入るようなもんはないと思います」

「いやいや、こういうなかに、また俳諧の材料になるような掘り出しもんがあるかもしれん。ちょっと見せてもらえますか」

「どうぞどうぞ。なんぼでも見たっとくなはれ」

現青は、くしゃくしゃの反故紙を一枚いちまいめくりはじめた。

「えらい埃《ほこり》やなあ。なんぼ値打ちがない、言うたかて、たまにははたきかけときなはれ。これは、また下手くそな絵やなあ。こどもの描いたもんやろ。こっちは双六《すごろく》のちぎれたやつか。だれが買うねん、こんなもん。これは……八百屋の掛け取り帳やないか。——ん？　これはなんや」

現青は、一枚の半紙を取り上げた。

「これは発句《ほっく》か。よれよれの文字《もんじ》やな。えーと……『とびこんで、浮かむことなき、かはづかな、はせを』……えっ？　はせをやと？」

「あははは……はせをいうたら松尾芭蕉やおまへんか。そんなもんがこんなとこにあるはずが……」

「待て。べつの筆跡で、なにか書いてある。『是《これ》芭蕉翁桃青《とうせい》師の真筆なり。その由来を此《こ》処《こ》に残す。翁の病思ひがけず篤《あつ》くなりければ、翁我を枕元に呼びて、他は知らず、汝《なんじ》にのみ辞世す、と申されければ、あわてて支度なし、筆先噛《か》まんとするに、聞き書き不要なり、我みずから書く、紙と筆寄越《よこ》したべ、と申されけり。翁我の助けを得て半身を起こし、震へる手にて発句書き残し、汝身内ゆゑこの句伝へん、おぼつかなき句ゆゑ門人に見せることなかれ、と言ひ置き、そのまま眠るがごとく往生ましましたり……次郎兵《じろべ》衛《え》』」

現青は幾度となくその文を読み、

「これはもしかしたらえらいものかもしれん。なんぼで譲るかね」

番頭は首をかしげ、

「なんぼと言われても……だいたいこんなもん仕入れた覚えがおまへんのや。なんぞにまぎれてたんかなあ」

「真跡やとしたらえらい値打ちやし、偽物《ぎぶつ》やったら一文にもならん。どやろ、一両出すさかい、これをわしに売ってくれへんか」

「い、一両？　こんなもんに一両？」

「そや、わしも蕉門につらなる俳諧師や。今どきの芭蕉翁桃青を目指すつもりで、現青と名乗っとる身としては、放っておくわけにはいかん」

「けど……十中八九偽物だっせ。悪いことは言いまへん。やめときなはれ」

現青は擦り切れた財布の紐《ひも》を外すと、逆さに振った。なかから豆板銀《まめいたぎん》がばらばら落ちてきた。

「全部でちょうど一両あるはずや。偽物でも文句は言わん。あとで笑い話にしたら済むことや」

「言うたかて……先生、近頃、お弟子さんが減った、点取り料が入らん、ゆうて嘆いてはりましたがな」

「ははは……聞こえてるか。じつはわし、博打《ばくち》が好きでな」

「知ってます。こないだも難波御蔵《なんばおくら》の赤犬《あかいぬ》親方の賭場で身ぐるみはがされたんだっしゃろ」

「そやねん。点取り料が入らんさかい、賭場の借金が返せんで困っとるんや。赤犬親方の手下《てか》連中がわしを追いまわしとるけど、ない袖は振れんからな」

「つまりは、失礼ながら一両いうたら今の先生には大金とちがいますか」

「それはそうや。この一両かて、薬種問屋をしとる門人に拝み倒して今しがた借りてきたのや。借金を返さんと、米屋や酒屋も掛けでは売ってくれんのでな」

「それやったら米買うたほうがええと思いますけどなあ。だいぶ痩せはったし……」

「米が買えんさかい、毎日おからしか食うとらんのや」

「米を買いなはれ」

「いや、わしはこの半紙一枚に賭けてみるつもりや。頼むさかい売ってんか。これこのとおりや」

土下座せんばかりの現青を見て、主の昆助は腕を組み、

「うーん、そこまで言われるとわても商人《あきんど》やさかい、損はしとうない。しかるべき鑑定人に見てもろて、値打ちを調べてから値をつけとうおます」

「それで芭蕉の真筆やとわかったらどないする」

「そらまあ、三百両、もしかしたら千両ゆうことになるかもしれまへん」

「そら困る。なんとか今、一両で売ってくれ。これが偽物なら、偽物で一両ゆうたら大儲けやないか」

「ほな、偽物やとわかったら先生に一両で売りますわ」

「アホなこと言うな。偽物とわかったあとで金出すやつがどこにおるのや。ほんまもんか偽もんかわからんさかい、一両賭けるのやないか。なあ、頼むわ。おまえもわしが今日見つけんかったら、これがここにあることもずっと知らんままや。そのうちにほかしたかもしれんやないか。そう思て、な、一両で売ってくれ。な、な、な、な、な……」

「そないに『な』ばっかり並べられても……」

「売ってくれんのやったら、この半紙、おまえの目のまえでびりびりに引きちぎってしまうで」

「あ、あ、あ……やめとくなはれ」

「わしはやる言うたらやる男や。びりびりにして、春は三月落花のかたち、比良《ひら》の暮雪は雪降りの体《てい》……」

「蝦蟇《がま》の油の口上かいな。——わかりました。先生には負けた。売りまっさ。けど言うときまっせ。一旦買いはったら、あとで返せ言うたかて一両では引き取れまへんで。偽物やとわかったら、タダでも買えまへん。そのこと承知やったら、一両でお譲りします」

「おお、売ってくれるか。ありがたい！」

押しいただくようにしてその半紙を持ち上げる現青を見て、主は小声で歌うように言った。

「知ーらんでえ、知ーらんで……」

◇

あれほどやかましかった蟬《せみ》の鳴き声も失せ、秋を間近に迎えた浮世小路《うきよしょうじ》は静まり返っていた。

「静かじゃのう」

昼餉《ひるげ》の膳についていた祖母の加似江《かにえ》がぼそりと言った。

「そうですね」

相対している雀丸《すずめまる》はうなずいた。そこで会話が途切れた。ふたりはしばらく黙って飯を食った。冷や飯に大根の醤油《しょうゆ》漬け、それに豆腐の味噌汁《みそしる》という献立である。大根を嚙むかしゅかしゅ、かしゅかしゅ……という音だけが響いていた。

「のう、雀丸。――おまえは嫁をもらうつもりはないのか」

「はあ?」

おのれの茶碗《ちゃわん》に飯をよそっていた雀丸はきょとんとした。

「やぶからぼうですね。今のところはありません。どうしてそんなことを?」

「なに……あまりに静かだと思うてな」

「嫁を迎えると賑やかになるということですか」

「いや、おまえは父と母を相次いで亡くした。そののち、わが家は老いぼれのわしとおまえのふたり家内じゃ。わしはよいとして、おまえにはいささか活気がなさすぎるのではないかのう」

「活気……は、いりません。今のままでけっこうです。それに、嫁取りをすると三人家内になり、お金がかかります。この昼食《ちゅうじき》を三人で分けることになるのですよ」

加似江はため息をつき、

「金、金と申すでない。世の中、金ばかりではないぞ」

「たしかにそのとおりですが、貧すれば鈍す、と申します。お金がないとさもしくなります」

「武士は食わねど高楊枝《たかようじ》じゃ」

「武士はもう辞めました。町人は食わねば腹が減る、です」

「情けない。和歌や俳諧、絵や書などを学んで、もそっと心を豊かにしてはどうじゃ」

「和歌や俳諧では空腹は満たせません」

「嫁をもらえば、竹光《たけみつ》作りを手伝《てつど》うてもらえよう。仕事も増える。金も儲かる」

「そもそも竹光を作ってくれ、という注文が少ないのですから、人手が増えても仕方ありません。とにかくこのまま、お祖母《ばあ》さまとふたりでなんとか食べていければそれでいいのです」

「欲のないやつじゃ。望みが小さすぎるわい。男子たるもの、天下を取るぐらいの覇気を持たずしてどうする！」

「竹光作りで、ですか？」

「竹光作りだろうと傘張りだろうと、一番になるのが肝心ぞえ。男は金より名誉を貴ぶものじゃ」

「はあ……」

　そのとき、

「ごめんなはれや」

　そう言いながら入ってきたのは口縄坂《くちなわざか》に一家を構える女侠客《おんなきょうかく》、鬼御前《おにごぜん》だった。高下駄《たかげた》を履いて、腰には長脇差《ながわきざし》をぶち込んでいる。顔には隈取《くまど》りのような化粧をし、

「ああ、お食事時でおましたか。ほな、あらためますわ」

「いえいえ、鬼御前さん、もう食べ終えるところです。少しだけ待っていてください」

「ほな待たせてもらいます。ゆっくり食べとくなはれや」

　そう言うと、鬼御前は上《あ》がり框《がまち》に腰を下ろした。浴衣《ゆかた》の丈がやたら短いので、白い太股《ふともも》とそこに彫られたネズミの刺青《いれずみ》がどうしても目に入る。雀丸は飯に茶をかけ、急いで食べ終えると、

「なんのご用事ですか」

「初しぐれ旅のやくざも濡《ぬ》れている」

「――へ？」

「この発句、どないやろ。雀丸さん、どない思う？」

「いきなりそう言われても、私は発句も俳諧もよくわかりませんが……」

「初しぐれやくざも濡れる旅の空……このほうがええかな」

「…………」

あっけに取られている雀丸に、鬼御前はふところから一枚の紙を取り出して示した。そこには、

蕉翁辞世句碑建立の為の句合はせ
天に抜けたるものの褒賞
金壱百両也
我こそ勝ち抜けむと思ふものは投句すべし
素人玄人《しろうとくろうと》の別なし

興行主・点者《てんじゃ》　風狂庵《ふうきょうあん》現青

とあった。

「どういうことなんです？」

雀丸が問うと、

「二《ふた》ツ井戸《いど》に住んでるこの風狂庵現青ゆう俳諧師が、生玉はん近くの古道具屋をなにげなくひやかしてるときに古い反故紙の束を見つけて、そこに松尾芭蕉の辞世の句が書いてあったそうやねん」

「ふーん、どんな句です」

「えーと、『とびこんで浮かむことなきかはづかな』……やったかな」

「ほう……」

「で、その現青は感激のあまり、その句を刻んだ碑を建てることにしたんやけど、そのお金を集めるために句合わせゆうのをやりはるねん。十文払《はろ》たらだれでも投句できて、天に抜けたらなんと百両もらえるらしい」

「ひゃ、ひゃ……」

くりょう、と雀丸が言おうとするより早く、加似江が転がるようにして、

「百両！　それはすごい！」

十両盗めば首が飛ぶ、と言われているご時世に、十文払ってたった十七文字書くだけで百両である。富くじなどは当たれば千両だが、富札一枚が一分《ぶ》（一両の四分の一）だから千文に相当する。こんな割りのいい博打はない。

「よし。わしも出す。今から発句を作る。百両はわしのものじゃ」

真剣な顔つきでそう言うので、

「金より名誉ではなかったのですか」

「この菜《さい》を見よ。大根と汁だけでは身体《からだ》が持たぬ。せめて目刺し一匹でよいから魚が食いたい」

ぞ」

「武士は食わねど高楊枝とも申されました」

「武士は辞めたのじゃ。よし、決めた。この句合わせに投句して、百両ちょうだいする
ぞ」

「それはあかんわ。百両はあてがもらいます。そもそもあては、雀丸さんに発句を添削してもらおうと思て来ましたんや。じつはな、あてとこも手元不如意でな、今度、世話になったお方の大きな花会があって、祝儀を渡さなあかん、できたら百両は包みたいけどそんな金、逆さにしても出てこんし、どないしよ、て思うてたところへこの句合わせの引き札や。だれにも邪魔はさせまへんで」

「ほっほっほっ……さきほどの発句を聞いたかぎりでは、おまえさん、俳諧ははじめてじゃな。そうじゃろう。そんな連中の句が天に抜けるものかや。わしはこう見えて、若いころ、俳諧を習《なろ》うたことがあるのじゃ。おまえがたとはちがうぞ」

「ご隠居さまはご隠居さまで勝手にやったらよろし。あては雀丸さんに教えてもらうさかい……なあ、雀丸さん」

　鬼御前は雀丸にしなだれかかり、太い腕をその首にからみつけた。雀丸は大蛇に巻き付かれたような気分になった。

「うはははは……雀丸がなんの力になろう。そやつは松尾芭蕉がだれなのかも知らぬぞよ」

「まさか、そんなことないわなあ、雀丸さん」

「あ……いや、知らないことはないんですが……古川や、とかいう句を作ったひとですよね」

「古川やのうて古池だす」

急に鬼御前は冷たい顔になって雀丸から離れた。雀丸は咳《せき》払いをしてから、

「あのですね、私がわからないのは、どうして芭蕉の辞世の句が見つかったからといってそんなに大騒ぎしているのか、ということです。芭蕉っていうのは、そんなにえらいのですか」

加似江はため息をつき、

「わが孫ながら情けなや。知らぬとあらば、わしが説いてやろう」

そう言って話しはじめたのが、以下のことがらである。

◇

松尾芭蕉は、元禄《げんろく》時代に活躍した俳諧師で、もともとは伊賀上野《いがうえの》の出身だ。三十歳を超えたころ江戸に出た芭蕉は、はじめは貞門風《ていもんふう》、のちには談林風《だんりんふう》の俳諧に親しんだが、そのなかから独自の作風を確立していき、ついには俳諧を芸術の域にまで高めるにいたった。後半生を旅に暮らし、その終焉《しゅうえん》の地はここ大坂であった。御堂筋《みどうすじ》にあった花屋《はなや》

仁左衛門《にざえもん》の貸座敷において、門弟たちに見守られながら息を引き取った。最後の句は、「病中吟」と前置きした、

旅に病んで夢は枯野をかけ廻《めぐ》る

であった。

芭蕉の作り上げた俳諧は「蕉風《しょうふう》」と称され、死後、「おくのほそ道」が出版されるとその評価は絶大なものとなった。弟子たちはそれぞれのやり方で蕉風俳諧を全国津々浦々に広め伝え、門弟の数を競った。その結果、芭蕉は神格化され、「俳聖」と呼ばれるようになった。五十回忌に当たる寛保《かんぽう》三年（一七四三年）には、各地の蕉門俳人たちはこぞって盛大な法要や句会を営み、「芭蕉塚」なるものを建立して、芭蕉の追善と顕彰を行った。芭蕉塚というのは、芭蕉の短冊などを埋めてそこに句碑を建て、横の祠《ほこら》に像を安置するもので、全国に多数作られた。年々その数が増え、昨今では四百を超えたともいう。

しかし、一方では増えすぎた蕉風の門人たちのなかには芭蕉が晩年に到達した「かるみ」の精神を理解せず、日常的な素材をわかりやすく即吟すればよい、というような考え方のものも多かった。

また、点取り俳諧や月並み句合わせといって、お題が書かれた引き札を点者があちこちに配って宣伝する。それを見た一般庶民が入花料《いればな》を払って投句し、上位入賞者には景物《けいぶつ》や金銭が支払われるという遊興・賭博としての俳諧が盛んに行われるようになった。八文から十五文ほどの入花料が、下手をすると数百倍、いや数千倍になって返ってくることもあるのだからこたえられない。宗匠も、入花料によって莫大《ばくだい》な収入を得られる。これが、俳諧の流行に拍車をかけた。

そのうちに、競技のような俳諧に辟易《へきえき》した心ある俳人のなかから、芭蕉に帰れという動きが起こるようになった。京で絵と俳諧を融合させた「俳画」を確立した与謝蕪村《よさぶそん》もそのひとりである。小林一茶《こばやしいっさ》も芭蕉へのあこがれが強く、「おくのほそ道」の跡を慕った旅行記を残している。

芭蕉を神格化する動きはますます加速していき、従来の句集に入っていない芭蕉の発句が見つかれば、それがどんなに取るに足らない句であっても俳人たちはありがたがった。七十回忌や九十回忌も全国で盛大に法要が営まれたが、寛政《かんせい》五年（一七九三年）の百回忌はことに大がかりであった。また、蕉風の祖たる芭蕉に対して、禁裏《きんり》や公家《くげ》衆から「正風宗師《しょうふう》」「桃青霊神《れいじん》」「花下大明神《はなのもとの》」といった神号が贈られた。まさに芭蕉は俳諧の神となったのだ。

しかし、点取り俳諧や月並み句合わせの流行も衰えを見せず、俳諧は金のかからない

（ときには儲かることもある）簡便な娯楽として庶民のあいだに浸透し、定着していた。

そこで、芭蕉の「辞世の句」の登場である。退屈しのぎにはもってこいの「ブワーッとした」話題ということで、大坂のひとびとは大いに盛り上がった。

◇

「『旅に病んで夢は枯野をかけ廻る』というのが、芭蕉の辞世のように思われておるが、これは『病中吟』と前書きがある。つまり、芭蕉はまだ病が治ると思うておったのじゃ」

加似江はそう言った。

健康だった芭蕉が大坂で病に倒れたのは九月二十九日である。十月五日には、花屋仁左衛門方に移り、門人で医者でもある木節《ぼくせつ》の治療を受けた。芭蕉が「旅に病んで……」の句を詠んだのは神無月《かんなづき》の八日で、亡くなったのは十二日である。その間も、弟子の句の批評をしたり、みずから筆を取って兄への遺言をしたためたりしている。また、去来《きょらい》という弟子に「おくのほそ道」の草稿は今、伊賀上野にいる兄の手もとにあるが、それをおまえに譲る、もし私の病が治るようなことがあったら、写しを取って、原本を返してくれ、と言っていることを見ても、「旅に病んで……」の時点では芭蕉はまだ「病が治るかも」という期待をしていたと考えられる。その後、重篤に至り、もう無理だと察したあとに、本当の「辞世の句」を手ずから書き残したというのは十分ありうることなのだ。

「しかも、文を書いた次郎兵衛なるものは、若き日の芭蕉の妾《めかけ》だったと言われておる寿《じゅ》貞尼《ていに》なるものの連れ子じゃ。大坂行きにはじめから付き添っておった。門人に知られぬように辞世を残し、次郎兵衛に託した、というのはもっともらしいのう」

「なにゆえ門人に知られたくなかったのでしょうか」

雀丸がきくと、

「芭蕉は、ひとつの句を作るのに、頭を揉《も》み、腸《はらわた》を絞って苦吟し、幾たびも推敲《すいこう》するのが常であった。最期の句においてはその暇なきゆえ、出来映えを気にして門人には隠したのかもしれん」

「で、その反故紙の句が本ものだとわかったのでしょうか」

鬼御前が、

「あてが聞いた話やと、現青ゆうひとはその句を難波の利休堂《りきゅうどう》とかいう古道具屋に持ち込んだらしいのや」

利休堂の主人仙右衛門《せんえもん》は、芭蕉については当代切っての研究家・蒐集《しゅうしゅう》家で、芭蕉に関する本も出版しており、その真贋《しんがん》の見極めにかけては右に出るものがいない、というぐらいの権威だという。そして、仙右衛門は反故紙の句の文字をひと目見て、

「これは蕉翁の真筆なり」

と太鼓判を押した。自分が所有している芭蕉晩年の書状の筆跡とそっくりだ、というのだ。また、仙右衛門は次郎兵衛の書簡も所持しており、次郎兵衛が書いたという部分の筆跡もまちがいないと断定した。

「当時の蕉翁の思いがひしひしと伝わってくる名句なり。今になってまことの辞世見つかったるは斯界《しかい》の大事にて、この不思議の因縁あだやおろそかに考えるべからず。上方《かみがた》の俳諧好む数奇《すき》ものはこぞって真筆を拝み、蕉翁の遺恩に浴すべし」

まさかの本物との判定に現青は仰天したが、考えてみれば、大坂で没した芭蕉の辞世の句が大坂で見つかってもおかしくはない。これも俳聖のお導きと感激した現青は、その句の句碑を生玉神社の境内に建立しようと決意した。しかし、資金がない。そこで現青は、「句碑建立のための句合わせ」を催すことにした。

「さっきから句合わせ、句合わせと言ってますが、句合わせとはなんです?」

雀丸の問いに加似江が顔をしかめ、

「おまえの世間知らずには呆《あき》れるわい。俳諧師でなくとも、どこのだれでもできるのが句合わせじゃ」

句合わせというのは普通、はじめに主催の宗匠(点者と呼ばれる)が四季折々の風物にちなむお題(たとえば「夏の月」「春の山」「初しぐれ」など)を出し、それを引き札にしてあちこちに配る。参加したいものは、八文から二十文程度の入花料を添えて、句を各地にある「会所《かいしょ》」という取次所に提出する。会所はそれをまとめて宗匠に送る。宗匠はそのひとつひとつに点をつけ、高い得点をつけたものばかりを集めて摺《す》りものにし、発表（「開巻《かいかん》」という）する。上位入賞者には景品や賞金が出る。賞金は、入花料の数千倍になることもあり、芸術とか風流というより投機的・博打的な面が強かった。

毎月一回行われるものを「月並み句合わせ」といい、数千句の投句があった。一回かぎりの特別興行の場合は一万句以上が集まり、宗匠のふところも大いに潤った。後年、明治初期に正岡子規《まさおかしき》が「月並み調」と呼んで非難したのは、まさにこういった俳諧のことである。

「ところが、今度の句合わせは、ちょっと趣きがちがいますのんや」

と鬼御前が言った。

「この引き札にも書いてますけどな、なにしろ芭蕉の辞世の句が出てきたのやから、ありきたりの前句付けや笠付《かさづ》け、折句《おりく》なんぞの遊びでは点取り俳諧を嫌った俳聖に申し訳ない。ちゃんとしたお題をひとつ出し、それにちなんだ発句をひとり一句投句してもらうんやそうですねん」

おそらく一万を軽く超えるであろう投稿のなかから、まずは現青が百人百句にしぼって、それを摺りものにする。その百句のなかでも、とくに点数の高い十句を選んで、その句を吐いた優秀な十人からまた句を出させ、最終的には三人にまで絞る。そして、その三人をひとところに集め、三つのお題を出して、その場で即興で作句させ、優劣を決める。この最後の発句合戦「俳諧の関ケ原《せきがはら》」の審査は、現青のほかに、各地の著名な俳人を招き、不正のないように公開の場にて行う。合戦の様子は、入場料を払えばだれでも観戦できるようにするという。

「その金も、現青というひとに入るんですね。すごい金高《かねだか》だと思いますが……」

雀丸が言うと、

「やろうねー。句碑を建てるゆうのはお金がかかる、ゆうこっちゃ。それだけやないで。十人になったときに、このうちだれが一番になるかを当てる籤《くじ》を売り出すっちゅうねん。これは、当たったら富の札よりもエグいで」

「はあ……」

なにからなにまでお金がかかるようになっているらしい。

「はじめのお題はなんじゃ」

加似江はやる気まんまんのようだ。

「『雨』でおます。季を問わず、時雨《しぐれ》でも夕立でも五月雨《さみだれ》でも、雨やったらなんでもええそうです」

「ひとり一句か。これはよほど考え抜いたものでなくば通るまいな。締め日はいつじゃ」

加似江は引き札に書かれた締め日を見て、

「なんと！　五日後ではないか。これは大急ぎで作らねばならんな」

「ご隠居さま、あてもやりまっせ」

「ふん。おまえがたのようなにわか俳諧では、はじめの百人にも残るまいて。言わせてもらえば、おまえさんなど、芭蕉の辞世の良さもわかっておらぬのではないかな」

雀丸が、

「私もそのことをたずねようと思っていたのです。さっき聞いた、えーと、『とびこんで浮かむことなきかはづかな』とかいう句は名句なのでしょうか？」

「名句じゃ。死に臨んだ芭蕉の真情があふれたすばらしい句ではないか。それがわからぬとは情けない」

「どういう意味なんです。蛙が池に飛び込んで浮いてこなかった……ということでしょう？　つまり……泳ぎが下手な蛙？」

鬼御前が、

「ちがうちがう。蛙が溺れ死んだゆうことや。ねえ、ご隠居さま」

「阿呆《あほ》。芭蕉の蕉風開眼の句として『古池や蛙飛び込む水の音』という句がある。これを聞いた門弟たちが驚いてひっくり返ったという名句じゃ」

「はあ……」

「この句を踏まえて、芭蕉はおのれを蛙になぞらえ、風流の道に飛び込んでみたものの、結局一生そこから出ることなくもがき続け、とうとう浮かび上がることはできなかった……という思いを込めたのじゃ。同じ道を目指すものとして、わしには芭蕉の気持ちが痛いほどわかる」

いつから芭蕉と同じ道を目指し出したのだろう……。

「おまえがたがいくら頭をひねろうと、入選は無理じゃ。恥を掻《か》くまえにあきらめよ」

「いえ、あきらめまへん。かならず名句を考えてみせます。『鉄火場にやくざ飛び込むドスの音』ゆうのはどないだっしゃろ」

「季言葉がないし、肝心の『雨』が入ってないやないか」

「あ、そうか……」

「それに、おまえさん、やくざやら旅人《たびにん》やらを出すのはやめたほうがええ」

「なんでですのん。身近なできごとを詠むのが俳諧ですがな」

そんなやり取りを聞きながら、雀丸は、

(この連中はまちがっても入賞する気遣いはないな……)

そう思っていた。もちろんこの時点では、おのれがこの俳諧合戦に巻き込まれる、などということは爪の先ほども予想していなかったのだ。

「御免」

表から声が掛かった。のしのしと入ってきたのは、月代《さかやき》を伸ばし放題に伸ばし、あちこち擦り切れて今にも破れそうな着流しに、色の変わった帯、素足に雪駄《せった》履きという、一見して浪人とわかる侍だった。背が高く、痩せてはいるが、眉毛が太く、眼光も鋭い。無精髭《ぶしょうひげ》も目立つ。腰には大刀だけを差しており、脇差はない。

「いらっしゃいませ」

座したまま、雀丸が言った。侍は雀丸を睥睨《へいげい》すると、

「そこな町人、雀丸と申すは貴様か」

居丈高な声だった。

「はい。私がこの店の主、竹光屋雀丸でございます」

「本物そっくりの竹光を拵《こしら》えると聞いたが……」

「はい。見本をお見せいただければ、できるだけそれに近いものを作ります」

「まことであろうな。嘘《うそ》だったら叩《たた》き斬るぞ」

乱暴なひとだな、と思いながら雀丸は、

「嘘は申しません」

「さようか……」

武士の顔がややゆるみ、

「それがしは河野四郎兵衛《こうのしろべえ》と申す。急いでおる。この……」

河野は腰から刀を鞘《さや》ごと抜いて雀丸に渡し、

「この刀と同じものを至急作るのだ。よいな」

言葉の端々に、高圧的なものが感じられる。

「まずは拝見させていただきます」

「早《はよ》ういたせ」

雀丸は、刀を両手で捧《ささ》げ持って一礼し、鞘を抜いた。

「ほう……長曽禰興里《ながそねおきさと》でございますね」

「竹光屋風情《ふぜい》にしては目が利くのう。いかにも虎徹《こてつ》だ」

雀丸は刀をもとに戻して河野に渡し、

「お売りなさるのですか」

「それは貴様の知ったことではない」

「失礼しました。ではありますが、虎徹は偽物《ぎぶつ》が多いことで知られています。これは珍しく本物だ。作りといい拵えといい、これだけの逸品は二度と手に入らないのではないかと……」

「そんなことはわかっておる」

「ご両親やご妻女に話はなさったのですか」

「親は、とうに他界した。妻はおらぬ。わしのことはわしが決めればよい。——下郎《げろう》、貴様ら町人にわれら武士の志はわからぬ。黙ってはいはいと従っておればよいのだ」

「黙っていては、『はいはい』とは言えません」

「なに？　侍に向かって口答えとはなにごとだ。抜く手は見せぬぞ」

河野は刀の柄《つか》に手をかけた。鬼御前が立ち上がろうとするのを雀丸は軽く制して、

「では、お引き受けいたしますが、この刀は出来上がりまでしばらくお預かりします。そのあいだ、よろしかったらこれを代わりの差料《さしりよう》にお使いください」

そう言って、一振りの刀を渡した。

「何日かかる」

「五日ほどお日にちをいただきます」

「三日でやれ」

「それは難しゅう存じます」

「武士が、やれと命じておるのだ。黙ってはいはい……とにかくやればよい。眠らずに死ぬ気でやればなんとかなろう」

「夜は寝たいですけど……わかりました。代金として五両いただきます。手付けは一分です」

「なに？　貴様、頭がおかしいのか。たかが竹の拵えものに五両も出す馬鹿がどこにおる」

「皆さん、喜んでお支払いになられますよ。それに、虎徹ならば売り値は四、五十両ほ

てください」

どでしょう。五両払っても十分お釣りがきます。嫌ならよそで、もっと安い竹光を買っ
「なにい？　町人の分際で武士の足もとを見るつもりか！」

たまりかねた鬼御前が、

「おいおいおいおい、あんた。さっきから聞いとったら、なにえらそうに抜かしとんねん。眠らんとやれとか馬鹿とかアホとか……。ひとに頼みごとをするねんから、頭を下げて、どうぞお願いします、ゆうのが礼儀やろ。それをそっくり返って、上からものを言うな、このサンピン！」

河野四郎兵衛はじろりと鬼御前を見ると、

「なんだ、貴様は。武士を愚弄するとただではおかぬぞ」

「武士武士て、武士がどれだけえらいのや。この鰹節《かつおぶし》、なまり節、おけさ節！　江戸ではどや知らんけど、浪花《なにわ》の地では武士より商人のほうがえらいんじゃ。よう覚えとけ」

「女、奇態な格好をしておるが、なにものだ」

「天王寺《てんのうじ》は口縄坂に一家を構える女伊達《おんなだて》の鬼御前というもんや」

「女だてらに男の真似《まね》をするとは身の程を知らぬやつ。町人は武士に仕え、女は男に仕える。これがひとの道というものだ」

「はっ！　あてはあんたみたいなやつがいっちゃん嫌いなんや。侍の値打ちもそろそろ

ガタガタになってきてる。あんたみたいに武士の魂を売りに出すやつらがおる、ゆうのがその証拠やないか」

「なんだと？　身分をわきまえぬ悪口雑言……許さぬ」

河野は本当に怒ったようで、刀を半ばまで抜き、

「よほど斬られたいようだな」

「斬れるもんなら斬ってみい」

河野はこめかみに稲妻を走らせていたが、刀をもとに戻し、ふう……と大きなため息をついて、

「やめておこう。女を斬っても刀の穢《けが》れになるだけだ。――女、命拾いしたのう」

鬼御前は鼻で笑い、

「ひとを斬る度胸も腕もないくせに。今にな、女が男よりえらなる世のなかが来るで」

河野はもう鬼御前を相手にしなかった。彼は雀丸に向き直ると、

「この刀とまったく同じにすると申したな」

「瓜二《うりふた》つに仕上げたいと思います」

「もし、出来上がったものが似ていなかったらいかがいたす」

「そのときはお代はいただきません」

「それだけか」

「そうですね……私は町人ですが腹を切りましょうか」

「その言葉、たしかに聞いたぞ」

「町人に二言はありません」

「うむ。わかった。ならば、一分払おう。だが、貴様が作るのは刀身だけで、鞘と柄、鍔《つば》などはこの刀のものを使うのであろう」

「新しく拵えてもよろしいのですが、もとのものを使ったほうが竹光に替えたと露見しにくいと思います」

「刀身だけであれば、この刀の売り値は四十両より下がるはず。ちがうか」

「それは、少しは……」

「ならば、五両は取り過ぎだ。四両にいたせ。よいな、よいなよいな！」

　河野は雀丸に顔を近づけて、

「は、はい。そうします」

　迫力に負けて、ついうなずいてしまった。河野はふところから胴巻きを取り出し、小粒銀や銅銭などを取り混ぜて一分数えてそこに置いた。雀丸はいちいち指で確かめると、

「はい、たしかに一分、ちょうだいいたしました。これが手付けの受け取り状と刀お預かりの札です」

「ふむ……よし」

河野四郎兵衛は手渡されたものに目を走らせていたが、ふと雀丸の横に置かれた引き札を見、驚愕《きょうがく》の表情になった。

「それはなんだ」

「これ、ですか？　俳諧の合戦があるそうで、その引き札だそうですけど」

「寄越せ！」

河野は引き札をひったくると、何度も読み返し、

「おおおおおおっ、天に抜けたるもの一名に百両……百両か！　百両あればあの長屋……うむ！　締め日は五日後か。これはもろうていくぞ」

「え？　それは困り……」

ます、と雀丸が言おうとしたとき、すでに河野は竹光屋を飛び出していた。

「やれやれ……」

雀丸は座り直すと、

「あのお侍、よほどお金が入り用とみえますね」

鬼御前は吐き捨てるように、

「あんなやつに竹光拵えたらんでもええんとちがう？」

「これが私の商いですから」

「あんた、案外と怖がりやな。あて、ほんま腹立ったわ。雀丸さんがおらんかったら、

ぶっ殺しとるとこや」

「そうはいかなかったでしょうね」

「――え？」

加似江が、

「今の侍、とてつもない腕であったな。おそらくおまえと同じく直心影流《じきしんかげ》であろう」

「ですね。私などとてもかなわない剣術使いでした」

鬼御前が目を丸くして、

「見ただけでわかるんか」

「はい。鬼御前さんも、相手が渡世人なら、どのぐらいの貫禄《かんろく》かわかるでしょう」

「そらまあ……親方と三下奴《さんしたやっこ》ではずいぶんちがうわなあ。旅人《たびにん》やったら、楽旅《らくたび》か兇状《きょうじょう》持ちの早旅かも、見りゃわかるわ」

「それと同じです。今の侍は、皆伝《かいでん》の位に達しているでしょう」

「皆伝の位って？」

「目録よりずっとうえ、ということです。まあその……めちゃくちゃ強いです」

「ふーん……」

「あれほどの腕がありながら、なにゆえ刀を売るのであろうのう。おそらくは先祖伝来の家宝でもあろうに」

加似江が言った。

「かなりお金に窮していたみたいですね」

「なんぼ強いか知らんけど、あてはああいう、侍風吹かせるやつは大嫌いや！　今度会《お》うたらぎたぎたにしたる」

「やめたほうがいいです。卑怯《ひきょう》な手を使わないかぎり負けますよ」

「かまへん。そこに命を張る覚悟があるさかい、女伊達を表看板に掲げとるねん」

「因果な稼業ですね」

「独り身やて言うとったけど、あたりまえや。あんなやつのとこに嫁入りする女なんかおるか！　ド腐れ侍、カス侍、アホダラ侍！」

「そこまで悪く言わなくても……」

そう言ってふと加似江を見ると、半紙に向かってなにやら書き付けている。

「雨……雨……雨か。五月雨や……初時雨……夕立や……雨乞いの……春雨に……飴《あめ》売りや……これはちがうか……」

「あ、ご隠居さま、抜け駆けはずるおます」

「こういうことは早いもん勝ちじゃ」

争って発句を作り出したふたりをよそに、雀丸は河野四郎兵衛から預かった刀をじっくりと見つめ、竹光作りの構想を練り始めた。

二

その翌日のことである。雀丸は大川沿いの京橋通りを東へ向かっていた。どうも、あたりを歩いているひとびとの様子がおかしい。いや、ここだけではない。大坂の町中で皆が発句をひねっている。物売りも小商人《こあきんど》も大店《おおだな》の丁稚《でっち》もどこかのとうやんも僧侶も医者も、そして侍までもが、立ち止まって指を折っては、

「なんとかのー、かんとかのー」

とつぶやいている。なかには屋台のうどん屋で、

「おい、もううどんできとるやないか。はよう寄越さんかい。伸びるやろ」

客が急《せ》かすのを、

「ちょっとぐらい待てまへんか。イラチやなあ。今、ええ発句が浮かびましたんや。えーと……初時雨……」

「こら、客待たせといて俳諧て、どういう根性しとるんじゃ。こっちは金払とるんやぞ」

「うるさいなあ。金言うたかて十六文だっしゃろ。こっちは百両がかかってまんねん。初時雨……」

「すうどん寄越せ、言うとんねん！」

「初時雨、すうどん食べる……ちがうちがう、あんたが変なこと言うから忘れてしもたがな。どないしてくれるんや。百両返せ！」

「やかましい。十六文返せ！」

摑《つか》み合いになったりしている。また、地方からもこの合戦に参加しようと、名のある俳諧師や発句好きが大坂に集まってきているという。日本中どこからでも、飛脚便《ひきやくびん》を使えば投句できるのだが、やはり、開催地に赴きたい、という気持ちになるらしい。

そんなことにはなんの関心もない雀丸が天満橋《てんまばし》を渡りかけると、向こうから夢八《ゆめはち》がやってきた。相変わらず派手な格好で、踊りながら歩いている。

「夢八さん……」

と声をかけると、

「おお、雀《じやく》さん。どちらへお出かけで」

「竹を伐《き》りにいくところです」

「それはそれはご商売熱心なことで。――どないだす、雀さん、俳諧のほうは」

雀丸は苦笑いして、

「そういう才はないようです。お祖母さまや鬼御前さんは百両につられて熱心にやってるみたいですけど……」

「わたいも雀さんと同類ですわ。ところで雀さん、リロの争い、てご存知でやすか」

「リロ？　いえ……知りません。なんのことです」

夢八の話では、早くも「天に抜けるのはだれか」という予想が物好きで暇な連中のあいだで飛び交い出しているという。髪結い床や風呂屋、居酒屋などでは、ああだこうだと知ったかぶりたちが意見を闘わせている。そこで図抜けて名前が挙がっているのが、梨考《りこう》と露封《ろふう》だというのだ。

「やっぱり露封やろ。門人の数がえげつないらしいで」

「なんのなんの、梨考のほうが一枚うえやで。それに、ふたりは同門やけど、梨考のほうが兄弟子や」

「けど、露封のほうが年嵩《としかさ》やろ」

前川《まえかわ》露封と滔々庵《とうとうあん》梨考は、どちらも蕉門の系譜に連なる俳諧師だが、いずれも大坂の在で、北国《ほっこく》や四国、九州にまで各地を精力的に行脚《あんぎゃ》して門人を多数獲得している。歳《とし》は露封のほうが十歳ほどうえだが、俳諧師として世に名が出たのは梨考のほうが早く、いつのころからかたがいに相手を意識して鎬《しのぎ》を削るようになった。門人の数はふたりとも千人を超えているが、もっと増やそうと日々勢力拡大に余念がない。露封も梨考も、「芭蕉の正統な後継者」をもって任じており、相手の俳諧を名指しでなじるような本を出版し合うなど、まさに犬猿の仲なのである。この「梨露の争い」は世間からも注目されている。天満の青物市場は梨考に俳諧の手ほどきを受けたものが多く働いていることから梨考を後押ししており、雑喉場《ざこば》は同じ理由から露封を応援している。俳諧師同士の争いが、青物市場と雑喉場の揉めごとになりそうな気配もあるようだ。露封と梨考は、今回の「蕉翁辞世句碑建立」のための句合わせにおいてどちらが勝つかでふたりの優劣が決着する、と考えており、日夜必死になって句を練っているという。それがまた、句合わせの人気に拍車をかけている。

「わしは、露封やと思うな。なんちゅうたかてやる気があるで。薩摩《さつま》や陸奥《むつ》にまで足を延ばして一門を広げとる。なかなかできることやないで」

「いやいや、門人の数だけでみたら梨考のほうが多いで。教え方がわかりやすいし、句もおもろいやつがいっぱいある。お大名のなかにも弟子がおるて聞いたで。たいしたもんやないか」

「なんやと、おまえは梨考の肩持ちやがって。青物市場の回し者か」

「肩持ったが悪いか。どうせ露封なんか負けるに決まっとんねん」

「アホか。梨考の負けじゃ。露封に勝てるわけがない」

「こらあ、一発お見舞いしたろか」

「じゃかあしい。おのれのどたま、割り木でぶち割ったろか」

「まあまあ、ふたりともやめなはれ。まだ、そのふたりが最後まで残るとも決まってないのやからな。どこぞのだれぞが漁夫の利を得ることも十分ありうるわけや。案外、素人が天を抜くかもしれんやないか」

「なにを言うとんじゃ。おまえから先、いてもうたろか」

「ほんまや。よし、ふたりでこいつをどつこ」

「ちょ、ちょっと、乱暴はよしなされ……」

商売が「嘘つき」というだけあって、夢八の話はどこまでが本当なのかわからないが、とにかく大坂市中はそういう状況らしい。

「てな具合でなあ、これはそろそろ横町《よこまち》奉行の出番やおまへんか」

「ははは……俳諧の揉めごとに首を突っ込むつもりはありませんよ」

ふたりは笑いあったが、ふと夢八は真顔になり、

「近頃、こどものかどわかしが増えてる、ゆうのを聞いてはりますか」

「いや、初耳です」

「町奉行所は内々に動いてるらしいです」

「わかりました。頭の隅に置いておきます」

ふたりは橋のうえですれ違い、雀丸はいつもの竹藪《たけやぶ》へと向かった。少し遠いが、大川をさかのぼり、野田《のだ》村の手前あたりに大長寺《だいちょうじ》という名刹《めいさつ》があり、その裏に広い竹藪がある。住職とは懇意にしていて、いつでも竹を伐ってよい、という約束になっていた。もちろん代金は支払うが、そこの竹は筋が良く、竹光にはもってこいなのだ。雀丸は、

大きな鉈《なた》で十本ほどの竹を伐り、まとめて縄で縛った。さすがに汗をかいたので、ひと休みして笹の葉のうえに座り、すがすがしい竹の香りを嗅ぎながら、持参の竹の水筒と握り飯の包みを出した。竹林というのは、なんとなく気がせいせいとするものだ。

（唐土《もろこし》には竹林の七賢というのがいて、竹林のなかで酒を飲みながら清談を愉《たの》しんだ、というけど、わかる気がする……）

そんなことを思いつつ、水筒の茶を飲んで喉をうるおしてから、包みを開く。大きな握り飯が五つ入っている。もちろん雀丸自身が握ったのだ。ひとつは梅干し、ひとつは塩昆布《しおこんぶ》、ひとつはほぐした塩ジャケ、ひとつは鰹節と具を変えており、最後のひとつは醬油を塗って焼きむすびにしてある。

（美味《うま》そうだ……）

身体を動かしたあとは、なんでも美味く感じるというが、そんなことはないと思う。やはり不味《まず》いものは不味いし、美味いものは美味い。雀丸が握り飯のうちのひとつに手を伸ばしかけたとき、

ちゅん
ちゅっ

という声が聞こえた。見ると、今、彼が伐った竹のうえに雀が一羽止まっている。まだ子雀のようだ。周囲の竹が風でざわざわと揺れ、竹同士がこすれあった。子雀はそのまま飛び去ってしまった。

「竹騒ぐ……」

という言葉が自然に口から出た。

「音《ね》に驚くや雀の子、か」

加似江たちの影響か、発句まがいのものができた。雀丸は恥ずかしくなって、

(だれにも聞かれていないだろうな……)

とあたりを見回した。そもそも雨が出て来ないから応募はできない。俳諧のことは忘れて飯に集中しよう、と大口を開けたとき、

「やめてーっ！　もうせえへんさかい、許して！」

女児のものと思われる悲鳴が聞こえた。

「だめだ。おまえのようなガキは口で言うてもわからぬ。仕置きをしてやる。こっちへ来い」

今度は男の声だ。

「あー、叩かんとって。おっちゃん、ごめんなさい」

「そんなことを言うても、どうせまたやるだろう。身体で覚えさせてやる」

男の声に聴き覚えがあった。雀丸は握り飯を包みに戻すと駆け出した。竹林のすぐ外の空き地で、河野四郎兵衛が十歳ぐらいの女の子の髪の毛を摑んで、今にも拳を振り下ろそうとしている。女児の衣服はまるで襤褸《ぼろ》のようで今にも破れそうだし、帯の代わりに荒縄を巻いていて、貧窮の度合いが知れた。雀丸は両手で河野の腕を押さえると、

「おやめください。なにをしたのか知りませんが、この子も謝っています」

「む……？　貴様、竹光屋ではないか。でしゃばるな！」

「私がでしゃばらねば、この子を殴るでしょう」

「こやつはそこの餅屋で団子を盗み、食ろうたのだ。それに気づいた餅屋は、こやつを奉行所に突き出すと申したゆえ、通りがかったわしは餅屋に金を払うた。仕置きをするのが道理であろう」

「ごめんなさい、ごめんなさい、ひもじかったんや！」

　女児は泣いている。

「殴ったり叩いたりしてもなにも片付きませんよ」

「わかったようなことを……。——あっ、待て！」

　女児は河野の腕を振り切ると、あっというまに走り去った。

「貴様のせいだぞ。ああいう手合いは、またやる。やったときすぐに、二度とせぬように身をもって教えねばならんのだ」

「私はそうは思いません。叩いたり蹴ったり殴ったりしても、こどもは心を開きません。怯《おび》えて、憎むだけです」

河野は舌打ちをすると、

「貴様、ここでなにをしておった」

「竹光に使う竹を伐っておりました」

「あの虎徹は四十二両で売れた。刃文《はもん》に途切れがあるとかで値切られた。明後日には先方に渡す約定《やくじょう》をかわしておる。破談になったら、貴様のせいだぞ」

「わかっております。——河野さま、発句は思いつきましたか」

「いや……なかなか難しいものだ。四十二両では足らぬゆえ、どうしても百両欲しいのだが、その欲《よく》どしい心が句に顕《あらわ》れるのであろうな。——御免」

河野は雀丸に背を向けると、悠然と歩き出した。

（みんな、発句、発句、発句だな。言いだしっぺの現青という俳諧師だけがほっくほくしてるんじゃないかな……）

そんな駄洒落《だじゃれ》を考えながら、もとの竹藪に戻ってきた雀丸は驚いた。ぼろぼろの着物をまとい、縄の帯を締め、白い髭を長く伸ばした老人がそこにいた。眉も白くて長く、さながら仙人のようではあるが、なにしろ衣服が汚すぎる。つぎはぎだらけで、さっきの女児といい勝負だ。首からずだ袋を下げ、杖《つえ》と菅笠《すげがさ》をかたわらに置いて、石に腰をか

けているのだが、

「ちょっと、お爺《じい》さん！　なにをしてるんです！」

見ると、雀丸の握り飯をその老人がむさぼり食っているではないか。すでに五つのうち三つはなくなっており、老人は四つ目に手をかけている。

「お爺さんってば」

老人はじろりと雀丸を見やり、

「なんじゃ、おまえは」

「竹光屋の雀丸……ってそんなことはどうでもいいのです。お爺さん、その握り飯は私のです」

「なに？　握り飯はここに置いてあったし、だれもいなかった。つまり、この握り飯は天下万民のものだと考えてよいのではないかな」

「天下万民のための握り飯なんてありません。握り飯が勝手に現れるわけはないのですから、だれか持ち主がいるはずでしょう」

「ほほう、それではこの握り飯におまえの名でも書いてあったというのか」

「いや……それは……」

「おまえのものだという証拠はなかろう。この握り飯は……」

老人は四つ目の握り飯をカパッとくわえると、みるみるうちに平らげて、

「わしのものなのじゃ。そして、この最後の一個も……」

「あああーっ、それだけはやめてください。焼きむすび食べるのをずっと楽しみにしていたんです」

老人は、焼きむすびの上半分を食べてから、口から離し、

「では、残りはくれてやろう。ありがたく思え」

雀丸は太いため息を漏らし、

「もういいです。差し上げます」

「おお、そうか。悪いな」

五つの握り飯を全部食べ終えると、老人は竹筒の茶を飲み始めた。

「あっ、その茶も私のです」

「茶ぐらい、ケチケチするな。ああ、食った食った」

老人は腹を撫《な》でた。雀丸が突き出たその腹を恨みがましくじっと見つめていると、

「――おまえさん、竹光屋雀丸とか言うたな」

「はい」

「竹に雀というのは相性が良い。それは、まことの名かな」

ずけずけきいてくる。

「商人としての屋号みたいなものです。もとは藤堂丸之助《とうどうまるのすけ》と申しておりました」

「武士を捨てて竹光屋になったのか。思い切ったのう。なにゆえ、そんなことをした」

どうして見も知らぬ老人に身の上を教えねばならないのか、と思いながらも、雀丸は包み隠さずに話した。

「城勤めをしていたのですが、父母が相次いで亡くなったのと、侍がつくづく嫌になったのとで、武士を辞めたのです」

「ほほう、父母をのう。『我と来て遊べや親のない雀』という句を知っておるか。雀丸にふさわしかろう」

「あー、なんか聞いたことあります。小林……えーと……」

「一茶の句じゃ。一茶は幼くして母を亡くし、継母との折り合いが悪く、その後に父を亡くした。そこでかかる句を詠んだのじゃな」

「はあ……」

「『雀の子そこのけそこのけお馬が通る』という句もある。これも雀だからおまえに縁があるのう」

「そうですかね？」

「これもまた、侍の乗った馬が通るゆえ、踏みしだかれてはならぬぞ、と雀の子に声をかけた一茶の心があらわれた句じゃ。一茶はつねに弱いものの味方であった」

「あの……私が両親《ふたおや》を亡くしたのは幼いころではなく、つい先年のことですので……」

「よいよい、わしにはおまえさんの気持ちがようわかる。つらい思いをしたのじゃろ。一茶の句にも『夕暮れや雀のまま子松に鳴く』という句がある。まま子いじめというのもようある話じゃ」

なんだ、この爺さんは……と呆れた雀丸は話を変えようと、

「お爺さんのお国はどちらですか」

「国？　そんなものはない。わしは旅に住んどるのじゃ」

「旅に住むとはどういうことです」

「居所を定めず、旅から旅の暮らしをずっと続けとる。ここ五年ほど家にはいっぺんも帰っとらん。それゆえどこに住んどるかときかれたら、旅に住んどるとしか答えようがないわい」

「はあ……松尾芭蕉みたいですね」

「わははは。芭蕉か。あいつもなかなか俳諧は達者じゃなあ。ええ句を詠みよるぞ」

「あの……もしかしたらお爺さんは俳諧師ですか」

「そうじゃ。見てわからんか」

わからん。どちらかというと「ぼろぼろのジジイ」に見える。

「あの……その……お名前はなんとおっしゃるのですか」

「わしか。わしはだな……」

老人はしばし考えたあげく、

「小林八茶《はっさ》じゃ」

雀丸はぷっと噴き出した。どうせ偽名だろう。

「旅ばかりでつらくはないのですか」

「つらいどころか、旅は楽じゃぞ。その土地その土地の知り合いを訪ねて、泊めてもらうのじゃから、家賃はいらん、旅籠《はたご》代はいらん、掃除も飯の支度もいらん、八百屋や酒屋の払いもいらん……」

それは、旅に住んでいるというより、ただの居候ではないのか。

「でも、いつまでも泊めてくれないでしょう」

「そりゃあそうじゃ。はじめは歓待してくれても、しばらくすると嫌そうな顔をしよる。そろそろお発《た》ちですか、とかきいてきよる。そこをぐっと我慢して泊まり続けるのじゃ」

「居心地が悪いでしょう」

「そんなことが気になるようでは旅には住めんぞ」

「はあ……」

「朝な夕なに嫌味を言われても耐えておると、とうとうはっきりと『出ていってくれ』と告げられる。そこではじめてその家を出て、つぎに移るのじゃ」

呑気《のんき》なのか、図太いのかわからない。

「はっはー、わかりましたよ。お爺さんもあの俳諧合戦でひと儲けしようと思って大坂に来たんでしょう」

老人は苦々しい顔になり、

「俳諧合戦？　あの蕉翁の辞世が見つかったとかいうやつか。話には聞いておるが、わしはああいう句合わせは大嫌いじゃ。近頃は、四季折々の風物に心を遊ばせるという俳諧の根本を忘れてしもうて、点者を驚かせて天を抜きたい、金を儲けたい、というあさましい心根の透けて見える悪目立ちするような句ばかり見かける。千人を超えるような門弟を持つ大宗匠が、そういう句作りをする。似非《えせ》俳諧師どもめ。なげかわしいことじゃ」

雀丸は、加似江や鬼御前、そして、あの侍のことなどを思い浮かべ、大きく合点した。

「まことになげかわしいですね。俳諧などというものは、お金儲けと無縁であるべきです」

老人はにやりと笑い、

「おまえさん、なかなか話せるな。握り飯食うてしもうて悪かったのう。長旅で腹が減っておったのじゃ」

「いえ、そのことはもう……」

「おまえさんの握り飯を食うたのもなにかの縁じゃ。今日からおまえさんの家にやっかいになるとするか」

「――――え？」

「聞こえなんだか。おまえさんの家に泊めてくれと言うておるのじゃ」

なんという図々《ずうずう》しさだろう。

「いや、それはちょっと……」

「大坂は久しぶりでのう、知り合いもおらぬゆえ、な、頼む、半月ほどでよいのじゃ」

「半月ですか。えーと……」

「半月がダメなら、ひと月でもよいぞ」

なぜ延びるのか。

「ここまで身を低くして頼んでおるというのに、泊めてくれぬのか。もうよい！」

老人は、身を低くすることもせず、そう言った。

「あ、もういいんですか」

「いや……よいことはない。なあ、これでおまえさんが泊めてくれんかったら、大坂は不人情な連中ばかりじゃ、と行く先々で喧伝《けんでん》するぞ」

「いっこうにかまいません」

泊めてやりたいが、今は加似江とふたりでも食いかねているありさまだ。居候を抱え込むのは勘弁してほしい。

「そうか……わかった……もう言わぬ。よそを当たるとするか。邪魔したのう」

老人は肩を落とすと、向こうへ行きかけた。さすがにしょんぼりとしたその背中を見ているると、雀丸はたまらなくなり、

「あの……半月ぐらいならいいですよ」

ついそう口走ってしまった。老人はくるりと向き直り、晴れ晴れとした顔で言った。

「あはははは……そうか、半月ならよいか。そう言うと思うておった。ありがたや。では、さっそく参ろうか。家はどこじゃ」

「浮世小路です」

「おお、そうか」

老人の足取りは軽く、雀丸の足取りは重かった。

「あの……お爺さん」

「八茶と呼べ」

「八茶先生、私は竹光作りを生業《なりわい》としておりますので、その仕事の邪魔にだけはならないようにお願いします」

「わかっておる。面倒はかけぬぞ」

「あの……それと、私はこう見えて、横町奉行をやらせてもらっておりまして……」

「なんじゃ、その横槍《よこやり》奉行とかいうのは」

雀丸は、大坂における横町奉行の役割について説明した。

「なので、ときどきやっかいな揉めごとが持ち込まれるかもしれませんが、そちらも邪魔しないでくださいね」

「ほほう、横町奉行とはよい仕組みだのう。さすが浪花は人情の厚い地じゃ。気に入った」

「さっきは大坂ものは不人情な連中ばかりと言ってましたけど……」

「細かいことは気にするな」

颯爽《さっそう》とまえを歩く老人についていきながら、

(こないだもらった手付金の一分があるから、なんとかなるか……)

雀丸は胸のなかで算盤《そろばん》をはじいていた。

◇

案の定、加似江は激怒した。

「金がのうてぴいぴいしておるときに、余計なやっかいものを連れ込みよって!」

「だれがやっかいものじゃ!」

「やっかいものではないか。縁もゆかりもない家に居候するとは、こやつ、なんと図太い……」

「図太いじゃと？　そこまで言われては堪忍できぬ。こうなったら、わしは……」

　こんなところにはおれん、出ていく！　とでも言うのかと思ったら、

「意地でもここにおるぞ。だれがなんと言おうと出ていかぬぞ！」

「雀丸！　こんなどこの馬の骨とも知れぬジジイを連れてくるとは、おまえもどうかしておるぞよ」

「どこの馬の骨とも知れないことはありません。この方は旅の俳諧師で、小林八茶さんというそうです」

「は、俳諧師だと？」

　加似江の目の色が変わった。

「句合わせのために大坂に来たのかや」

「わしはああいうものは好かんのじゃ」

「な、ならばわしに俳諧を教えてくれ。それが半月の泊まり賃代わりじゃ」

「よかろう」

　話は決まった。

「先生の部屋というても、うちにはふた間しかない。どちらを使《つこ》うてもらえばよいか……」

「いやいや、わしは昼間は出歩いとるし、夜、寝に帰るだけじゃからどこでもよいぞ」

ここは一軒家なので、長屋などに比べるとかなり広いほうだが、ほとんどの場所を竹や道具の置き場などといった竹光作りのために割いており、使える場所は少なかった。

「奥のひと間を使ってください」

雀丸が言った。普段は雀丸が寝所兼仕事場にしている部屋だが、

（まあ、半月の辛抱だ……）

そう思ったのだ。

「雀丸、おまえはどこに寝るのじゃ」

「私はここに筵《むしろ》を敷いて寝ます」

雀丸は、仕事場の隅に置かれた縁台を指差した。仕事の暇をみて手すさびで作った竹細工だが、横になることもできる。雀丸は、老人が、

「泊めてもらう身がひと部屋もらうなど恐縮千万じゃ。わしがその縁台で寝るわい」

と言い出すことを期待したが、なにも言わずに加似江とともに奥に入ってしまった。しかたなく雀丸は、河野四郎兵衛の竹光作りの続きに取りかかった。

（三日か。難しいな……）

本当に三日間の徹夜になるかもしれない。手付金ももらっているのだから、なんとしてでも完成させなければならない。雀丸はその日からひたすら仕事にはげみ、俳諧のことはすっかり忘れていた。

ところが二日目の夕刻、雀丸があまりのしんどさから土間に座って放心していたとき、

「横町奉行の雀丸さんのお宅はこちらですかいな」

暖簾を分けて、ふたりの男が入ってきた。ひとりは柿色の着物に小ざっぱりした茶色い羽織、帯に扇子を一本挟んだ四十五歳ぐらいの品の良い人物である。頭を剃《そ》ってはいるが、僧ではなさそうだ。顔には疲労の色が濃く浮き出ている。もうひとりは「八百《やお》又《また》」と染め抜かれた半被《はっぴ》姿の、三十歳にはまだ少しありそうな若い男で、今、江戸で流《は》行《や》りの鯔背銀杏《いなせいちょう》を結っている。雀丸が、

「はい……私が雀丸ですが……」

若い男が、

「なんや、横町奉行いうからもっと貫禄のある年寄りがでんと座ってるんかいなと思てたら、まだ若い兄ちゃんやないか。なんか頼りなさそうやけど、大丈夫かいな」

禿頭《とくとう》の男が、

「これ、失礼やないか。おまえさんは黙ってなはれ。私が話をいたしましょう」

そして、雀丸に向き直り、頭を下げると、

「お初にお目にかかります。私は天満の今井町《いまいちょう》に住まいしておりますす俳諧師の梨考と申します。これなるは門人で、天満の青物市場の若いもの、章介《しょうすけ》と申します」

雀丸はあわててふたりに座布団を出し、おのれも畳のうえに座ると、

「なんのご用でしょう」

「じつは……」

梨考は、もともと下寺町《したでらまち》の某寺の小僧をしていたが、十五歳のときに還俗《げんぞく》し、蕉門の系統に連なる柿丸《かきまる》という俳諧師の弟子となった。宗匠として立机《りっき》したのは三十歳のころだった。以来、十五年、浪花の地を中心に、北国、四国、九州にまで足を延ばし、門人の獲得に精を出してきたおかげで、今はその数も千八百人に及ぼうとしている……。

「千八百人！　すごいですねえ」

雀丸は大声を出した。

「いえ、それほどのことはおまへん。ところが、私よりも五年ほど遅くに立机した露封という俳諧師が山田町におりましてな、この男も私同様芭蕉翁の句風を慕《しと》うておるのですが……」

「露封さんは大坂の生まれなのですか」

「いや、なんでも姫路《ひめじ》のほうから出てきたように聞きました」

梨考の言うには、露封は梨考より十歳ほど年上で、俳諧は随分昔から続けていたようだが、宗匠として立机してからまだ六年ほどしか経っていないという。野心満々で門人をがむしゃらに集めており、しかも、同じ大坂を拠点としているからか、やることなすこと梨考と張り合おうとするのだそうだ。行脚先も北国、四国、九州……と梨考と重なる場所を選び、強引な勧誘で勢力を伸ばしている。今、門人の数は千人ほどだが、なかには梨考門から露封門に移るものもいるという。

「六年で千人というのはすごいですね」

「すごいというか無茶苦茶というか……。門人を取られるのが嫌、というわけやおまへんが、やり方が気に入りまへん。金を使って菓子や酒を出し、それ目当てで来る俳諧好きを弁舌巧みに誘い込みますのや。そのうえ、私の教え方を非難するような本を出して、私の門人に読ませようとする。愚かなものたちは中身を信じてしまいますからな」

「私は俳諧のことはまるで知らないのですが、そんな私でも『梨露の争い』については耳にしています」

「お恥ずかしい。とにかく露封は風流人の風上にも置けぬ悪辣な男でおますのや」

梨考がそこまで言ったとき、今まで黙っていた若者が、

「今、先生が言うたことは、どれもほんまのことですねん。わしら天満の青物市場のもんは、『南京連《なんきんれん》』ゆう俳諧の講《こう》を作ってずいぶんまえから梨考先生に教えてもろてますのやが、わしらの目から見ても露封とその弟子連中のやり口はひどいもんでおます。わしらが花見の吟行《ぎんこう》をするはずの場所の桜を、まえの日に木を揺すって散らしてしもたり、句会をしている隣で太鼓をどんどん叩いて邪魔したり、先生の悪口を書いた短冊を先生の家の門に貼りつけたり……ほんま腹立ちまっせ。今日、ここへ寄せてもろたのも、

『南京連』の皆で話し合《お》うて決めたことですねん」

「それで私になにをせよ、と……」

梨考は頭を下げて、

「横町奉行のお力で、あの男が俳諧師として働けぬようにしていただきたい。しばらくのあいだで結構でおますさかい……」

「それは無理でしょう」

「どうしてです」

「私は、『梨露の争い』は五分と五分、と聞いています。向こうがあなたの門人を取っているのと同様、あなたも向こうの門人を取っているでしょう」

「そりゃあまあ、わが門に入りたいと申すものを拒む理屈はおまへんから」

「あちらがあなたを貶《けな》す本を出したら、あなたもそれに言い返す本を出しているのではないですか」

「言われっぱなし、というわけにはいきまへんよって」

「向こうがいろいろ嫌がらせをしてきたら、あなたがたも向こうの邪魔をしているのではありませんか」

ふたりは下を向いた。

「あなたたちの腹はだいたいわかっています。今度の句碑建立の句合わせに露封さんが句を投じることができぬようにしたいのでしょう。でも、そういう話なら横町奉行に持ち込むのはお門《かど》違いです。片方だけを贔屓《ひいき》した裁定を下すわけにはいきませんから」

梨考が上目遣いに、

「そこをなんとか……。私はなんとしても句合わせに勝ちとうおますのや。もちろん十分なお礼はさせていただきまっせ」

「ははは……金で動くようでは横町奉行の看板は出せません」

「百両、と申し上げたらどうなさいます」

「百両！」

雀丸は驚いた。

「それでは、句合わせで天に抜けたときの賞金まるごとではないですか」

「私にとって、露封との勝負は銭金《ぜにかね》やおまへんのや。勝てるならば百両ごときは惜しゅうない！」

梨考の声はひきつっていた。青物市場の若者が、

「それはわしも請け合います。天満の『南京連』が雑喉場の『平鯛連《へだいれん》』に負けたとあっては青物市場の名折れっちゅうやっちゃ。なんぼでも金は掻き集めまっせえ」

雀丸はゆっくりとかぶりを振り、

「それを聞いたらますます私は手を出せません。おたがいやったりやられたりしている

のであれば、発句の力だけで正々堂々と戦ったらいかがですか」

「はあ……」

ふたりはうなだれた。

「それに……まだはじめの百句すら選ばれていないのですよ。こう言ってはなんですが、あなたと露封さんの勝負になるとはかぎらないでしょう」

「あははは……それはその……なんとかなりまんのや」

梨考は意味ありげなことを言った。

「お帰りください。申し訳ないですが、私は仕事がありまして……」

雀丸がそう言うと、梨考はすがるように、

「雀丸さん、これだけはわかっとくなはれ。たしかに私と露封は同じように下劣なやり合いをしとるように見えるかもしれまへん。けどな、あいつはひとを雇うてわしを傷つけたり、ひょっとしたら殺したりしようとしとりまんのや」

「それは証拠があるのですか」

「証拠はおまへん。けど、そういう噂《うわさ》が私の耳に入っとります」

「どんな噂です」

「鬼御前とかいう女伊達に頼んで、わしを襲わせるとかなんとか……」

「へー……」

「それに、これまでにもあいつは、言うことをきかん相手をヤクザもんを使うて脅しつけたことがおました。今度もやりかねん」

「そうですか……。でも、それならば町奉行所に言うべきです。私は、諍《いさか》いを仲裁することはできますが、皆さんの身を守る役には立ちません」

「さよか……」

ふたりは肩を落とし、悄然《しょうぜん》として帰っていった。雀丸の胸に、申し訳ないという気持ちが湧きあがってきたが、どうすることもできない。

「悪かったかなあ……」

つい口に出してそう言うと、

「今のは、梨考とかいう俳諧師じゃな」

奥から、八茶が顔をのぞかせた。

「はい、そうです」

「ああいうやつが俳諧をダメにしたのじゃ。金を出して俳諧の勝ち負けを買おうなどとはもってのほかではないか。おまえさんが気に病むことはない。放っておけ」

「そうでしょうか……そうですよね」

雀丸は少し救われたような気分になれた。

◇

三日目の朝、ふらふらで最後の仕上げをしていた雀丸に、加似江が言った。

「朝飯はまだかや」

「もう少しで仕事が上がりますので、そのあとすぐに支度をいたします」

「早うしてくれ。句をひねると頭を使う。頭を使うと腹が減る」

「八茶さんの分はいらないのですか」

「いるまい。あのお方は今日も昼まで寝てござるじゃろ」

八茶は、あの日からこの家に泊まっているものの、昼過ぎに起きて飯を食うと、どこかへ出かける。名所を巡って句作しているのかもしれない。そして、どこで飲んでいるのかしらないが、夜更けにべろべろになって帰ってくる。そのまま寝てしまい、昼過ぎに起きてきて……という生活を続けているようだ。いたって手間のかからない居候と言えた。酒代を持っているようには見えないのが唯一の気がかりだったが、久々の仕事に取り組んでいる雀丸はそれどころではなかった。

「できた……！」

雀丸は、ようよう仕上がった竹光を、もとの刀身と比べてみた。かなり上出来である。つぎに、竹光の刃を朝日にかざす。きらめく陽光をはじくさまは、まことの鋼《はがね》と見まごうほどだ。

「うん……よし」

　おのれの仕事に満足した雀丸は、寝不足で真っ赤になった目を擦《こす》りながら、その刃の茎《なかご》を河野の虎徹の柄にはめ、目釘《めくぎ》を打ち、鎺《はばき》と鍔をはめると、鞘に収めた。息をせずにそこまでの作業を行ったので、大きく深呼吸して立ち上がると、朝餉の支度をはじめた。昨夜の残りの冷や飯を茶粥《ちゃがゆ》にし、アジの干物をむしったものとひと押しした大根の漬けものを添える。それだけなのであっというまにできる。

「熱っ……熱っ……」

　と言いながらも加似江は何杯もおかわりをする。茶の香りが心地よい熱々の粥に冷たい大根とその歯触りが、いかにも早朝にふさわしい。雀丸は加似江の給仕をしながら、おのれの食事も済ませると茶を飲んだ。

（ああ……眠たい。まぶたとまぶたがくっつきそうだ……）

　とろとろと眠気が来る。

（茶碗と皿を洗ったら少し寝よう。あの浪人はまだ取りにはくるまい……）

　そんなことを思っていた雀丸に、

「雀丸、これを見よ」

　加似江が大声で言ったので雀丸は閉じかけていた目を開けた。

「な、なんですかあ」

「寝ぼけた声を出すでない。これじゃ」

加似江が雀丸に示したのは、五枚の短冊だった。一枚につき発句がひとつ書かれている。

「明後日が句合わせの締め日じゃ。ひとり一句の決まりゆえ、どれがよいかおまえに決めさせようと思うてな」

「私には俳諧のことはわかりません。八茶さんに見ていただけばよいではありませんか」

「八茶先生にはもう見ていただいたが、どれも良い句だし、勝負は時の運なので、おまえさまがおのれで決めるのがよかろう、と言われたのじゃ。たしかに読み返せば読み返すほどどれも名句に思えてきてならぬ。目移りがして決めかねるゆえ、こういうものは俳諧のことを知らぬおまえに勘で決めさせるのがよい、と思うてな」

「はあ……」

「さあ、決めよ」

「今すぐですか」

「そうじゃ。これは、と思うた句を言うてみい。遠慮はいらぬぞ」

「はあ……」

雀丸は五つの短冊を順に見たあと、腕組みをした。

「どうじゃ……どれがよい」

「そうですねえ……」

「早う申せ。どれじゃ」

「そう言われても……この『美竹姫』というのはなんですか」

「かぐや姫と読む。わしの俳名じゃ」

「それは、なんというか……騙《かた》りではないですか？」

「ふん！　俳名をなんと付けようとわしの勝手じゃ。さあ、一句選びなされ。正直に、おまえの思うとおりに言えばよい」

「正直に、ですか？　正直なところ、どれも、その……たいしたことはないように……」

「なんじゃと！」

　拳を振り上げた加似江に、

「正直にとおっしゃったので、正直に答えたのです。ふわーあ……」

　雀丸が欠伸《あくび》をすると、加似江はペシッとその頬を叩き、

「寝るでない。寝るならば、とりあえず一句選んでからにせよ」

　仕方がない。雀丸は必死に目を開けて、五枚の短冊から適当に一枚を抜いて、加似江に手渡した。

「おお、これか。『美味かった蟹《かに》の甲羅に雨溜《た》まる』……わかった。これで投句すると

しよう。ところで二番目はどれじゃ」

「ひとり一句ではないのですか？」

「それはそうだが、一応二句目も選んでみい」

雀丸は、「花に疲れ下向くうなじに雨の粒」という句の書かれた短冊を手にした……ところまでは覚えているのだが、そのあとの記憶がない。どうやら座ったまま寝てしまったらしい。

「おい……おい！」

揺り動かされて、ハッと気づく。目のまえには、河野四郎兵衛のむさくるしい髭面《ひげづら》があった。

「あ、おはようございます」

「なにがおはようだ。竹光はできたのか」

「はいはい。今さっき出来上がったところです」

雀丸は、竹光ともとの刀身を並べ、河野に示した。

「不出来だったならなんとか申しておったこと、忘れてはおるまいな」

「よーく覚えています」

河野は、竹光を手に取ると、鞘から抜き、しげしげと見つめた。

「ふむ……」

「いかがでしょうか」

応えず、表裏を幾たびも返してためつすがめつしている。切っ先から三つ角、刃文、鎬、地肌などを細かく吟味したうえで、

「うーむ……」

「ご満足いただけましたか」

「むむ……」

「唸《うな》ってばかりではわかりません。私は腹を切らずともよいのでしょうか」

河野四郎兵衛は息を吐いて、

「なにやかやと難癖をつけて、代価を下げてやろうと思うていたが、これではケチをつけるわけには参らぬな。暗がりではどちらが本物かわからぬであろう。――仕方ない。残りの金だ。受け取れ」

そう言って、三両三分を銀で支払った。

「ありがとうございます。――一言だけ申し上げてもよろしいですか」

「なんだ」

「このまえのこどものことです」

「侍に素町人《すちょうにん》が説教か。思い上がるな」

「どうしても聞いてほしいんです」

「斬られたいのか」

「その刀の持ち主は、もうあなたではありません。それでひと斬りをしたら、商談がご破算になるのでは？」

「むむ……」

「それとも、竹光で私を斬りますか？　四両も払ったばかりなのに、わやになっても知りませんよ」

河野は苦い顔になり、

「――わかった。話を聞いてやる。なんだ」

「こどもを叱るのはかまいませんが、よその子を殴るのはよくありません」

「よその子ではない。あれはわしの子だ」

「嘘はいけません。河野さまは独り身だとおっしゃったじゃないですか。それにおのれの子が『おっちゃん』と呼びますか？　あなたは、たまたま茶店のまえを通りかかって、あの子が団子を盗むのを見たので、折檻《せっかん》しようとしたのでしょう。叩いたほうはすぐに忘れますが、叩かれたほうはずっとそのことを覚えているものです」

「ほう……ならば、おのれの子にならいくらでも折檻してよいということかな」

「いや、そういうことでは……」

「わしがあのとき、なけなしの団子代を払わねば、餅屋があの娘を捕まえ、もっとひどいことをしていたかもしれぬぞ」

「はあ……」

「わしが叩かねば、あの娘は盗人《ぬすっと》の道を歩むかもしれぬ。それでもよいのか」

雀丸は辟易して、

「わかりましたわかりました。私が悪うございました。もうそのことについてはなにも申しません」

「それでよい」

河野は竹光を腰に差し、紙を幾重にも巻いた虎徹の刀身を木箱に収めて、風呂敷に包むと、

「では、さらばだ。もう会うことはなかろう」

そう言いながら暖簾をくぐろうとした河野に、雀丸は言った。

「発句はできましたか」

「おう、できた……と思う」

その言葉とともに、河野四郎兵衛は竹光屋を去った。

（これでしばらくはしのげる……）

河野が置いていった金を手にして、雀丸はそう思った。

◇

雀丸は、その三両三分で滞っていた家賃をはじめ、まえの節季に払いそこねていた米屋、酒屋、八百屋、魚屋、油屋などの掛けを支払った。手もとにはあまり残らなかったが、それでも気分はよい。それから十日ほどはなにごともなく、訪れるひともおらず、こちらから訪れることもせず、仕事もなく、横町奉行としての案件が持ち込まれることもなく、雀丸は加似江とふたりだけの静かな暮らしをしずしずと送っていた。

小遣い稼ぎに竹籠を編んでいるとき、

「あの……雀さん」

行きつけの居酒屋「ごまめ屋」の主、伊吉《いきち》が訪ねてきた。

「ありゃ、伊吉さん。ご無沙汰で申し訳ない。近頃ずっと手元不如意でなかなか店にも行けませんでしたが、ようやく少しゆとりができたので、また寄せていただきます」

「いや……そういうことやないねん。じつはな……雀さんとこに居候してる八茶とかいう爺さんいてるやろ」

「ああ、はい。八茶さんがなにかご迷惑を……？」

「迷惑ゆうか、うちとしてはありがたいんやけど、ちょっと雀さんの耳には入れといたほうがええんとちゃうか、ていうことになってな……」

「なんか怖いですね。どういうことです」

「あの爺さん、毎晩、夕方になったら来てくれるんや。小鉢もんかなんかでぎょうさん飲みはってな、そやなあ……一晩に二升は飲むかなあ」

「そんなに……！」

「暴れるわけやなし、クダを巻くわけやなし、飲んでくれるのはかまへんねんけど……」

「なにがいけないのです」

伊吉は少しためらったが、

「その飲み代は、て言うたらかならず、雀さんとこにツケといて、て言うねん。うちは掛け売りはしてまへんねん、て言うたんやけど、雀さんも承知しとることやさかいかまへんのや、と言うんでなあ……」

「えええええっ」

「ほかならぬ雀さんのことやから、あの爺さんにかぎって承知して、それからずっと飲ませてるんやけど、これでかれこれ十日になるやろ。ツケもえろう溜まってきてるし……ほんまに雀さんが承知なんかどうかたしかめてこい、て嫁はんに言われてなあ」

「あのですねえ、伊吉さん……」

伊吉は肩を落とし、

「あんたの顔つきでだいたいわかったわ。あの爺さん、とんだ曲《くせ》もんやな」

「で、ツケはどれほどになりますか」

伊吉の答えを聞いた雀丸は思わず飛び上がり、

「エーッ」

と叫んでしまった。

「よくもまあそんなに飲みましたね」

「うちはよその店よりはだいぶ安いとは思うけど、毎晩二升やからな。——どないしたらええやろか」

「どないしたらもこないしたらも、とにかくお支払いします」

雀丸は、伊吉に金を払った。全額は無理だったので半分だけ支払ったのだが、これで河野四郎兵衛にもらった四両はほとんど消えてしまった。

「今日から、あの爺さん来ても、飲まさんようにするわ。ほな……」

そう言うと伊吉は帰っていった。雀丸は、八茶の寝所をのぞいたが、もぬけの殻である。ため息を三斗ほどついて、ふたたび竹籠編みに戻ったところへ、

「雀丸！」

加似江がおもてから大声をあげながら飛び込んできた。手にくしゃくしゃの紙を握りしめている。

「これを見よ！　えらいことじゃ！」

加似江が広げたその紙には、句合わせの入選句と作者名が百人分、びっしりと摺られている。

「へえー、とうとう出ましたか。で、お祖母さまは載っているんですか」

加似江は悔しそうにかぶりを振った。

「じゃあ、なにがえらいことなんです」

「これじゃ！」

加似江はある句を指差した。そこには、

花に疲れ下向くうなじに雨の粒　四弁《しべん》

とあった。しかも、句の頭にマルがつけられている。上位十句に選ばれたのだ。

「え？　これってお祖母さまの句ですよね。でも、お祖母さまの俳名は美竹姫では……？」

「そうじゃ。だれぞがわしの句を盗みよったのじゃ」

「でも、いったいだれが……」

「おまえではなかろうな」

「私が？　そんなつまらないことはしません。そもそも私は俳諧に関心はありませんから」

「まことであろうな」

「あったりまえです」

「では、これはなんじゃ」

　加似江はべつの場所を指差した。そこにはなんと、

　血の雨に向かう渡世や茨《いばら》咲く　雀丸

とあった。これにもマルがついている。

「これはおまえではないのかや」

「い、いや、知りません。ですが、この句……もしかしたら……」

　ちょうどそのとき、

「ごめんなはれや」

と入ってきたのは、口縄の鬼御前である。加似江と同様、手にはくしゃくしゃになった紙を摑んでいる。

「あっ！」

　と叫んで、雀丸は立ち上がり、

「鬼御前さん、この句……あなたが投句したんじゃないですか」

「あははは。気ぃついた？　ひとり一句では心もとないさかい、知り合いの名前を借りて、いっぱい出してみたんやけど、あてのは落ちてしもて、雀丸さんの名前のやつが通ったんや。堪忍やで。——けど、あてが出したてようわかったなあ」

「わかりますよ。発句に『血の雨』とか『渡世』とか使うひとはあまりいません。よくこの句が抜かれましたね」

「あてもそう思う。じつはな、投句の紙の端に『この句を通さんかったら、ほんまに血の雨が降るかもしれんで。覚悟しときや』て書いといたんや」

「それは……脅しですね」

「なんのなんの、ほんの可愛《かわい》い冗談《てんご》やがな」

「でも、とにかく十人に残ったのですから、つぎは三人を目指してがんばってくださいね」

「それがなあ、そうはいかんらしいねん」

「——へ？」

「投句のときに、俳名と本名と住まいを書いたやろ。その当人やないと投句できんらしい。あて、あんたの名前と住まいを書いたさかい、つぎはあんたが出さんとあかんみたいやわ」

「はあー？　私には無理ですって」

「それやったら、失格になってしまう。もったいないやろ」

「そう言われても、私は発句は詠めませんから」

「あてらが助けるがな」

「はあ……」

あてにはならない。

「ご隠居さまはいかがでしたか」

「わしも落ちた。しかも、わしの句を盗んで、四弁とかいうやつが入選しとるのじゃ。雀丸に賭けるほかないわい」

「こちらに居候されてた、あの八茶とかいうひとはどうなりました」

「出ていった」

これには雀丸が驚いた。

「えーっ、そうだったんですか。まるで気づきませんでした」

「今朝早うに、そろそろ去《い》ぬわ、今まで世話になった、とおっしゃってのう。まあ、そろそろ出ていってもろうてもよかろう」

「あちゃー」

雀丸は嘆息した。ツケの件がバレたと察したのだろう。これでは助言を受けることもできぬが、その程度の俳諧師だったということだ。いや、まことに俳諧師だったかどうかも疑わしい。

「あてもご隠居さまも落ちた、ということは、望みは雀丸さんだけですなあ」

「そういうことじゃ。雀丸、おまえひとりが引っかかっておるのじゃ。心して投句するように」

「そんなことを言われましても私には俳諧など……」

「たわけ！」

加似江は叫んだ。

「百両ぞ！」

「いや、まあ、そうですが……私にはなんの心得もありません。入選した句も私のものではありませんし……」

「一万句からの十人ぞ。この機をものにせよ。向こうから転がりこんできた機でないか。よいな、雀丸！」

「はあ……」

「とりあえず、二試合目は投句じゃによって、みなで知恵を絞って良い発句を考え、それをおまえの名で出せばよい」

「でも、そのあとはひとまえでの句合わせになるんでしょう。無理です無理です無理に決まってますって」

「弱気になるな。なせばなるじゃ！」

　鬼御前が、

「けど、ご隠居さまの句を盗んだ四弁とかいうやつ、どこのどいつやろ。あてがふんづかまえて、どついたりまっさ」

「わしもどつく。十七文字分、十七度どつく」

　加似江が言った。

「でも、四弁がいったいどこのだれかわかりませんよ」

　雀丸が言うと、

「投句のときに本名と所番地を書くのが決まりやから、現青さんのところに行けばわかるはずや。あてはそういう卑怯なことをするやつは許せん」

「鬼御前さんも、私の名前で投句したじゃないですか」

「あ……そやったかいなあ」

「とぼけないでください。——あ、そうそう、鬼御前さん、露封という俳諧師になにか頼まれませんでしたか」

「ああ、よう知ってるな。梨考ゆうやつをビビらせてくれ、て頼まれたわ。腕か足の一本ぐらい折ってもかまわん、ゆうてな」

「引き受けたんですか」

「あ、アホなことを……。丁重にお断りしたがな」

鬼御前は吐き捨てるように言った。ということは、梨考の話は本当だったのだ。

そのあと雀丸は入選した十句をじっくりと閲《けみ》してみたが、梨考、露封はふたりとも入っていた。河野四郎兵衛の名前はなかったが、俳名を聞いていないので落ちたのかどうかはわからなかった。

◇

雀丸はその足で二ツ井戸の俳諧師、現青を訪ねた。一応、手みやげとして安物のぼた餅を持参した。

「どなたですか。宗匠はただいま多忙の身でございまして……」

門弟らしき男が言った。

「横町奉行をしております雀丸というものです。句合わせのことで現青さんにおうかがいしたいことがあるのですが……」

「しばらくお待ちください」

門弟は一度奥に引っ込むと、すぐにまた出てきて、

「少しならばお会いすると申しております。どうぞ……」

一室に通され、しばらくして現青が現れた。困窮していると聞いていたが、身なりは

立派で、金がかかっているように思われた。座布団にどっかり座ると、

「たいそう忙しいのやが、横町奉行殿とあっては無下《むげ》にお断りもできんでな、なるべく手短にお願いしますよ」

「はい」

「だいたい用件はわかっとります。あなたも十人に残っておられますな。物騒な前書きがついてましたんで、どんなヤクザ……いや、任侠のお方かと思うておりましたが、横町奉行だったとは……。そうと知っていたらあんな句……」

あとはもごもごと口ごもったが、おそらく「残すんじゃなかった」と言ったのだろう。やはり前書きにびびってあの句を取ったようだ。

「あなたのご用件とは、ずばり、つぎの三人に残りたい、ということでしょう」

「いえ、そんなことでは……」

「ほれほれ、隠したかてちゃーんと顔に書いてある。だれしも考えることは一緒や」

「ちがいます。私の用というのは……」

「わしもひとの子やで、そのあたりは心得てる。魚心あれば水心。選に入りたいという気持ちはだれでも同じやな。わしにも覚えがある。かならず選んでさしあげる、とまでは言えぬが、それなりの手心を加えてやれぬことはない。そのぼた餅の包みのなかにまことはなにが入っているのか、ということもわかっておるよ。ふっふっふっ……」

「しつこいなあ。そういうんじゃないんですって！」

「え？」

「私は、三人に選んでくれと頼みにきたんじゃないんです。どちらかというと逆です。この包みのなかもまことのぼた餅です。しかも、安物です」

現青は憮然《ぶぜん》として、

「そういうことならもっと早う言うてくれ」

「早くから言ってましたよ。――私がおききしたいのは、このなかにいる四弁という方のことです」

「ああ、このお方がどうかしましたかな」

「本名と住まいがわかりますか」

「うむ。ちょっと待ちなされ」

現青が手を叩くと、さっきの門弟が顔を出した。

「四弁という方の名前と住まいを調べなはれ。入選句の分だけべつにしてあるから、すぐにわかるやろ」

門弟は戻ってくると一枚の半紙を現青に渡した。その紙を見て、雀丸は驚いた。そこにはこうあったのだ。

花に疲れ下向くうなじに雨の粒　四弁

空心町《くうしんちょう》　河野四郎兵衛元由《もとよし》

「お手数をおかけしました。それではこれで……」

立ち上がろうとする雀丸に、現青は言った。

「それだけでよいのか？　もし、どうしても選に入りたいと思うなら、また、べつのぼた餅を持ってこられよ」

「ああ、そのことならご心配なく。まったくそうは思っておりませんから」

そう言い残して、雀丸は現青の家をあとにし、天満の空心町へと向かった。

しかし、河野の家を探す手間は省けた。当の河野が向こうからやってきたからだ。女児をひとり連れている。こないだの女の子とはちがうようだが、粗末な身なりであることは同じだった。河野は往来のど真ん中を胸を反らせ堂々と歩いていたが、雀丸に気が付くと急にあわてた風になり、踵《きびす》を返して今来た道を戻ろうとした。

「河野さま、逃げても無駄ですよ」

雀丸が声を掛けると立ち止まった。雀丸は、河野のまえに回り込むと、

「どうしてあんなことをしたんです」

「あ、あんなこととは？」

「隠してもダメです。ネタは上がってます。私の祖母の発句を盗んだでしょう」

「ぬ、ぬ、盗んだとはひと聞きが悪い。おまえが眠っているときに、ひょいとかたわらを見ると、短冊が積んであった。一番うえの句は投句に使う半紙に写してあったゆえ、ほかの句は使わぬのだろうと思い、二番目にあった句をわしがわしの名で投じたまでだ」

「他人の句をご自身の名で投じるのは剽窃《ひょうせつ》ではありませんか」

「ひとり一句の決まりゆえ仕方あるまい。はじめはそんなつもりはなかったが、なにしろ俳諧は素人だ。締め日ぎりぎりになってもどうしてもよい句が思いつかず、ふとおまえの祖母の句を思い出したのだ」

「では、現青さんのところに行って、あの句はひとのものだったと明かしてください」

「そうはいかん。わしの名で投句したのだ。十人に選ばれたうえからは、どんなことをしても勝ち上がり、百両を手にしてみせる。卑怯と言いたければ言うがよい。わしは甘んじて受ける。町奉行所に突き出したければそういたせ。ただし、百両をもろうてからだ。それまでに、もしわしになにかしようというなら……」

「どうするのです」

「斬る」

「竹光でしょう」

「あ……」

河野四郎兵衛は、しまった、という顔になったが、

「うるさい！　町人が武士にぐずぐず抜かすな！」

女の子は不安そうにふたりのやりとりを見つめている。

「河野さま、それほどお金が欲しいのですか。武士ならいたずらに町人や百姓に威張り散らすのではなく、もっと武士としての誇りを持ったらどうなんです」

「武士としての誇り？　そんなものは浪人したときに捨ててしもうたわ。――行くぞ」

河野は女児の手をぐいと引くと、歩み去った。そのときふと雀丸の頭に夢八の言葉が浮かんだ。

（かどわかし……まさかね）

◇

たいへんなことになった、と雀丸は思った。十名の入選者が発表されると同時に、最後にだれが天に抜かれるかを予想する投票の応募が始まったのだ。短冊一枚につきひとりの名が摺られており、これはと思う名前の短冊を一枚二十文で買うのだ。ひとり何枚でも買えるし、複数の相手に投票するのも自由である。応募を締め切った時点で十名それぞれの短冊の売れ数が発表され、天に抜かれた一名に投票したもの全員に、短冊すべての売り上げから句碑建立費用や摺りもの代などの諸経費と現青の取り分を差し引いた

ものを分配するのだ。持っている短冊の枚数分の権利があるから、五枚持っているものは五倍もらえるということになる。

浪花っ子たちは、まずは露封と梨考の短冊に飛びついた。摺るのが間に合わないほどバカ売れしているという。雀丸の名の短冊も、少ないが一応売れているらしい。雀丸は自分がそういう賭けの対象になっていることになんだかむずむずするのだった。彼に投票しているひとたちに対して、

（がんばらなければ申し訳ない……）

という気持ちと、

（勝手に投票しているのだから、そんなことは知らん！）

という気持ちが半ばしているのだ。まあ、ほとんどのひとは露封と梨考の札を買っていて、雀丸などの札を買うのはいわゆる穴狙いだろうと思われた。人気があるのはやはりダントツで露封と梨考だ。彼らのほかにも玄人の俳諧師は多数投句していたと思われるので、なぜ最終的にこの十八十句が選ばれたのかはよくわからない。とくに一万句以上の投句のなかから、本当は鬼御前が作った雀丸の句と本当は加似江が作った河野四郎兵衛の句が選ばれた、というのはよほどの幸運、もしくは偶然だと思われる。熱狂して短冊を買っているひとびとを見ていると、気が重くなった。つぎは投句を辞退しようか、とも思ったのだが、それでは彼の短冊を買ったひとを裏切ることになるのではないだろ

うか。しかし、投句するにしても、自分の力だけで果たしてほかの九人に肩を並べる、とまではいかなくても、それなりに恥ずかしくない句を詠めるのだろうか。あまりにひどい句では、それもまた短冊を買ったひとへの裏切りに……。

「あああ、もうう！」

雀丸は頭を掻きむしった。

「どうして鬼御前さんは私の名前なんか書いたんだよー！」

今さら言ってもしかたのないことであった。

そんなときに、現青からつぎのお題が発表された。それは、「蛙《かわず》」だった。広く撒《ま》かれた引き札には、

全国津々浦々よりあまねく集めたる万句の俳諧から拙者現青が選《え》りに選りすぐりし名誉の十傑がここに揃《そろ》ひたり。次なる句合はせの題をいかがすべきやと非才現青 腸《はらわた》を絞りし後、良き思案あり。芭蕉翁蕉風開眼の名句『古池やかはづ飛び込む水の音』と此度《こたび》見つかりし辞世の『とびこんで浮かむことなきかはづかな』、此の二句にちなみ、二度目の句合はせの題を『蛙』に決す。蛙はもとより春の季詞《きことば》なれど、蕉翁かつて貞享《じょうきょう》の頃深川《ふかがわ》芭蕉庵にて催されたる『蛙合《かはづあはせ》』に倣はむと蕉翁尊像に許しを請ひたれば暁の夢に蕉翁立ちて、よしと申されけり。此の催しを以《もっ》て、蕉風俳諧再び隆盛の

端緒となる事疑ふべからず。

興行主・点者　風狂庵現青

と記され、その横に現青が石工に依頼しているという句碑の完成予想図とそれを眺めてにっこりしている俳人らしき老人の絵が載っている。これは芭蕉なのだろうか。当人がおのれの辞世の句碑を眺める図というのは、正直、悪洒落が過ぎるような気もした。

（蛙……蛙か……）

なにも浮かばない。そりゃそうだ。前回の入選句も鬼御前の作なのだから。

それから雀丸は、彼の名の短冊を買われる重圧と、恥ずかしくない発句を詠まねばという重圧に押しつぶされそうな日々を送った。

「蛙……蛙……蛙……」

朝起きてから寝るまで、ひたすら蛙のことを考え続けている。頭のなかに無数の蛙が棲《す》んでいるような気分だ。

「『古池やかはづ這《は》い出す二、三匹』……だめだな。『痩せ蛙負けるが勝ちと胸を張り』……つまらないな。『蛙の子そこのけそこのけ……』あ、そうか、蛙の子はおたまじゃくしか。えーと……『ゲコゲコと……』いや『ゲロゲロと……』のほうがいいか、『ゲロゲロ……ゲロゲロ……ゲロゲロ』……うーん……」

「朝からゲロゲロとうるさいぞ、雀丸。おまえには俳諧の才はからきしないな」

加似江が言った。

「そんなことはわかっています」

「わしがいくつか作ってやったぞ」

「おお、良い出来ですか」

「だめじゃ。どれも凡々たる出来だのう。わしの俳諧の才も枯れ果てたようじゃ」

「そうですか……」

雀丸はため息をつき、大きな欠伸をした。その様子を見ていた加似江は、

「雀丸、おまえ、痩せたのう。まるで痩せ蛙じゃ」

「はい。痩せました。食べものが喉を通らないのです」

「顔色も悪い」

「でしょうね。毎日あまり寝ていませんから」

「のう、雀丸。句を詠んで大枚をせしめようというのは虫が良すぎたかもしれぬな」

雀丸は顔を上げた。

「そもそもおまえの句は、鬼御前が拵えたものじゃ。ここは潔く、二度目の句合わせは辞退しようではないか」

「お祖母さまはそれでよろしいのですか」

「かまわぬ。おまえの身体が案じられる。竹光作りが本業なのだから、俳諧で倒れてはなんにもならぬ。それに、玄人の宗匠がふたりも入っておるのじゃから、おまえが天に抜かれる見込みはない。辞めてしまえ」

「ですが、私の短冊を買った皆さんにどうお詫《わ》びしたらよいのか……」

「わしが聞いたところでは、おまえの短冊の売れ行きは十人中べべちゃじゃ。今のところたいした数ではない。身体の塩梅《あんばい》が悪いとかなんとか言うて、句合わせを辞めると現青に申し出て、短冊を買うたものたちに返金してもらうようにすればよい。べべちゃで良かったのう」

それはそれで傷つく。

「わかりました。そういたします」

雀丸は、加似江の言葉に心底ホッとした。頭ではそうするしかないと思っていたのだが、なかなか言い出せなかったのだ。

「では、さっそく現青さんのところに行って参ります」

「うむ。善は急げじゃ」

善なのかどうかはよくわからなかったが、とにかく一刻も早くこの件を片付けて、心の重荷を取り除きたかった。雀丸が家を出て歩き出そうとすると、背後から蛙の声が聞こえてきた。一匹ではない。おそらく十数匹はいるだろう。西横堀の浜には蛙が少なくないのだ。だが、もう蛙の句は作らなくてもよい。

高麗橋《こうらいばし》を東へ渡ろうとすると眼下の東横堀からも蛙の合唱が聞こえてきた。普段はまるで気にしていない蛙の声だが、こうして句作りのために意識していると、案外あちこちで鳴いているものだとわかった。

橋を渡り終えた雀丸が、松屋町筋《まつやまちすじ》を南へ下りようとしたとき、

「雀さん」

見ると、夢八がにやにやしながらこちらを見ている。

「よく会いますね」

「とぼけなはんな。聞きましたで聞きましたで。例の句合わせ、十傑に残ったそうやおまへんか。えらい評判だっせ」

「それがその……今から断りにいくところなのです」

「はあ？　どういうわけだんねん」

雀丸は一部始終を夢八に話した。

「そうでしたんか。ははあ……あれは鬼御前さんの句やったんやな。雀さんが俳諧なんかできるはずないのにおかしいな、と思とりましたんや。道理で……」

「それはちょっと言い過ぎじゃないですか」

「ははは。うっかりほんまのこと言うてしもたわ。――けど、その河野ゆう浪人、ご

隠居さんの句を盗んでいけしゃあしゃあとしとるとは、小面《こづら》憎いやおまへんか」

「そうなのです。とにかくお金になりさえすればなんでもするひとのようですね」

そこまで言ったとき、雀丸はふと思った。

「夢八さん、ひとつ、頼みごとがあるのですがお引き受けいただけますか」

「なんだっしゃろ。ほかならぬ雀さんの頼みや。たとえ火の外水の外でも行きまっせ」

「お暇なときでけっこうですから、河野四郎兵衛について調べてほしいのです。家は空心町らしいのですが、いつもちがうこどもを連れていて、しかも、独り身のようです。もしかしたら、夢八さんがまえに言っていた……」

夢八は目を丸くして、大きな声で、

「かどわ……」

雀丸は夢八の口を手でふさいだ。だれが聞いていないともかぎらない。

「というわけで、よろしくお願いします」

「合点承知しました。たまたま今日、えろう暇にしとりますさかい、今からそれにとりかかりまっさ。ほな、わたいはこれで……」

夢八は谷町筋《たにまちすじ》のほうに去った。天満橋から空心町に向かうつもりなのだろう。雀丸がふたたび松屋町筋を下ろうと歩きはじめたとき、

「えらいこっちゃ！　天満で青物市場の連中と雑喉場の連中が大喧嘩《おおげんか》しとるらしいで！」

天神橋《てんじんばし》のうえでだれかがそう叫んだ。

「なんやて?」

「もしかしたら、句合わせの因縁ちゃうか」

物見高い浪花っ子たちは、われもわれもと天神橋に押し寄せた。雀丸も、その波に巻き込まれるようにして北へ走り出した。

天神橋を渡り終えてすぐ右手の、青物問屋が建ち並ぶ一角で、総勢百名ほどの男たちがふた手に分かれてにらみあっていた。片方は装束はばらばらだが半被などから青物市場に働く若者たちであると知れた。もう片方は皆一様にねじり鉢巻きをし、白い襟のついた揃いの青い半纏《はんてん》を着ており、雑喉場の衆だとわかる。どちらも手に手に割り木や手カギなどを持ち、なかには包丁を摑んでいるものもいる。二派は、あいだを三間《げん》ほどあけて対峙《たいじ》したまま動こうとはしない。ただ、ぴりぴりした空気が痛いほど感じられた。

「おう、おまえら青物市場がうちの露封先生にケチつけてまわっとることはちゃあんとわしらの耳に入っとるんじゃ。先生の評判下げて、つぎの句合わせで負けるように仕向けるつもりやろうがそうはいかんぞ。今日はおまえら『南京連』を潰しにわざわざ出向いて来たったたんじゃ」

雑喉場の魚屋たちのなかから、背の高いひとりが進み出て、そう啖呵《たんか》を切った。もちろん青物市場のほうも黙ってはいない。ひとりがまえに出ると、

「なに抜かしとるんじゃ。おまえらこそ梨考先生の句会を荒らしとるやないか。花見のときも、桜をわざと散らしたり、犬の糞《くそ》撒いたりしたやろ。その仕返しじゃ！」

その顔に見覚えがあった。先日梨考とともに訪ねてきた章介という男だ。

「うるさい。梨考みたいなしょうもない句しか作れんやつは宗匠を辞めてまえ」

「なんやと。露封みたいなどこの馬の骨かわからんやつに俳諧習うても上手くなれんぞ」

「言うたな、青物市場は大根で頭どつかれて往生せえ」

「雑喉場は、どうせ魚臭い句しか作れんやろ」

見物人は傍《はた》からやいやい言うが、双方とも口で罵り合うだけで、それ以上はなにもしようとしない。本当の喧嘩になるのが怖いのだ。こういう場合は、きっかけひとつでたいへんなことにもなりかねない。

（このまま喧嘩にならないよう、なんとか丸く収めなくては……）

雀丸がそんなことを思っていると、雑喉場の連中の一番後ろのほうから、

「こらあ、雑喉場のやつらは腰抜けか！　はるばる天満くんだりまでやってきて、なにもせんと帰るのか！　見損のうたぞ、アホどもめ！」

ガラガラ声が聞こえた。雀丸は、その声の主ががに股で顔の角ばった初老の男であることを確認したが、雀丸の視線に気づいたのか、男はすっと見物人の後ろに引っ込んでしまった。雑喉場の若者たちは、その声に押されるように、

「うわあああ！」

「死ねえっ」

「やってまえ！」

手にした得物《えもの》を振りかざして青物市場の連中に向かって突っ込んでいった。

（いけない……！）

雀丸は、今にも血の雨が降ろうという二組のあいだに割って入ろうとしたが、それより一瞬早く、三つの石礫《いしつぶて》がどこからか飛来し、雑喉場の最前列にいた男たちの包丁や割り木を地面に叩き落とした。

「な、なんや……」

雑喉場の衆の足が止まった瞬間、

「やめい！」

という大喝があたりを震わせた。雑喉場の若者たちはびくりとして立ちすくんだ。それは、みすぼらしい浪人体の侍……河野四郎兵衛だった。若いものたちは、相手が浪人とあなどり、

「なんや、おまえは。しゃしゃり出て怪我《けが》さらすな」

「そやそや。町人の喧嘩にしょうもない口挟むな。すっこんでえ！」

河野は雑喉場の先頭に立つ背の高い男をねめつけると、

「わしは、青物市場の用心棒に雇われておる河野四郎兵衛と申すもの。痛い思いをしたくなくば、このままおとなしく雑喉場へ戻るがよい。今日ばかりは見逃して遣わそうぞ」

「な、な、なに言うとんねん。こどもの使いやあるまいし、戻れ言われて、はいそうですかて戻れるかい。なにが用心棒じゃ。武士のくせに、八百屋に媚《こび》売って小遣い稼ぎか。どかんかい、貧乏侍」

「思い上がった町人ども、武士に雑言いたすと捨て置かぬぞ」

河野はドスの利いた声でそう言うと、刀を抜いた。

「うわっ！」

「ぬ、抜いた！」

雑喉場の連中は潮が引くように退き、先頭の男も今にも後ろ向きに倒れそうなほど腰が引けている。しかし、魚屋は度胸が売りものだ。ここで弱気を見せるわけにはいかない、と思ったのか、先頭の男は逆に一歩進み出て、

「へなちょこ侍、これでも食ろとけ！」

かーっ、ぷっ！　と唾を吐きかけた。その唾は河野の顔までは届かず、眼前に落ちた。

河野は竹光を振り上げた。雀丸は内心、

（河野さん、竹光ということを忘れてる！　このままでは大恥を掻くかも……）

そう思ったが、河野はためらわず竹光を一閃《いっせん》させた。元結《もとゆい》が切れて、男の髻《もとどり》がざん

ばらになった。

「ふわあっ！」

男は尻餅をついた。

「つぎは、おまえの首が胴から離れるぞ」

河野が一歩迫ると、男は両手をまえに突き出し、言葉にならぬ声で、

「ふわあああ……あああああ……あひっ！」

そう叫ぶと、転がるように逃げ出した。残りの雑喉場の連中もあとに続いた。見物は指を差して大笑いしている。河野は、青物市場の若者たちが頭を下げて口々に礼を言うなかを、自慢そうな顔ひとつせず悠々と去っていった。

（たいしたもんだ……竹光がまるで真剣に見えた。凄《すご》い腕だな……）

武士だったころは亡父に直心影流を叩き込まれた雀丸なので、剣客の力量を見ぬく目はたしかである。

（あんな腕があるなら、どうして浪人を……。それに、どうしてあんなにお金に執着するのだろう……）

河野の背を見つめながらそんなことを考えていると、群衆のなかからふらりと現れた夢八が、雀丸に目で合図をし、河野を指差して、そのままあとをつけていった。今の一部始終もどこかで見ていたらしい。

そこへ、東町奉行所の同心たちが捕り方を率いて現れた。

「路上にて大勢で喧嘩口論していたというのは、そのほうたちか！」

居丈高な口調で十手を振り回している馬面の同心は、園《その》の父皐月親兵衛《さつきしんべえ》ではないか。

雀丸はあわてて顔を隠し、群衆に潜り込んだ。

「雑喉場と青物市場の若いもの同士が揉めているという訴えが会所にあったのだ。だれか見聞きしたものはおらぬか」

「さあ……わてらはいっこうに……」

「知らんけどなあ……」

「嘘をつけ。貴様ら青物市場のものであろう」

「はあ……せやけど雑喉場のやつなんか存じまへんで。なあ、そやなあ」

「そやそや」

親兵衛は舌打ちをして、

「ええい、埒《らち》が明かぬ。ならばそのほうども、なにゆえ割り木や手カギを所持しておるのだ。雑喉場のものと諍いをしておったのであろうが！」

「ああ、これだっか。割り木は古うなった漬けもん樽《だる》を壊すときに使いますねん。手カギは、野菜を入れた木箱に打ち込んで、引っ張って運びまんのや。そんなことも知らんかなあ」

「なんだと、貴様、お上《かみ》を愚弄すると……」

そのとき、親兵衛の目が不意に雀丸をとらえた。

「あっ、貴様！　竹光屋ではないか！」

雀丸は反射的に身体が動いた。つまり、逃げ出したのだ。ひとごみを掻き分け掻き分け進む。なぜ逃げたのかは自分でもよくわからない。

「待て！　待たぬか！　貴様がなぜここにおる」

そう叫びながら親兵衛は追いかけてきた。説明はしにくい。雀丸は足をかぎりにひたすら駆けた。

◇

そんなこんなで、その日、雀丸は現青の家に行くのをあきらめた。投句の締め日までまだ数日ある。明日行けばよい。そう思ったのだ。

夕刻、家で加似江とふたり、ナスビの煮物と里芋の味噌汁で夕食を食べていると、

「えっへっへっ……俳諧十傑のお方がえろう粗末な夕餉だすなあ。百両を当て込んで、鯛《たい》かヒラメでも張り込みなはれ」

そう言って入ってきたのは夢八だった。

「皮肉を言わないでください。現青さんのところにうかがうのは明日に延ばしました。

——で、いかがでしたか」

「食べ終わるまで待ちますわ。ちょっと込み入った話ですねん」

「いえ、気が急きますので、行儀悪《わる》ですが、食べながら聞かせていただきます。かどわかしについてはどうでした？」

「それですのや。あの河野四郎兵衛という御仁、われわれが思うてたようなお方とはちがうようですわ」

「ほう……」

雀丸は熱々の飯を飲み下し、味噌汁を口に含んだ。

「あの浪人が空心町に入るのを見届けたあと、近所の糊《のり》屋のお婆《ばば》に、河野さまのお宅はどこかとききましたらな……」

糊屋のお婆は、

「ああ、やしない先生かいな。それやったらそこを曲がってどんつきにある五軒長屋や。すぐにわかるわ」

「五軒長屋の何軒目です？」

「五軒長屋が丸ごとあの先生の家やねん。というか、その一角の長屋がみな、あの先生の家や」

「独り身やのに、なんでそんなに家がいりますのや」

「あははは……そこがあの先生のえらいところでな、まあ、行ってみたらわかるわ」

お婆の言葉になんとなく感ずるものがあった夢八は、こそこそ嗅ぎ回るより、直《じか》に河野四郎兵衛にきいてみることにした。

教えられたとおりに行くと古い裏長屋があった。この界隈《かいわい》は、大塩焼けの影響がまだ残ってはいるものの、天満宮《てんまんぐう》、東照宮《とうしようぐう》、町奉行所与力《よりき》、同心の役宅などが建ち並ぶ地で、あまりこの手の裏長屋はないのだが、「貧乏長屋」とはこれのことか、と言いたくなるようなぼろぼろの長屋だった。つぎつぎ建て増しで作られたらしく、三軒長屋、四軒長屋、六軒長屋などが縦横《たてよこ》に入り組んで迷路のようになっている。そのどんつきに糊屋のお婆が言ったとおりの五軒長屋があった。入り口の戸がない家もあり、障子紙は破れ、「一応家の格好はしている」という状態である。気おくれしながらも夢八が、

「すんまへん。河野四郎兵衛先生のお宅はこちらだすかいな」

そう呼ばわると、五軒長屋のすべてから、一軒につき四、五人のこどもが顔を出した。皆、真っ黒に日焼けしており、裸足《はだし》である。着物も今にも破れそうなつぎはぎのもので、縄を元結や帯代わりにしている。驚いた夢八が振り返ると、ほかの三軒長屋、四軒長屋……などからもこどもの顔がタケノコか土筆《つくし》のように伸びていた。夢八は少しうすら寒くなったが、役目を思い出してもう一度、

「河野先生は……どちらにいらっしゃいますかいな」

すると、五軒長屋の右端の家から、河野が現れた。

「なんだ、貴様は」

「へ、へえ……竹光屋雀丸の使いのもんだす」

うっかりそう言ってしまった。まあ、嘘ではないが……。

「なに？　あの発句について、まだごてくさと抜かしておるのか。わしはあの句を返さぬぞ。そう申し伝えよ」

「いえ、そやおまへん。句のことはもうよろしいねん。あの句は河野さまに差し上げます。それより、あの……このお子たちはいったいなんでおますのや」

「こやつらか。――わしの子だ」

「ははは……お戯れを。なんぼあなたが手懸《てかけ》、妾《めかけ》をぎょうさんお持ちでも、こないに子だくさんにはなりまへんやろ」

「おまえに話す筋合いの事柄ではない」

「それやったら言わせてもらいますけどな、雑喉場の連中が得物持って飛び出しかけたとき、石礫が飛んできましたやろ。あれを投げたのはわたいだっせ」

「――なに？」

河野は目を細めた。

「まことか」

「へえ」

「貴様……なにものだ。あの礫、闇雲に放ったものではなかった。貴様……まさか公儀隠密……」

「はっはっはっ、アホなことをおっしゃれ。わたいはただの……竹光屋雀丸の使いでおます」

「ならば、あのひょろりとした優男《やさおとこ》こそが公儀の手のものか」

「そんなわけおまへんやろ。あのひとは横町奉行でおます」

「なんと……そうであったか。大坂の町人のあいだで重宝がられるそういう役割の仁がおる、とは聞いたことがあるが、あくまで町人のためのものゆえ、われら武家にはあまり関わりはないからのう」

「ほな、この子らのこと、お話しいただけますか」

「あの石礫には助けられた。こちらへ入るがよい。——おまえたち、なにもないから安《あん》堵《ど》して引っ込んでおれ」

そのことばにこどもたちはそれぞれの長屋へ戻っていった。河野は自分が出てきた家に夢八を招き入れたが、そこには数人の少女がいた。河野は、ほぼ中身の綿のない座布団に夢八を座らせると、

「汚いところであいすまぬが、ここがわしの家だ。このものたちは皆、親のないこども

でな、わしが引き取って養育しておるのだ」

「そうだしたか……」

「今、四十人、いや、四十一人おるのだが……こやつらはもともと武士の子なのだ」

「――えっ」

河野の話によると、彼はかつて東町奉行所の同心だった。同心は、新しい町奉行が江戸から着任するたびに主従関係を結び直すのだが、実質的には世襲制である。河野家は大坂で代々町方同心を務めてきた家柄であった。しかし、父親が死に、彼があとを継いで町奉行所に勤めはじめたころに全国的な飢饉《ききん》が起こり、京、大坂の町も飢えるものであふれた。ところが大坂の大商人たちは、儲けるときは今だとばかり米を買い占め、値を吊《つ》り上げたため、餓死者はますます増えた。大塩平八郎《へいはちろう》は東町奉行所の与力だったが、学問に専念するため職を息子に譲り、洗心洞《せんしんどう》という私塾を開いて陽明《ようめい》学を教えていた。大塩は大坂のひとびとを救わんと、商人の買い占め禁止や蔵米《くらまい》の放出などを行うよう、当時の東町奉行跡部《あとべ》山城守《やましろのかみ》に建議を行った。しかし、跡部はそれを一切無視したばかりか、公儀に媚びへつらい、新将軍徳川家慶《いえよし》就任儀式に使うよう、大坂の米をむりやり江戸へ送って、その方針に反するものをどしどし捕縛した。

大塩は、かくなるうえは武力をもって貧民を救済するもやむなし、とついに挙兵した。同志の数はおよそ三百で、教え子であった与力、同心や百姓、町人たちが含まれていた。

彼らは天満の町に火を放ち、鴻池《こうのいけ》、三井《みつい》など船場《せんば》近辺の大きな商家を襲撃して米や金を運び出したが、町奉行所だけでなく、大坂城代やその呼びかけに応えた大名家の兵たちが銃による総攻撃を行い、一日で鎮圧され、首謀者の大半は捕縛された。しかし、火災は翌日になっても鎮火しなかった。

大坂は焼け野原になった。広い浪花の地のおよそ五分の一が灰燼《かいじん》に帰し、七万人が家を失った。町奉行所や大坂城代は焼け出されたひとたちの救済を行わんと、お救い小屋を建てたり、炊き出しを行ったりしたが、とうてい間に合わぬ。大坂の商人たちが施しをしたり、町のものもたがいに助け合ったりして、なんとか窮状をしのいだ。火災で親を亡くし、親類もいない百姓、町人のこどもたちも、寺や会所、町役、庄屋などに引き取られたりとそれぞれに生きる場所を得た。

しかし、同じように親を亡くした侍、ことに浪人のこどもたちは不幸だった。町奉行所や大坂城に勤める武士の子はもちろんきちんとした救済を受けたが、主取りをしていない浪人の子に、大坂の町人たちは救いの手を差し伸べなかった。自分たちのことで精一杯で、浪人の子にまで手を差し伸べる余裕がなかったのかもしれないが、とにかく公儀からの救済もなく、町人たちからも援助を受けられず、浪人の子は餓死するしかなかった。

河野は、富裕な町人たちに頭を下げて、親を失った浪人のこどもたちも助けてやって

ほしい、と頼んで回ったが、

「お侍さんの子はお侍さんが助けはったらよろし。それはお奉行所の仕事やないのかな」

「お上は飢饉に備えて米や金をためてるはずや。それを使うたらええやないか」

「侍はいつも威張りくさって、どけ、端へ寄れ、無礼者、斬り捨てるぞ、ゆうとるくせに、こういうときだけわしらに頭下げて、金を出さそうとする。それはちょっと身勝手すぎるやろ」

「浪人は、ツケを払てくれ、て言うと、刀で脅してタダにさせよる。なんぼかわいそうや言うたかて、ああいう手合いの子を助ける気にはなりまへんなあ」

一様に冷たくあしらわれた。

河野はそうした状況を上役である与力に訴えたが、

「不逞《ふてい》の浪人が大坂からいなくなるのは喜ばしきことではないか」

と取り合ってはもらえなかった。天領である大坂は、公には浪人の存在を認めていなかった。「不逞の浪人」というものはなく、浪人は、浪人である、というだけで「不逞」であり、町奉行所の取り締まりの対象となる。

「河野、そのようなことを申すとはおまえまさか、大塩の論に共鳴しておるのではあるまいな」

「とんでもない。いかに大義名分があろうと、火付けは許されませぬ。それがしはただ、浪人の子も城勤めの子も同じく救済せねばならぬと申しあげておりますまで」

「馬鹿な。浪人の子と城勤めの子がひとつになるか。下がれ」

見るに見かねた河野は、数人の身よりのない浪人の子を引き取った。それがきっかけとなり、ひとびとが「浪人の子」を河野の屋敷に連れてくるようになった。どこかで話を聞きつけたこども自身が、みずから河野宅にやってくることもあった。こうして河野は短期間のうちに多くのこどもを預かることになった。あちらを預かり、こちらは断る、ということは彼にはできなかったのである。なかには、大塩焼けで焼け出されたのではなく、他国から大坂に流入した浪人の子で、親が頓死したため河野のところに来たものもいた。

河野は、独り身にもかかわらずたくさんのこどもを育てねばならぬはめに陥ったが、町方同心の俸禄《ほうろく》は少ない。拝領している屋敷の一部を町人に貸したり、副業をしたり、賄賂をせびったり……という同僚も多かったが、そういうことは河野の意に染まなかった。そのため、河野はたちまち貧乏になったが、それでも屋敷があり、俸禄を得ているため、なんとか凌《しの》げていた。

そんな河野がのっぴきならぬ状況になった。ある日、上役に呼ばれ、

「おまえは身よりのない浪人の子を多数養育しているそうだな」

「はい。飢え死にする、とわかっておりながら放置もできかね……」

「そのようなことはお上のご政道を批判するものだ」

「え？　いえ、けっしてそんなつもりは……」

「だまれ。大塩焼けの焼け出されについて、公儀はお救い小屋や炊き出し、金銭や米の支給などを行っておるにもかかわらず、それでは足らぬとこれ見よがしなふるまいを町奉行所の同心が行うとは許されぬ。お頭《かしら》も『内から火が出た』とお怒りだ。なかには、浪人の子を養い、なにかを企《たくら》んでおるのではないか、と申すものもおる」

「そんな馬鹿な！　それがしはただ、困っているものを救おうと……」

「河野……おまえが大塩の乱に加担していた、と訴人《そにん》するものがあった」

「ええっ！　それがし、天地神明にかけて潔白でござる」

　与力はかぶりを振った。

「すでにこのことお頭の耳にまで達しておる。同心株を返上させよ、との沙汰が内々に下された。わしの手ではもはやどうにもならぬのだ。許せ、河野」

「身の証《あかし》を立てとうございます。今しばらくの猶予を……」

「もう手遅れだ。ご老中も、大塩の一件についてはことのほか厳しく、残党の蜂起を防ぐため、少しでも疑わしきものは罰せよとのお考えのようだ。大塩は、ここ東町の与力であった。おまえがその感化を受けていてもおかしくはないのだ」

「………」

こうして河野四郎兵衛はおのれ自身が浪人となった。浪人のこどもを引き受けるなど偽善ぶっていたバチが当たったのだ、いい気味だ、などという陰口も聞こえてきたが、河野はそれどころではなかった。同心ではなくなったのだから、当然、屋敷は召し上げられ、禄も失った。しかし、だからといってこどもたちを放り出すわけにはいかぬ。彼は奔走して、これまで世話をしてやったものたちに、ひとりでもいいから引き取ってはもらえまいか、と頼んで回ったが、同心という身分を失った途端、町人たちは手のひらを返した。浮世とはそういうものだとはわかっていたが、彼らの仕打ちが恨めしかった。

河野は、まず家を探した。だが、浪人で家族の多い彼に家を貸そうという大家はいなかった。河野はひたすら平身低頭し、ようやく火事で丸焼けになった天満で安い長屋を見つけた。罹災《りさい》したままで修繕をしていないのだ。屋根も焼けて雨が降ると畳はずぶ濡れになるし、柱も焼け焦げていて、いつ倒れるかわからない。だが、貸し賃が貸し賃だ。文句は言えぬ。

これで住まいはなんとかなった。つぎは金だ。河野は必死に仕事を探した。おのれひとりではなく、大勢を食わさねばならないのだ。さいわい大坂は焼け野原から復興しようとしていたので、選ばなければ仕事はいくらでもあった。しかし、力仕事に従事する河野を町人たちは嘲った。

「あいつ、こないだまで町奉行所の同心やったんやで」

「へえ、えらい変わりようやな」

「十手振り回して威張ってたのが、今ではあのざまや」

どうしても金が必要だった河野はそういう声を聞き流して働いた。そのうちに、もっと割りの良い用心棒の仕事にありつけるようになった。あくどいやり口で儲けている商人は敵も多く、彼らはおのれを守るために外出時は用心棒を雇った。俺はこういうやつを連れているぞ、と世間に見せびらかすのが大事なのだ。河野の腕まえはよく知られており、彼を従えた商人にはだれも手を出さなかった。河野は用心棒の掛け持ちをしながら、こどもたちを養った。

それから十年ほどの月日が流れたが、彼が養育しているこどもの数は減るどころかますます増えていた。ある程度の年齢になったものは巣立っていくが、それに倍する人数の子がやってくる。断るわけにはいかない。河野は、用心棒をしながら貯《た》めた金で、借りる長屋を増やしていった。はじめは五軒長屋のまんなかに住んでいたが、その両隣を借り、しまいには五軒長屋全部を借りる。つぎに隣接する三軒長屋を借りる、その横の四軒長屋を……という具合に、河野の借りる長屋は増え続け、今やこの裏長屋のほとんどすべてを借りていたが、それでも足りないぐらいだった。こどもたちはそこにあふれているのだ。

「そうでしたか。そんなご立派な方だったとは……私が間違っていました。侍風を吹かせているというより、町人に嫌な目に遭わされて傷ついておられたのですね。――でも、それがどうしてあんなにお金を？」

雀丸が言うと、夢八は眉根を寄せて、

「それが……えらいことになりましたんや。あそこの長屋は雉屋伊右衛門《きじやいえもん》という材木問屋の持ちものなんですが、雉屋が急に、あの長屋を潰して材木置き場にする、て言い出したらしゅうおます。せやから、来月までに出ていってもらいたい、と……」

「来月？　もうすぐですね」

「川崎《かわさき》東照宮の建て直しがはじまるんで、天満に材木置き場がいる、ゆうことやそうですねん。もちろん、それは困る、て河野さんは差配に言うたそうでおますけど……」

差配は首を縦には振らなかった。

「わしはなにも無茶なことを言うとるわけやおまへんで。『いつでもご入り用のときはただちに明け渡しお返し申しあげ候《そうろう》』という一筆が入ってまんねん。それも、明日出ていけの明後日出ていけのと言うわけやない。ふた月の猶予を差し上げとります。もし、出ていくのが嫌やったら、買い取ってもらいまひょか」

「買い取る？　いくらだ」

「百二十両。びた一文負けられまへん」

「高すぎる。なんとかならぬか」

「あのなあ河野先生……長屋一軒やおまへん。これだけの長屋、みなの値ぇだっせ。安いと思いますけどな」

いくら交渉しても、差配は値を下げることはなかった。雑屋からかたく言いつけられているのだ。もちろん河野にそんな金はない。いくら稼いでも、それは家賃と食費に消えていく。河野もこどもらもいつも腹を減らしてぴいぴいしている。余分な金などどこを探してもない。河野はあちこちに頭を下げて金を借りようとしたが、雑屋と揉めるのを恐れてだれも貸してくれなかった。今からいくらしゃかりきになって働いても二カ月で百二十両稼ぐのは無理だった。あとは博打しかないが、逆にすべてを失う可能性もあり、それは河野にはできなかった。熟慮の結果、彼は先祖伝来の刀を売ることにした。脇差はとうに売り払ってしまっていたので、残るは大刀だけだが、これを売ってしまうと用心棒の職を失うかもしれない。しかし、躊躇《ちゅうちょ》している場合ではない。河野は刀を売る決断をしたが、まだ八十両ほど足らない。そこで見つけたのが、句合わせの引き札だ。河野は藁《わら》にもすがる思いで投句することにした……。

「と、こういうわけらしゅうおます」

雀丸は、四杯目の飯に味噌汁をかけて食おうとしている加似江に、

「出て参ります」

「いずこへ？」

「河野さんに謝りにいきます。随分と失礼なことを申し上げてしまいました」

言うなり、雀丸は駆け出した。

◇

「気にするな。わしのほうも句合わせのことで迷惑をかけておる。なれど……かどわかしの下手人と思われておるとはな」

「まことに申し訳ありません。河野さんのお顔を見ていると、身寄りのないこどもを育てている、などとは微塵《みじん》も思えませんでしたので」

「はっはっはっ……それが失礼だと申すのだ」

「すみません」

「いや、夢八とやらに聞いた。おまえも以前は大坂弓矢奉行付きの武士だったとか。町人風情などとののしって悪かった」

「河野さん、そのことですが……武士だからえらいとか、町人のほうがまことはえらいとか、そういうのはやめにしませんか」

「――わかっておる。だが、町人に受けた数々の仕打ち……ことにこどもらへの無慈悲なしようが情けのうてな。徳川の御世《みよ》になってから町人や百姓を守ってきた武士に対してあまりに恩知らずではないかと思うのだ。おそらくこの先、武士というものは衰えていくばかりであろう。ならば、なおさらに武士の……浪人の子弟をなんとかせねばならぬ。それは本来、徳川家がなすべきことのはずだがな……」

「ごもっともです」

「たとえば、この千津《ちづ》だ」

河野はかたわらにいた少女の頭を撫でた。それは、餅屋で団子を盗んで食べたと折檻を受けそうになっていたあの子だった。

「このものの父親は川浪六郎《かわなみろくろう》と申して、播州《ばんしゅう》龍野《たつの》の脇坂《わきさか》家に目付として仕えておったが、七年まえ、この子が三つのときに同じく目付役の山瀬滝之助《やませたきのすけ》という男と口論になり、刺されて亡くなった。口論のもとは、山瀬がひどく腹黒いやつで、おのれの出世に邪魔なものは蹴落とし、おのれにへつらうものを重宝して、政《まつりごと》を歪《ゆが》めているため、見かねた川浪がそのことを家老に報じたことへの逆恨みらしい。山瀬はその日のうちに逐電し、行き方知れず。喧嘩両成敗によって川浪家は断絶になった」

「えーっ。それはひどい」

「おまえも武士だったからわかるだろうが、大名家というのはそういうものだ。龍野にはほかに親類がおらず、この子の母親はこの子を連れ、遠い縁者を頼って大坂に出てきたが、その縁者というのがすでに亡くなっていた。母親は失意のうちにまもなく病死し、路頭に迷っていたこの子をわしが引き取ったのだ。ほかのものも、たいがいそういう不幸な目に遭《お》うてここにいる。叩くのはよろしくないとは思うが、ひもじさから盗みなどひとの道に外れたことをすると、将来、盗人になってしまうのではないかと憂えてしまい、ついつい手が出る」

「なるほど……」

「いや、これでたがいに隔意が取れた。以後昵懇《じっこん》に頼む。おまえの竹光屋としての腕はたいしたものだ。ひとまえで抜刀してもだれも気づかぬ」

「河野さんの腕もたいしたものです。私も同じ直心影流ですが、竹光で元結を切るのはすごいです」

「見ておったか。あれも、おまえの拵えた竹光が真刀同様の扱いができるからだ」

「長屋から追い立てを食らっている件についても聞きました。蛙の句はできましたか」

河野四郎兵衛は髭を震わせて、

「できぬ。やはり付け焼き刃で俳諧は無理だな」

「もし、私の句が天を取ったら、賞金の百両は河野さんに差し上げます。河野さんの名で投句する句についても、この際、みんなで考えればいいと思います」

「そ、そうか。喉から手が出るほど欲しい百両だ。すまぬが、尽力頼む。もはやこれしか道はない」

河野は深々と頭を下げた。

三

雀丸は全員集合をかけた。全員、といっても少数だが。地雷屋蟇五郎《じらいやひきごろう》、鬼御前、要久寺《ようきゅうじ》の大尊和尚《だいそんおしょう》、先代横町奉行松本屋甲右衛門《まつもとやこうえもん》、夢八……といった顔ぶれだ。皆一様に半紙と筆を手にして、難しい顔で虚空をにらんでいる。もちろん加似江もいる。そんな彼らを雀丸はいらいらしながら凝視している。

「まだできませんか。もう一刻《いっとき》（約二時間）も経ってます」

だれも応えない。

「河野さんとこどもたちの運命がかかってるんです。がんばって、いい句を考えてください」

鬼御前がきっとした顔で雀丸をにらみ、

「あんたも考えんかいな」

大尊和尚も、

「そうじゃ！　手本を見せい」

松本屋甲右衛門も、

「わしゃ俳諧などひねったことはないさかいなあ。あんたに教えてもらわな、でけへんわ」

　雀丸はうなだれて、

「すいません。私に作れないから皆さんをお呼びしたんです。それに、私は私の句でいっぱいいっぱいで……」

　加似江が、

「おまえの句はできたのかや」

「それがその……蛙と言われてもなにも浮かばず……蟇五郎さんは蛙のことは得手ではありませんか」

「わしは、名前が蟇で、顔がちょっと蛙に似ているというだけや。蛙に通じているというわけやないで」

「ちょっと、というより、かなり似ておられま……」

「なんやと！」

「あ、いやいや、なんでもありません」

　加似江が目を吊り上げて、

「ともかく急かすでない。急ぐとろくな句はできぬぞよ」

「でも……締め日は明日なんですよ！」

「わしらはただの素人。玄人の梨考や露封にかなうはずもない。――あの八茶という俳諧師はどうなったのじゃ」

「さあ……こういう点取り俳諧は大嫌いだと言っておられましたので、たぶんこころよく思っておられぬでしょう」

「ふん！　ケツの穴の小さい野郎だわい。かかるときに役立つと思えばこそ居候させてやったものを……恩知らずめが！」

自分が句を習うためだったはずだが……。

「雀丸、おまえはおまえの句をしっかり考えよ。わしらはあの御仁の句を考える。案ずるな。これだけの人数が集まっておるのじゃ。秀句、名句のひとつやふたつ出ぬはずはない」

加似江は豪語した。

そして、夜となった。一同はひたすら、ああでもないこうでもないと句作にはげんでいたが、やがて、睡魔に負けてひとり眠り、ふたり眠り、あちこちからいびきが聞こえてきた。

「こらあっ！」

雀丸は怒鳴った。

「起きてください！　まじめにやってください」

しかし……雀丸自身にも睡魔はやってきた。目をこすりつつ、

「み……なさん……目を……覚まして……発句を……」

そこで意識がなくなった。

ハッ！　と目を覚ましたときには、すでに雀がちゅんちゅんと鳴いていた。

（しまった……！）

土間で眠っていた雀丸は半身を起こし、まわりを見ると、全員がごろごろと横になっている。

「起きてください！　起きなさい！　起きろ！」

雀丸が叫ぶと、ひとりずつ目をこすりながらむっくりと起き出した。

「ああ、おはよ」

「おはようさん」

「おはようございます」

雀丸は、

「皆さん、眠ってるときじゃないでしょう。発句はできましたか」

夢八が、

「そういう雀さんかて、寝てたやろ」

「え？　わた、わた、私がですか？　そんなことは……」

「顎によだれがついてまっせ」

「うひゃっ」

　あわてて雀丸は手の甲で顎をぬぐった。そして、

「もうすぐ締め切りです。いい句をひとつ選ばなければなりません。皆さん、句を詠み上げてください。では、えーと……鬼御前さんからお願いします」

「あてからかいな。なんや恥ずかしいわ」

　と言いながら鬼御前は句を披露した。

「詫び入れろ蛙《かわず》のように手を突いて。――ヤクザもんが兄貴分に平謝りしているところだす」

「わ、わかりました。では、蟇五郎さん」

「わしは商人としての心得や。雨よりも金が欲しいと鳴く蛙」

「はい。では、大尊和尚さん」

「酒樽に蛙《かわず》飛び込み南無阿弥陀《なむあみだ》。禅の心を詠んだものじゃ」

「はあ……。では、甲右衛門さん」

「老蛙冷や水のなか泳ぐかな。年寄りの気持ちを句にしてみた」

「夢八さん」

「わたいだっか。こういうのは苦手でおまして……。大嘘をついてけろりと蛙かな」

「…………はい。では、最後にお祖母さま」

「わしがトリか。ふふふ……おまえがたの発句はどれもこれも屑《くず》ばかりじゃ。わしのを聞いて度肝を抜かれるがよい。そもそも俳諧というものは……」

「いいから早く詠んでください」

「聞け。——豁然《かつぜん》と目を開くなり大蛙《おおかわず》。どうじゃ！」

「どうじゃと言われても……」

「どれにするかおまえが決めよ」

「そうですねえ……」

　雀丸が腕を組んだとき、

「許せ」

　入ってきたのは河野四郎兵衛だった。

「河野さん、良い句はできましたか」

「あきらめた。ひと晩かかってもくだらぬ句しかできぬわい。こうして考えてみると、芭蕉というのはえらいものだのう。——そちらはどうじゃ」

　雀丸はかぶりを振り、

「残念ながら駄句ばかりです」

　うしろの連中が一斉に「おい！」とツッコミを入れた。

「とりあえず、まとめて河野さんにお渡ししますので、一番気に入ったのを投句してください。よろしくお願いします」

「おまえの句はできたのか」

そう言われて、雀丸は自分でも驚くほど大きなため息を漏らした。

「まだです。もうダメかもしれません」

解散、ということになり、皆は三々五々帰っていった。雀丸は、自分の句を考えようと半紙をまえに唸ったが、なにも出てこなかった。そこへ園が入ってきた。

「おはようございます。発句の塩梅はいかがですか」

心配して様子を見に来たのだろう。

「それがその……」

雀丸が言葉を濁すと、

「だいたいわかりました」

「園さんは、俳諧はやらないのですか」

「まるでやったことないです。決まりも知りません」

「そうですか……」

「蛙の句だそうですね。さきほど高麗橋を渡るときに、蛙がたくさん鳴いていました」

「私も先日聞きました。西横堀でも鳴いていました。まるで呼び合っているみたいですね」

「雀丸さん……」

「はい？」

「私、俳諧のことはなにもわからないのですが……そのことを発句にすればよいのでは？」

「――え？」

なるほど……。雀丸の頭は俄然《がぜん》働き出した。

「そうか。園さん、ありがとうございます。うまく行くかどうかはわかりませんが、真っ暗ななかに光が見えたような気がします」

「では、句作のお邪魔になってはいけないので帰ります。がんばってくださいね」

「はい。――あ、そうだ、せっかくなのでひとつお聞きしたいのですが、河野四郎兵衛という方をご存知ですか」

「名前だけは存じております。父が申しておりました。河野はたいしたやつだ、ひと助けというのはなかなかできるものではない、ああいう役に立つ人物を辞めさせるというのはよろしくない、と。父は他人をほめることは滅多にないので、覚えておりました」

「そうですか……」

なんとか河野を助けねば、と雀丸は思った。

◇

大坂の町に悲鳴と落胆の声があふれた。

「こんなに買うたのに紙屑や！　〇〇のアホーッ！」

「行けると思たんやけどなあ。借金どないして返そ」

「うわあああ、嫁はんになんて言うたらええんや」

「くそーっ、俳諧なんかこの世から消えてしまえ」

句合わせの短冊を大量に購入していたものたちである。二回目の句合わせの結果を載せた摺りものを見て、悲痛な叫びを発しているのだ。大穴狙いで、より儲かる投句者に思い切って賭けた連中だ。

しかし、なかにはにやにやしながら、

「梨考と露封が残ったか。やっぱり玄人やな。たいしたもんや」

「とどのつまりはこのふたりのどっちかになるねん。一番人気やさかいもらえる金は少ないけど、負けることはない。わしは梨考にこれだけ突っ込んだんや」

「うわあ、えらい額やがな。もし梨考があかんかったらどうするねん」

「そう思て、露封もこれだけ買うとる。どっちに転んでもちょっとは儲かる」

「とにかく明後日の天神さんには這《ほ》うてでも行かなあかん。こらおもろなってきた」

「まさに梨露の争いになったなあ。ふたりとも必死やろ」

「けど、このもうひとり残ってるやつ、聞いたことのない名前やな」

「ああ、だれやろなあ」

そのころ竹光屋にも盛大な叫び声が響いていた。

「どういうことじゃ！　雀丸、おまえが三人に残っておるではないか！」

摺りものを手にした加似江の手が震えている。雀丸は、幾度となくその摺りものを見直したが、たしかに蛙の句を投じた十人のうち、梨考と露封、そして雀丸の名のうえにマルがついている。

「横堀や東西の蛙《かわず》鳴き交わす、か。これはおまえが詠んだのか」

「はい」

「よい句ではないか。さすがはわしの孫じゃ」

「はあ……」

「河野はなにを選びよったかのう……『豁然と目を開くなり大蛙』……」

「お祖母さまの句ですね」

「落ちたか……」

加似江は一瞬歯を食いしばったが、

「なれど、雀丸、これでおまえがひとまえにて即吟をせねばならぬことになったわけじゃ」

そうなのだ。勝ち残った三名は、天満宮の境内に作られる舞台において、行司役立ち会いのもとでその場で出される三つの題について即座に句を詠まねばならない。これまでのように考えている時間もないし、もちろんだれかに知恵を拝借することはできない。行司役は現青と、各地から呼び寄せた有名俳人が務めるという。はっきり言って、弟子が千人もいる名高い宗匠ふたりを相手にド素人の雀丸が勝つ見込みはほとんどない。しかし……勝たねばならないのだ。勝って百両を河野に渡さねばならないのだ。雀丸はあまりの責任の重さに立ちくらみがした。

「お祖母さま……」

「なんじゃ」

「無理です」

「わかっておる。勝ち目はない。じゃが、ここまで来たらひとつ思いきってドーンとぶつかって、大暴れせよ」

「相撲じゃないんですから」

「相撲じゃ。これは俳諧の相撲なのじゃ」

「なるほど……」

「相撲には八百長がつきものじゃ。雀丸、心せよ」

「はい」

はい、とは応えたが、どうすればよいのかはわからない。あまりの緊張に雀丸は吐きそうになった。

「おまえは玄人ではないのに、ただひとり素人のなかから残ったのじゃ。天がおまえに波乱を求めておる。それに応えよ。無の心で臨むのじゃ。よいな」

なにがよいのかさっぱりわからないが、たしかに無の心で臨むしかない。そう思って目を閉じてみた。無……無……無無無無……。

「残ったのう！」

耳もとででかい声がして、雀丸は目を開けた。河野四郎兵衛が興奮した様子で立っている。

「よう残ってくれた。おまえに託すぞ」

「河野さん、私はド素人です。玄人ふたりを相手に勝つ見込みはありません。河野さんとあの子たちのためにがんばってはみますが、負けても怒らないでください」

「怒らぬとも。おまえが最後の三人に入ってくれたというだけでもわしはうれしい。あとは運を天に任せよう」

「はい」

「ところでのう……妙なことを耳にしたもので、おまえに報《しら》せにきたのだ」

「妙なこととは？」

「わしは今、赤犬千兵衛《せんべえ》という博打打ちの用心棒をしておる。難波御蔵で賭場が開かれているのだ」

雀丸も、赤犬千兵衛とは面識があった。以前、江戸から来た渡世人と大坂の大工が揉めたとき、赤犬親方に会うために難波御蔵まで出向いたのだ。

「そこに、あの風狂庵現青という俳諧師がよう出入りしておる。あやつは博打好きで、赤犬にとんでもない額の借金があり、命が危ないところまで追いつめられていたそうだ。それが此度の句合わせできれいに返せたうえにかなり儲かった。今も毎晩、難波御蔵に姿を見せるぞ」

「たいした出世ですね」

「それがだな、あやつが見つけた芭蕉の辞世を本ものと鑑定した利休堂の仙右衛門という男がいただろう。その仙右衛門も、赤犬の賭場にえらい借金を拵えておったのだ」

「ほう……ちょっとひっかかりますね」

「であろう。赤犬の子方《こかた》にきいてみると、仙右衛門というのは芭蕉の真筆の蒐集で知られてはいるが、裏では偽物《ぎぶつ》を拵えてひそかに売りさばいているらしい」

「ははあ……」

雀丸は首をひねった。

雀丸は、夢八の家に赴き、あることを頼んだ。夢八はふたつ返事で引き受けてくれた。
「くれぐれも危ない真似はしないでくださいね」
「わかっとりまっさ。ほな……」

◇

通りを歩いていても、聞こえてくる会話のほとんどは明日に迫った句合わせについてだった。梨考が勝つか、露封が勝つか、勝ったほうが大坂一の俳諧師とみなされる……そんな内容である。おそらく負けたほうの門人は大挙して勝ったほうの門下に移るのではないか、とか、勝ったほうはこれからも門人を増やし続けるだろうが、負けたほうは大恥を搔くのだから隠居するほかないのでは、などと言うものもいた。「雀丸」という名前はまるで挙がらなかった。それはそうだろう、実質的には三人ではなく二人の争いなのだ。

梨考と露封の争いが激化するにつれ、青物市場と雑喉場のあいだも緊張が高まっていた。町のあちこちで小競り合いが起きており、大きな喧嘩に発展しないよう町奉行所が見回りの人数を増やしていた。

そして、とうとう句合わせ当日の朝となった。いつもと変わることなく雀丸は起床し、顔を洗った。加似江と差し向かいで、冷や飯に熱い茶をかけ、焼き味噌に鰹節を混ぜた

ものを菜にして食べた。食べ終えると加似江に一礼して、

「では、行って参ります」

「うむ。はじまりは九つ（正午頃）であったな。わしもあとで参る」

雀丸はいつもの仕事着ではなく小ざっぱりしたよそ行きの着物を着て、角帯を締め、家を出た。

大坂天満宮はたいへんな人出だった。手に多数の短冊を握りしめているものが目につくが、だれが勝つかという興味だけでやってきた暇人も多いようだ。境内の隅に葭簀《よしず》張りの囲いが設けられており、入り口に木戸がある。ここで入場料を取るのだろう。雀丸は囲いのなかに入った。土をかためた土俵のようなものがある。そのうえに床几《しょうぎ》がいくつか並べられており、それが出場者と審判役の席だと思われた。床几の横には大太鼓がひとつ置かれている。

現青はすでに来ていた。その横に立っている男の顔を見て、雀丸は声を上げそうになった。それは、青物市場に雑喉場の若いものが押しかけたとき、雑喉場衆の後ろから皆を煽《あお》っていたがに股で顔の角ばった初老の男だった。現青はこれ以上ないというにこやかさで、

「おお、雀丸殿。本日はよろしく」

そのあと横の人物のほうを見て、

「こちらは俳諧師の露封殿です」

露封はうすら笑いを浮かべて軽く頭を下げた。だが、その目は狼《おおかみ》のような光をたたえていた。隙があればこちらの喉笛を嚙みちぎろうという目だ。

（こいつと勝負することになるのか……）

雀丸は嫌ーな気分になった。勝つためにはどんなことでもしそうな顔つきだ。

「えーと……梨考さんは？」

「梨考殿はまだですが、おっつけ来られるでしょう。そろそろ客入れをせなあかんが、そのまえに今日の行司役をしていただく皆さんにお引き合わせいたしましょう」

現青は、囲いの一番奥に置かれた横長の腰掛けに座っている五人の人物を雀丸に紹介した。ひとりずつ、どこそこ在住のなんとか派のだれだれ……などと説明されたが、もちろん雀丸にはちんぷんかんぷんだった。しかし、俳壇における「えらいひと」たちであることはわかった。そして、そのなかのひとりが、芭蕉の辞世を本物だと鑑定した利休堂仙右衛門だった。現青はつづけて、

「梨考殿がまだやけど、本日の句合わせの進め方を申し上げておきましょう。まず、三人に並んで座ってもらいます。太鼓が鳴るのを合図に、わしが最初のお題を出します。即吟やさかいすぐに短冊に筆で発句を書いていただき、もう一度太鼓が鳴ったら、あと少しということですので急いで作句してください。三度目の太鼓は『止《や》め』の報せです

ので、筆を擱《お》いてもらいます。短冊を戻してもらい、わしが読み上げます。そのあと、行司役の皆さんに、これはと思うた一句に票を投じてもらい、天を決めます。これを三度行い、天に抜けた数が一番多かったお方が勝ちとなります。おわかりですか」

「はい」

「では、午《うま》の刻《とき》までゆるりとお待ちくだされ。——梨考殿は遅いなあ」

そう言って、現青は行ってしまった。露封は雀丸をじろりとにらみつけ、

「あんた、俳諧はだれに習うたのかいな」

「だれにも習うてません。今日、ここにいるのはまぐれなんです」

「やろうなあ……ふふふふふ。そういう顔をしとる」

「は？」

「俳諧師として世渡りするには、あんたみたいなのんびりした顔つきでは土台無理なんや。もっと食いつくような顔でないとな」

「食いつくような顔ですか。けっこう食いついてますけど」

「あはははは……あんたは端《はな》から眼中にない。せいぜいええ句を詠みなはれや」

「はい。そうします」

時刻が来たとみえ、客が入ってきた。あっというまに葭簀囲いのなかは満席となった。ここの入場料もすべて現青の実入りとなるのだ。雀丸は心を落ち着けようとしたが、ど

うしても煩悩《ぼんのう》を追い払うことはできなかった。客のなかには、加似江はもちろんのこと、園や鬼御前、蟇五郎、大尊和尚らの顔もあった。彼らのまえで、つたなすぎる句を披露して大恥を掻くのかと思うと、どこかへ逃げ込みたい心境だった。

「おかしいな。梨考殿が来てないがな」

現青があわてだした。

「句合わせは九つの午《ひる》の鐘をもってはじめるさかい、四つ（午前十時頃）には来てくれいと言うておいたのやが、もう四つ半やがな。どないなっとるんや。――おい、だれか梨考殿の家に迎えに行ってくれんか」

「佐吉《さきち》を向かわせとります」

露封が不快げに、

「梨考さんは宮本武蔵《みやもとむさし》の計略を用いるつもりやおまへんやろな。わざと立ち合いに遅れていって相手の気をいらいらさせて、そこにつけ込んで勝ちを得る。汚いやり口や。まあ、あのひとの考えそうなことやけどな。わしは小次郎《こじろう》やないさかい、その手には乗らんで」

「それはご安堵くだされ。もし、定刻に梨考殿が現れなかったときは失格にいたします」

「間違いないやろな」

「はい。決まりを守らないものは勝負に加われませせぬゆえ」

そのときだ。

「現青先生、えらいことだっせ！」

ひとりの男が駆け寄ってきた。

「なんじゃや。忙しいさかい手短に言うとくれ」

現青が苛立《いらだ》ちを隠さずにそう言うと、

「梨考さんが無茶もんに襲われたらしい」

これには一同が驚いた。

「ど、どういうことや」

「聞いただけで確かめたわけやおまへんけど、梨考さん、句合わせのために家を出ようとしたら、通りすがりのヤクザもんに因縁をつけられてたいへんな目に……」

現青は青ざめた。

「えらいこっちゃがな。梨考殿の短冊を買うとる連中が納得してくれるとは思えん。騒動になるで」

露封は冷ややかに、

「梨考が刺されたなら、わしの勝ちや。そやないか？」

雀丸は、露封のまえに立つと、

「私がおります」

「うははは……あんたは素人、ごまめやないか。わしとまともに俳諧勝負ができるわけないやろ」

「そうですかね。即吟ですからわかりませんよ。まあ、やってみましょう」

現青はおろおろしながら、

「とりあえず客に、梨考殿が来れぬことを言わねばならん……」

三人が話し合っているあいだも客入れは続き、入りきれぬものたちが表で大声を上げているのが聞こえてくる。現青は覚悟を決めたようで、行司役の俳諧師たちに席に着くよううながし、雀丸と露封には土俵の真ん中に立つように言った。雀丸は、まるで緊張していなかった。露封の言うとおり自分はごまめだし、発句のことよりも梨考が刺されたことが気になって、緊張どころではなかったのだ。

ふたりしかいないことに気づいた客がざわつき出した。おそらく青物市場の連中だろう。現青はそういう空気のなかに出ていき、

「えー、本日は芭蕉翁辞世の句碑建立のための句合わせにかくもにぎにぎしくご来駕《らいが》を賜りまして厚く御礼申し上げます。此度の句合わせの勧進元であり、蕉翁の魂のお導きにより市井《しせい》の道具屋の反故のなかから辞世の句を見出したのも手前でございます。ただいまより句合わせの最後の勝負を行いたいと思いますが、ひとつ……その、お報せがございます」

現青は手拭いで汗を拭き、咳払いを何度もすると、

「あの……その、句合わせに加わるはずだった梨考殿が、その……急な子細が出来《しゅったい》いたし、こちらに参ることができぬようになりました。句合わせをはじめる刻限までに来られませんでしたので、残念ながら権を失うことになりました。梨考殿の発句を楽しみにしておられた皆さま、まことにもって申し訳なく、勧進元としてお詫びを……」

「雑喉場のやつらや！　あいつらが先生を句合わせに出られんようにしよったにちがいない！」

だれかが叫んだ。

「そうじゃ。あいつらやったらやりかねん」

「こんなでたらめな句合わせ、承服できん。潰してしまえ」

「おお、卑怯な雑喉場の連中、どつきまわして半殺しにしたれ」

もちろん雑喉場の衆も黙ってはいない。立ち上がると、

「なんやと、こら。だれが卑怯やねん」

「わしらがなんかしたっちゅう証拠はあるんか」

「証拠なんかいるかい。汚い真似するのは雑喉場て相場が決まっとるんじゃ」

現青は必死になって、

「皆の衆、落ち着いとくなはれ。頼んます。静かにしとくなはれ」

しかし、だれも言うことを聞こうとしない。乱闘がはじまろうとしたとき、

「待て待て待ていっ！」

ばらばらと表から入ってきたのは東町奉行所の捕り方たちである。先頭に立って指揮をしているのは、皐月親兵衛である。

「公の場での喧嘩口論は上《かみ》のご法度《はっと》である。おとなしく句合わせを見物するならばよし、騒動を起こすならばただちに召し捕るぞ！」

十手を振り回して怒鳴りつける同心をまえに、さすがの雑喉場、青物市場の連中も口をつぐんで座り込んだ。

「よし、句合わせをはじめよ」

皐月親兵衛はそう言うと、自分も土俵の隅に腰を下ろした。現青はおどおどしながらも、

「では、句合わせをはじめます」

かたわらの男が太鼓を「どどん」と叩いた。

「第一の勝負、題は……『月』です」

それを聞くと、露封はただちに筆を取り、さらさらとなにかを書き上げた。

（速い……！）

雀丸は感嘆した。月と聞いた瞬間に句ができた、ということだ。まるで矢数《やかず》俳諧並み

の速さではないか……。

どどん……！

（二度目の太鼓が鳴っちゃった。どうするどうするどうする……）

雀丸は、「子ら皆と見上げる月や」と書いた。だが、あとが出てこない。

（いかん……）

もう言葉を選んでいる暇はない。彼が、「や」を線で消して「に」とし、「見下ろされ」と書いたのと三度目の太鼓が鳴ったのがほぼ同時だった。ふうーっと息を吐く。暑くないのに汗をびっしょり掻いている。

（これは……身体に悪いぞ）

露封と雀丸は短冊を現青に渡した。

「では、まず露封殿の句から読み上げます。『闇空を爪で押したる三日の月』……」

観客からどよめきが起きた。

「つづいて雀丸殿。『子ら皆と見上げる月に見下ろされ』……」

くすくすと笑いが起きた。

「こどもの俳諧やな」

という声も聞こえた。雀丸は恥ずかしさに、穴があったら入りたい気分になったが、穴はどこにもないのだ。

「では、行司方、判じをお願いいたします。露封殿の句がよかった方は……」

五人が五人とも挙手をした。雀丸に賭けているらしい少数のひとびとから落胆の声が上がった。

「第一の勝負は露封殿の勝ちと決しました。では、第二の勝負……」

太鼓が鳴る。

「題は……『柿』です」

またしても露封は即座に句を書きはじめ、まだ二番太鼓が鳴らぬうちに書き終えると、にやりと笑って雀丸をちら見した。

（速い。頭のなかがどうなってるのか見てみたいよ……）

そんなことを考えている場合ではない。必死になって絞り出す。

どどん！

（うわっ……だめだ）

まず、「渋柿を」と書いた。

（渋柿を……渋柿を……渋柿を……）

筆が動くままに残りを書く。三番太鼓が鳴った。現青が読み上げる。

「露封殿の句、『秋天を貫く柿の赤さかな』……」

またしても客たちは唸った。

「景色が目に浮かぶな」

「ええ句やないか」

現青は雀丸の句を読もうとしてかすかに笑った。そして、

「雀丸殿の句、『渋柿を流し込んだる渋茶かな』……」

客席に失笑が広がった。

「こらあ、雀丸、なにをしとる。しっかりせんか！」

加似江の大声に客たちは一層笑った。そのとき、

「こんなもんやらせやないか！　雀丸ゆうやつ、わざと下手な句を詠んで露封に勝たせるつもりや！」

青物市場の若いものだった。雀丸の顔は真っ赤になった。

（やらせじゃないんですよ。まともにやって、これなんですよ……）

「そこのもの、騒ぐと召し捕ると申したはずだ」

皐月親兵衛が十手をちらつかせると、青物市場の男は不承不承着座した。

「行司役の皆さま、判じをお願いします」

ここでひと悶着《もんちゃく》あった。行司のひとりが、

「露封殿の句は、赤く色づいた柿の葉を言うたものか、熟した柿の実を言うたものかわからん」

と言い出したのだ。べつのひとりも、

「雀丸殿の句は、こども染みており、川柳のようだが、柿の渋さを洗い流そうとするとそれがまた渋茶だった、という上品な滑稽がある」

そして、なんと五人中三人が雀丸に入れたのだ。露封は苦々しげな顔で雀丸と現青を交互ににらみつけている。現青の目が泳いでおり、手が震えているのが雀丸にもわかった。

「ええ……三本勝負のうち、先の一本を露封殿が、あとの一本を雀丸殿が得ましたので、つぎの三本目にて勝敗が決します」

青物市場の連中が、

「よっしゃ、こうなったら俺はあの雀丸ゆうやつに加勢するで。露封に勝たしてたまるかい！」

「わしもや。雀丸、一生懸命やれ」

「負けたら二度と野菜売ったらへんぞ」

「そやそや。負けやがったら往来を無事で歩けると思うな」

「とにかくがんばれーっ」

だが、即吟の俳諧でなにをがんばれというのだろう。

一番太鼓が鳴った。

「三つ目のお題は『水鶏《くいな》』です」

水鶏……？

くいな……？

水鶏ってなんだ。雀丸はあわてた。そういう鳥がいるとは聞いているが、どんな鳥なのか、どういう鳴き声なのか、すぐには思い浮かばない。

（くいな、くいな、くいな、くいな、くいな……）

ダメだ。今回は本当になにも出てこない。そもそも水鶏という鳥に関する知識がまるでない。隣を見ると、露封はすでに書き上げている。さすがは本職だ。

どどん……！

無情にも二番太鼓が鳴った。雀丸の短冊はまだ白紙である。

（くいな、くいな、くいな、くいな、くいな……）

三番太鼓が鳴る直前に書きはじめ、鳴り終わってから少し経ってようやく書き上げた。字配りもめちゃくちゃである。なにも身体を動かしていないのに疲労感が全身を覆っている。

「まずは露封殿の句。『商売《あきない》や小降り待つ折り鳴くくひな』……」

客席はしんとしている。意味がいまひとつわからないようだ。露封は立ち上がると、

「これは『あきない』やのうて『しょうばい』と読んでほしい。商売人が出先で大雨に

あい、小降りになるのを待っているときに水鶏の声が聞こえてきた、ということでおますが……」

そのとき、現青が叫んだ。

「おお、これはすばらしい。『しょうばい』は逆さから読むと『ばしょう』、『まつお』、それに『くひ』……此度の句合わせのことが盛り込まれている。いやあ、すごい」

それを聞いて宗匠たちも、

「なるほど。たしかに松尾芭蕉の句碑を建立する句合わせにはもってこいの句だ」

「さすがたいしたものだな」

「露封殿、あっぱれじゃ」

「いや、待て。まだ雀丸殿の句を聞いてみなければならぬぞ」

客席からも、

「そうじゃ！　雀丸の句を早う読め！」

「露封をぶっとばせ！」

現青は声高々に、

「雀丸殿の句。『饅頭《まんじゆう》を腹いっぱいに食いいなはれ』……」

客席は水を打ったように静まり返っている。応援してくれているはずの青物市場の衆たちも呆れ顔だ。終わったな、と雀丸は思った。まあ、しかたがない。ここまで来たというのがそもそもおかしいのだ。

（そう……おかしい。どうして素人の私が最後の三人に残ったのか……）

雀丸のそんな感慨をよそに、行司役たちは全員一致で露封の句を推した。現青は安堵の表情で、

「これで、三本勝負のうち二本を得た露封殿を句合わせの勝者とし……」

「異論ありじゃ」

表から凛《りん》とした声がした。雀丸はそちらを見て驚いた。あの八茶という老人ではないか。老人はひょこひょこと土俵に向かってやってくると、行司役たちに対峙した。行司役の宗匠たちはみなあわてふためいている。そして、全員起立すると老人に向かって頭を下げた。

「あっ、食い逃げジジイ」

雀丸が叫ぶと、宗匠のひとりが頭を下げたまま、

「これ、なにを申す。あのお方をどなたと心得る。恐れ多くも二条《にじょう》家から『花下宗匠《はなのもとのそうしょう》』の称を受けたる横《よこ》田《た》緑蝶《りょくちょう》先生だ」

「はあ……？」

八茶じゃないのか……と雀丸が思っていると、老人は行司役たちに近づき、

「久方ぶりじゃな」

「は、はい。宗匠にもご機嫌うるわしゅう……」

「たわけっ！　おまえがたの目は節穴か！　まるで行司が務まっておらぬではないか。どうせ勧進元から袖の下でももろうておるのじゃろう」

「いっ、いっ、いえ、そそそんなことは……」

「こんなことじゃろうとわざわざ越後《えちご》から出向いたのじゃ。おまえがた、よう考えよ。即吟なのに、あの短いあいだに三つも言葉を織り込めようか。わしやおまえがたでもむずかしかろう」

　緑蝶は現青と露封のほうを向き、

「どういう題が出るか、前もって打ち合わせしておったのじゃな」

　現青は、

「それはちがいます。信じてくだされ」

　露封は、

「わしの力量をもってすれば、あのぐらいの織り込みは即座にできますのや。緑蝶翁ともあろうお方がそれぐらいのこともわかりまへんか」

「黙れ！　おまえたちのような点取り宗匠が俳諧を腐らせたのじゃ」

「それは聞き捨てならぬ。いつわしが俳諧を腐らせました？　言うてよいことと悪いことがありますぞ」

そのとき、入り口から駆け込んできたのは、夢八と河野四郎兵衛、そして……。

「梨考さん！」

雀丸が叫ぶと客たちもそちらを見た。見知らぬ男を引きずるようにして連れている河野が、

「露封というのはなにをするかわからぬやつだ、と聞いたものでな、梨考殿の家に張り込んでおったら案の定だ。ヤクザものが刃物で腹を刺そうとしたので、わしがのしてやった。だれに頼まれたかは、こやつの口から聞いてくれ」

そう言うと、男を地面に叩きつけた。

「さあ、さきほどわしに言うたことを申せ。梨考殿を襲えとだれに頼まれた」

ヤクザはぷいと顔をそむけたが、雀丸が静かに言った。

「もうわかっています。さっき梨考さんが無茶ものに襲われた、と聞いただけで、露封さんは『梨考が刺された』と決めつけていましたね。あれは、あなたがそう指図してあったからそう言ったんですね」

「な、なにを言う。わしは知らん知らん。知らんで。襲われた、て聞いたからヤクザもんのこっちゃさかい、どうせ刺しよったんやろ、と思ただけや」

それを聞いたヤクザが顔を上げ、

「おい、露封……ずるいやないか。おまえ、わしに一分銀六枚渡して、これで梨考を刺

してくれ、殺さんぐらいの怪我をさせるんや、て言うたやないか。あいつさえおらなんだらわしの勝ちに決まっとる、て……」

「知らん知らん知らん。みんな、こんなヤクザもんの言うこと信じるんやないで！」

現青が露封に、

「あんたはそういうおひとでしたか。ようも芭蕉翁追善の句合わせを滅茶苦茶にしてくれましたな」

「なんやと？　現青、おまえにもぎょうさん金を渡したやないか。いまさら頰かむりか！」

「たしかにあんたからお金はいただきました。けど、あれは勝敗を決めるためのもんやない、あくまで蕉翁の句碑を建てるための寄付ゆうことでおましたがな。それやったら梨考さんからももろてます」

緑蝶が笑いながら、

「つまりは両方から賄賂をもろうて、多かったほうに勝たせるゆう手筈《てはず》やったわけじゃな」

夢八が声を上げ、

「それだけやおまへんで。これ、見とくなはれ」

手に持った半紙を雀丸に差し出した。

「利休堂仙右衛門の留守中に、家をあさったらこんなもんが見つかりました」

雀丸はそれを手に取り、一読して笑い出した。

「次郎兵衛が書いた芭蕉の辞世の文章の書き損じですね。古道具屋で見つかったものの試し書きがどうして利休堂にあるのでしょう」

「そ、それはやなあ……」

「古道具屋で見つけた、というのも、あなたが反故のなかに紛れ込ませて、見つけたふりをしたのでしょう。つまり、芭蕉の辞世というのも嘘っぱちです。あなたは芭蕉の辞世の句をでっちあげて、句碑を建てると言ってひと儲け企んだのでしょう。そうしないと賭場の借金で首が回らなかったらしいですね」

「………」

当然のように客が騒ぎ出した。

「おい、なんもかんも八百長やないか」

「金返せ！」

「あいつらみんな引きずり倒せ」

「やってまえ」

「わしらも雑喉場の連中もだまされてた、ゆうことか」

「許せん。露封なんぞに肩入れしたのは雑喉場の恥や」

皆が口々にそう言い合い、われ先にと土俵に上がってこようとした。それを見た露封と現青は泡を食って逃げ出した。ふたりの行く手に河野四郎兵衛が立ちはだかった。

「逃がさぬぞ」

両手を真横に広げて通せんぼをする河野に、露封が脇差を抜き払い、

「どかんかい、痩せ浪人」

「どくわけにはいかんな」

「わしはおのれと違《ちご》うて、もとは立派に主取りをしてた侍や。傘張りやら楊枝削りしかしてない貧乏浪人とは剣の腕が異なるわい。どうせ刀も売り払うて竹光でも差しとるのやろ。怪我しとうなかったら去ね」

「嘘をつけ。主取りをしていた武士が俳諧師になどなろうか」

「ほんまやがな。わしの本名は山瀬滝之助、播州龍野の脇坂さまに仕えて百二十石をもろうておった」

「ほほう……」

河野は目を細めた。

「ならば、川浪六郎という同僚のことを覚えておるか」

「なに……？」

「たしかにわしの刀は竹光だ。ゆえに怪我をする心配もなかろう。存分に来られよ」

そう言うと、腰のものを抜いた。竹光とは思えぬきらめきである。露封は脇差を構えて河野の竹光を凝視し、しばらくじっとしていたが、くるりと向きを変えて土俵から飛び降り、入り口に向かって走り出した。

「おい、逃げるぞ！」

「追いかけろ」

青物市場の連中と雑喉場の連中は共同して露封を追った。東町奉行所の捕り方たちもそれに追随した。しかし、露封は入り口から逃げると見せかけて、途中で横に曲がり、めりめりと葭簀を押し倒して表に出た。追いかけるものたちは葭簀に足を取られて立ち往生している。その隙に露封は天満宮の裏門から外へ出ようとした。雀丸と夢八も追いすがったが、露封の足は速い。雀丸は小石につまずいて転倒した。しまった、逃げられたか、と悔やみつつ、起き上がってなおも走り出そうとすると、露封がそこで止まっている。見ると、彼の向こうには数十人のこどもたちが立ちはだかり、人間の柵を作っているのだ。

「どけ！　どかんかい！」

露封は赤鬼のような形相でこどもたちを押しのけようとしているが、彼らはがっちりと腕を組み合い、一歩も退かない。やがて、こどもたちは円陣を作って露封を取り囲み、その輪を狭めていった。

「くそっ……！　こうなったらこどもでも容赦せんで」

露封は手にしていた脇差を構え、目のまえのひとりに突っかかろうとした。刹那、ようやく追いついた河野四郎兵衛が刀を一閃させた。露封の脇差は根もとから折れてしまった。

「お見事！」

思わず雀丸は声をかけた。へなへなと崩れ落ちる露封を、河野は冷ややかに見おろしたあと、雀丸に向かってにやりと笑いかけ、

「この竹光はよう斬れる」

そう言った。

◇

風狂庵現青、利休堂仙右衛門、俳諧師露封の三人は東町奉行所に連行された。現青と利休堂は、博打の借金がかさみ、赤犬親方に返済しなければ命がないと脅されて今回のことを考えついたのだという。利休堂が芭蕉の辞世と次郎兵衛の書状を偽作し、それを現青が古道具屋に持っていって、そこで見つけたようにふるまう。利休堂は当然それを真筆と鑑定し、お墨付きを得た現青は芭蕉句碑建立を口実に句合わせを企画する。案の定、たいへんな数の投句があり、入花料だけでもかなり儲かった。それだけではない。

だれが天に抜けるかを選ぶ籤の短冊代には入花料を超える額が集まり、俳諧合戦の入場料もとてつもない金高になった。しかも、現青は、合戦の出場者からの賄賂を平気で受け取っており、その際に、

「この金を受け取ったからといってあなたの句が天に抜けるかどうかはわかりませぬが、多少なりとも判じに手心を加えられるかもしれまへん」

と、どうにでも取れるような物言いをしていたらしい。なかでも梨考と露封のふたりはたがいに負けてはならじと多額の賄賂を現青に、それも何度も渡していたようで、俳諧合戦は裏での賄賂合戦にもなっていたらしい。その賄賂の出所《でどころ》は、雑喉場と天満青物市場だった。最終的に露封の賄賂の額が梨考を上回っていたため、現青は露封に勝たせることを決めた。三人目として雀丸を選んだのは、彼がまるっきりのド素人なので実質一対一の戦いにするためだった。

現青は、露封にだけ題を事前に教えておくことで、露封に勝たせるつもりだった。しかし、露封はそれではぬるいと考え、雇ったヤクザものに梨考を襲わせた。それが裏目に出たのだ。

「まあ、わかったことは、ここにいるだれも俳諧の才はなかった、ということですね」

ごまめ屋の長い床几に腰をかけた雀丸は一同にそう言った。集《つど》っているのは、加似江、鬼御前、地雷屋蟇五郎、大尊和尚、夢八、それに河野四郎兵衛だった。緑蝶はいつのま

にか姿を消していた。越後に戻ったらしい。

「そのようじゃな。俳諧などというものは風流な遊びであって、賭けごとにしてしもうては台無しじゃ。あの阿呆どもが召し捕られて、まこと胸がせいせいしたわい」

「ご隠居さまも百両に目がくらんでおられたように思えましたけど……」

鬼御前が言うと、

「わしは最初《はな》からこうなることを見通しておったゆえ、手を引いたのじゃ。のう、雀丸」

「え……ああ、はいはい」

話題を変えねばならぬ。雀丸は河野四郎兵衛に言った。

「河野さんは、あの千津という子に仇討《あだう》ちはさせなかったのですね」

「うむ……仇討ちをさせても父親はもう帰ってこぬ。手を汚させるのも不憫《ふびん》ゆえ、露封、山瀬滝之助の始末は町奉行所に任せることにした」

「それがよいと思います」

「なれど……」

河野は暗い顔で盃《さかずき》を口に運び、

「おまえが手にするはずだった百両も、公儀の賭博禁令に触れるということで没収《もっしゅ》されてしまった。こどもらの棲《す》み処《か》のことを思うと気が重いのだ」

「そうですね……」

雀丸は顔を伏せたが、よい知恵は浮かばない。そのとき鬼御前が、

「ちょっとあんた……」

地雷屋蟇五郎に言った。

「あんた……そこの悪徳商人！」

「だれが悪徳商人や」

「あんたなあ、あくどい商売して金貯めてるんやさかい、百両ぐらい河野さまに貸してさしあげたらええやないの」

「なに？」

蟇五郎はむせて酒を口から吐き出しそうになった。

「そんな後ろ暗いことして儲けた金、ちょっとぐらい世のためひとのために使うたらどない？」

「なに言うとんねん。わしかて世のためひとのため……」

「ごじゃごじゃ言わんと、あての言うとおりにしたらええねん！」

「やかましいな。わしの稼いだ金や。使い道はわしが考える。おまえの指図は……」

「ああ、もう！　あんたは黙ってなはれ！　あての言うことがきけんちゅうのか、このしぶちん！」

鬼御前は片肌を脱いだ。酒で火照《ほて》った背中にとぐろを巻いた大蛇の刺青が浮き上がっ

ている。蟇五郎は、

「は、早うしまえ。わし、蛇は嫌いなんや」

蛇と蛙だと蛙のほうが分が悪い。しかし、そのやりとりを聞いていた河野はかぶりを振り、

「貸してもらいたいのはやまやまだが、借りても返すあてがないのだ。それに、形《かた》として渡せるものもない」

「そうだすか。わしも、返ってくるあてのない金は貸せまへんなあ」

「だろうな……」

「せやさかい……百両は差し上げまっさ。長屋ごと買うてしまいなはれ」

皆は仰天した。蟇五郎は鬼御前をにらむと、

「どや、わしも気前のええときもあるやろ」

「アホ！　ぼろぼろの長屋をきちんと直すには修繕費がかかる。それに、家だけ買うたかて食いもんも着物も炭もいるやろ。倍の二百両出しなはれ」

「とほほほ……えらいとこへ来てしもたな」

蟇五郎は半泣きになりながらも二百両の金を無償で渡すことを約束した。

「かたじけない。こどもらに代わって礼を申す」

河野は床几に頭をすりつけるほどの礼をした。雀丸が、

「あのー、蟇五郎さん、すいません。あの八茶、じゃなかった緑蝶というひとがこの店で飲み食いしたツケがまだ残ってまして……それも払ってもらえませんか」

「あかん」

蟇五郎はにべもなかった。雀丸は肩を落とし、一同は大笑いになった。

（ま、いいか……）

雀丸はそう思った。

◇

後日、河野四郎兵衛のものとなった長屋を見にいった雀丸は、あの貧乏長屋がきれいに生まれ変わっていることに驚いた。建具も障子も新しくなっている。

「どうだ、見事だろう」

いつのまにか横に来ていた河野がそう言った。

「はい。——蟇五郎さんのおかげですね」

「それもあるが……おまえのおかげだと思うておる」

「あの刀、お金ができたら買い戻されたらどうでしょう」

「いや……わしにはこの竹光のほうがよい」

「そうですか。そうですね」

こどもたちが遊んでいるのを見ながら雀丸は、

「我と来て遊べや親のない雀……ですね」

「そうだ。だから新しくなったこの長屋のことをわしはこう名付けた」

河野は長屋の入り口に掲げられた木の額を指差した。そこには「雀のお宿」と大書されていた。

あの子はだあれの巻

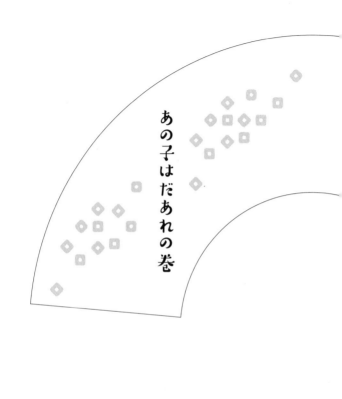

一

俳諧をめぐるてんやわんやの大騒動も無事収束し、秋風とともに大坂の町には平穏が戻ってきた。雀丸《すずめまる》は、もしかしたら往来のひとたちが、

「あ、あれはあの句合わせで最後の三人に残った雀丸師匠やないか」

「ほんまやわ。雀丸さーん、こっち向いて。きゃー、ほんまに向いてくれた」

「なかなか男前やないか」

などと騒ぐのではないかと恐れていたのだが、そんなことも一切なく、拍子抜けするぐらいもとのままだった。

(おかしいな。あんなに盛り上がっていたのに……)

よく聞いてみると、句合わせがぐだぐだに終わってしまったので賭けは成立せず、現《げん》青《せい》が得た短冊代は「違法賭博の掛け金」に当たる、ということですべてお上《かみ》が取り上げてしまったために返金もなく、短冊をたくさん買っていた連中は大損をしたのだ。

「あの雀丸とかいうやつが出しゃばらなんだら、露封《ろふう》の勝ち、で終わっとったんや。あいつのせいでえらい損や」

「見かけたらどついたらなあかん」

「どつくよりもなによりも、金返してほしいわ」

と、見当違いの文句を言っているものも多いらしい。どつかれるのも金を取られるのも嫌だ。

（ほとぼりがさめるまで、当分、裏道をこそこそ歩くほうがいいな……）

そう思った雀丸が裏道に入った途端、

「あ、雀《じゃく》さん」

見ると、知り合いの植木屋である。名前は松造《まつぞう》で屋号は「ひね松」だが、親しいものからは「マッさん」と呼ばれている。悪いときに会ったな、と雀丸は思った。彼は友だちのよしみで雀丸の短冊をたくさん買ってくれていたらしい。

「マッさん、すいませんでした。また今度、『ごまめ屋』ででも埋め合わせしますから……」

さぞかし嫌味の百万遍も投げつけられるだろうと覚悟しながら頭を下げたが、

「その件はいずれまた、ちゅうことにしてくれ。今から出入り先の用事で走り回らななはらんのや」

「出入り先というと？」

「本町《ほんまち》の下松屋《しもまつや》や」

下松屋といえば、雀丸も知っている瀬戸物屋である。

「なにかあったんですか」

松造は一瞬ためらったが、口を雀丸の耳に近づけ、

「だれにも言うたらあかんで」

「はい、言いません」

「下松屋の嬢《いと》はんが……おらんようになったんや」

「ええっ！」

思わず声を上げた雀丸に松造は、

「こら、大声出すな」

「でも、それって……」

雀丸は「か・ど・わ・か・し」と口だけを動かして伝えると、松造はきょとんとして、

「『お・も・て・な・し』てなんやねん」

「いや、そうじゃなくて、最初は『か』です」

「ふんふん」

「つぎは『ど』です」

「そや」

「そのつぎは『わ』『か』『し』……」

「みな言うてしもとるやないか!」

「いつのことです」

「おとといや」

「町奉行所には届けたんですか」

「それがな……あかんのや」

「どうして」

「文《ふみ》がきたらしい」

「え?　だれのことです?」

　そういう名の女性かと思った雀丸がききかえしたが、マッさんは答えず、

「とにかく店のもんやら出入りのわしらやらがこっそり探すしかないのや。ああ、もう行かなあかんさかい……」

「いや、あのちょっと……」

「今の話、ほんまにだれにも言うたらあかんで。わかったあるな」

「はい、お祖母《ばあ》さまにも言いません」

「あのひとは一番言うたらあかんひとや。ごまめ屋で言い触らすに決まってる」

そう言うと松造は足早に行ってしまった。暗い顔つきになった雀丸は、どうしたものかと考えながら家路を急いだ。

（そういえば……）

雀丸は歩きながら、このまえ夢八《ゆめはち》が口にしていた言葉を思い出していた。

（こどものかどわかしが増えていて、町奉行所は内々に動いている、とか……）

もしかしたらこれもその一例なのかもしれない。町奉行所のだれかに話をきければよいのだが、そういう親しい与力《よりき》も同心もいない。

（しかたない。あのお方にきいてみるか……）

あまり気が進まなかったが、この際しかたがない。雀丸は、思い切って東町奉行所を訪ねてみることにした。

◇

「皐月《さつき》、大儀であった。おまえの働きで庶民をたぶらかす偽俳諧師どもを召し捕ることができた。無学な町人どもは一攫千金《いっかくせんきん》を求めて富札《とみふだ》だの句合わせだのにのめりこみ、果ては丁半などといった博打《ばくち》に手を出すようになる。それを未然に防げたわけだから、これは手柄だ。お頭《かしら》も褒めておられた」

東町奉行所定町廻《じょうまちまわ》り与力南原卯兵衛《なんばらうへえ》はそう言った。皐月親兵衛《しんべえ》は平伏したまま、

「過分なるお言葉、ありがたく承ります」

「俳諧師現青が集めた短冊代をはじめとする莫大《ばくだい》な金子《きんす》はことごとく没収《もっしゅ》され、町奉行所の金蔵に納まった。これもまたおまえの働きだ」

「なれど、町人どものなかには、あれはわれらの払《はろ》うたものゆえ町奉行所が取り上げるのはおかしい、金を返せ、と怨嗟《えんさ》の声を上げるものもおるように聞いております」

「言わせておけ。お上はたびたび賭博の禁令を出しておる。此度《こたび》のことはそれに触れたのだから、町奉行所が賭け金を召し上げるのはあたりまえだ。そうであろう」

「ははっ、仰せのとおりでござる」

「ところで、あの横町《よこまち》奉行が句合わせに関わっていたというのはまことか」

「さようでございます。しまいまで残った三名のうちに入っておりまして……その横町奉行ともうひとり河野四郎兵衛《こうのしろべえ》なる有徳《うとく》の浪人によって、逃亡せんとした露封なる悪人を捕縛……」

「黙れ！　わしが申しておるのは、なにゆえ横町奉行を召し捕らなかったか、ということだ。禁制の賭博に関わっていたのだぞ」

「関わっていた、と申しましても、入花料《いればな》を支払って投句をしただけでございます。賭博には関与しておりませんし、梨考《りこう》や露封のように点者《てんじゃ》に賄賂を渡して勝ちを得んと企てたわけでもなく……」

「黙れと申すに！　句合わせに勝ち残ったのは、どうせ後ろ暗いことをしたにちがいない。ひっ捕らえて責め上げれば、なにかと白状するはずだ」

「いや、さすがに罪なきものを召し捕るのは……」

「横町奉行などと申すものはそのあり方がそもそも許せぬのだ。町人の分際で奉行を名乗り、私《わたくし》の裁きを行うとは、お上をないがしろにし、町奉行所を馬鹿にした所業ではないか。そうは思わぬか」

南原の声はしだいに上ずってきた。

「は……まことにもっておっしゃるとおりにて……」

「わしは横町奉行を引っくくり、この手でバラバラのずたずたにしてやりたいのだ。いずれそうするつもりゆえ、おまえも心得ておけ」

南原は肩で息をしながら汗を拭いたあと、

「それはそれとしてだ、おまえは句合わせの件で多忙だったであろうから知るまいが、近頃、大坂市中にて小児のかどわかしが起きておるのだ」

「はい、少しばかりは同僚より聞いております」

「わかっておるだけで四件あるが、その実、もっと多いかもしれぬ。と申すわけは、かどわかしの下手人は卑怯《ひきょう》千万な悪党でな、かどわかした子の家に文を投げ込み、町奉行所に報《しら》せたらこどもの命はないと思え、と釘《くぎ》を刺すのだ。しかも、身代金を求めてくるのだが、親がそれを支払うても、こどもは戻ってこぬ」

「それは、たしかに卑怯千万……。かどわかされるのは大商人《おおあきんど》の子息ばかりでございますか」

「うむ……それが不思議でな、商人の子もおるが、長屋の小せがれも混じっている。わかっておる四人はともに歳《とし》が近く、男児だが、そこになにか意味合いがあるのかどうかはわからぬ。かどわかされた家では、まわりのものに固く口止めをしたうえで、使用人や出入りの職人などに心当たりを探させておるようだが、ひとの口に戸は建てられぬの例えどおり、そろそろ町なかに漏れはじめておる。われらとしても、そろそろ手がかりのひとつも見つけぬと禄盗人《ろくぬすびと》の誹《そし》りを受ける。――おまえも、句合わせ一件が片付いたによって、こちらの探りにも加わってくれい。ただし、町奉行所が動いているとはけっして勘付かれるな。もし、そのせいでこどもが殺されたら、われらが責めを負わねばならぬ」

「…………」

「おまえならば、長吏《ちょうり》、役木戸《やくきど》、小頭《こがしら》など町奉行所の息のかかった手下《てか》のほかにも、動かせるものどもを知っておろう。命にかかわることゆえ一刻を争う。句合わせの件での手並み、まことに鮮やかであった。此度も吉報を心待ちにしておるぞ」

「ははっ、心得ました。尽力いたしまする」

そう言いながらも内心は、

(町奉行所が動いているとけっして勘付かれるな、しかも、一刻を争う……それは無理というものだ)

与力休息所を退出したあと、皐月親兵衛が廊下を歩いていると、まえから同僚の産土《うぶすな》軍平《ぐんぺい》がやってきた。産土は、歳は若いが、皐月よりもまえから南原組に属している。皐月はふと思いついて、

「産土、少したずねたいことがある」

「なにごとでしょう」

「南原さまは、どうも横町奉行を嫌《きろ》うておられるようだが、なにか子細でもあるのか」

産土は声をひそめ、

「大きな声では申せませぬが、それがしの聞いた話では、先代の横町奉行に手柄を横取りされたとか……」

「まことか?」

「はあ……それがしも、まだ勤めに出るまえのことでようは存じませぬ。南原さまが、ある歌舞伎役者を召し捕ろうとしたとき、横町奉行がしゃしゃり出てきて、まるでちがう下手人を見つけ出し喝采を浴びた……とかなんとか」

「なるほど……」

そういえばなんとなく覚えている。班が異なるので詳しくは知らなかったが、当時は「無実のものを召し捕らずに済んでよかった。下手をすると東町の大恥になるところだった」……ぐらいにしか思っていなかった。たしかその役者はなかなかの人気もので、おそらく南原は世間からさんざんののしられたのだろう。それが横町奉行への恨みとなっていまだに残っているのだ。

（わしも、南原さまの配下だ。横町奉行とはなるたけ関わり合いを持たぬようにせねばならぬな。心しておこう……）

皐月同心がそう思ったとき、板敷を向こうから走ってきた門番が、

「皐月さま、ただいま門前に皐月さまにお会いしたいと申すものが参っております」

「わしに？　だれだ」

「横町奉行の竹光屋《たけみつや》雀丸と名乗っておりますが……」

皐月親兵衛はぎくりとして与力休息所を振り返った。

◇

「ああ、皐月さま……じつはですね」

用向きを切り出そうとする雀丸の腕を摑《つか》んで、皐月は町奉行所の表門が見えなくなるあたりまで連れていくと、柳の木の陰に引っ張り込み、

「おい、このあたりをうろうろするな。とっとと帰れ」

「では、のちほど皐月さまのお役宅に参りましょうか？」

皐月は一瞬考えたが、同心町は同心の屋敷ばかりが並んでいる。横町奉行が訪ねてきたところをほかの同心に見られる可能性が大きい。そうなったら大事《おおごと》である。

「いや、ここでよい。――気安くわしを呼び出すな」

「すみませんねえ。ほかに町奉行所に知り合いがいないもんですから」

「わしはおまえの知り合いではない！」

つい声が大きくなり、皐月は周囲を見回すと、

「用があるなら早《はよ》う申せ。手短にな」

「はい……かどわかしが横行しているというのはまことですか」

「な、なに？」

皐月の目は険しくなった。

「どこで聞いた」

「それは申せませんが、かどわかしにあった家に出入りしている職人からです」

「なんという家だ。申せ」

「ですから、申せません。聞いたひととの約束なんです」

皐月は雀丸の胸倉を摑んで、

「おい、かどわかしというのは一刻を争うのだ。約束だかなんだか知らぬが、町奉行所に報せるべきだ。かどわかされたものの命がかかっているのだぞ」

「承知しています。ですからこうしておたずねに参ったのです。――では、かどわかしは頻発しているのですね」

「………」

皐月はむっつりと顔をそむけた。

「ここは、町奉行所と横町奉行が手をたずさえるべきではありませんか。皐月さまがおっしゃったとおり、こどもの命がかかっています」

「その『横町奉行』がいかんのだ」

「なぜいかんのです」

「それはその……」

南原与力のかつてのしくじりのことなど持ち出しているときではない。

「とにかくおまえの知っていることをあらいざらいわしに申せ」

「そうしたら皐月さまもご存知よりのことをみな、私に教えていただけますか」

「それは……できぬ。町奉行所が役目柄のことをぺらぺらと町人にしゃべれるか！」

「では、私も教えかねます」

「ちょ、ちょっと待て。ひとつだけ教えてくれい。おまえが知っている一件で、かどわかされたのは男児か女児か」

　雀丸は少し考えてから、

「それぐらいならいいでしょう。女の子だそうです」

「なにい!」

　皐月の声はふたたび高くなった。南原与力は、全員男児だと言っていたではないか。ということは、この男が聞いたという件は町奉行所が把握しているのとはちがう……。

「かどわかされたのはいつだ」

「だから、言えないんですってば」

　皐月は雀丸を怒鳴りつけようとしたが、そのとき頭に、「句合わせの件での手並み、まことに鮮やかであった。此度も吉報を心待ちにしておるぞ」という南原の言葉が浮かんだ。皐月はあたりをはばかると、

「わかった……。夕刻、わしの屋敷に来い。そこで話そう。けっしてだれにも見られぬようにな」

「なにゆえです」

「いいからわしの言うとおりにしろ!」

「はいはい、承知しました。では、のちほど……」

　去っていく雀丸の背中を見つめながら、

（こちらの手札はなるべく見せず、向こうのネタを探るのだ。――よし、此度もあいつに働くだけ働かせて、手柄だけこちらにちょうだいしよう。南原さまには内緒にしておけばよい）

心のなかでそう思っていた。

◇

「お帰りなさいませ」

帰りを出迎えた妻女と娘に皐月親兵衛は言った。

「あとで竹光屋雀丸という町人が参るゆえ、参ったらわしの部屋に通してくれ」

「えっ、雀丸さんが？」

園《その》が大声を出した。

「なんですか、園、大きな声ではしたない」

母親の加世《かよ》がとがめたが園は聞く耳を持たず、

「雀丸さまはなにゆえここに？　まさか……！」

ぽっと頰を赤らめた園に、

「なにを考えておる。御用向きの話だ」

「私も同席してもよろしいでしょうか」

「はあ？　馬鹿を申すな。御用向きの話だと言うたであろう」

不機嫌極まりない声を出した夫に、加世はにこにこと、

「でも、あなた、お夕飯は食べていただけますよねえ。なにがお好みかしら……」

「ば、馬鹿者！　飯など出さずともよいわ。おまえたちは部屋に引っ込んでおれ」

園はうきうき顔で、

「はいはい、わかっております。それにしても雀丸さまが当家に来られるなんて……うふ……うふふ……」

「どこへ参るのだ」

「ヒナを探しに参ります。雀丸さまはヒナがお好きゆえ……」

ヒナというのは、園が飼っている白と黒のぶちの子猫だ。

「猫などどうでもよい！　おまえはまったく……」

聞く耳持たずに奥へ入っていく園の様子をしばらく見ていた皐月はため息をつき、

「幼きころは病がちであったが、よく育ってくれたのう」

加世が、

「ヒナがでございますか」

「馬鹿め！　なにゆえわしが猫のことを心配せねばならぬ」

などと言い合っているうちに、

「ごめんくださーい！　雀丸でーす！　皐月親兵衛さまはご在宅ですかー？」

　皐月は血相を変えて表に走り出ると、呑気《のんき》そうに門のまえで大声を上げている雀丸に飛びつき、口を押さえた。雀丸はもがもが言いながら玄関に引っ張り込まれ、

「なにをするんです。息が苦しいじゃないですか」

「だれにも見られぬように来いと申したであろうが！」

「はい。だれにも見られてませんよ」

「たわけ！　見られておらずとも、あのような大声《たいせい》でわめけば丸聞こえだ」

　そこへ加世と園が迎え出て、

「まあまあ、雀丸殿、ようこそお越し。おなかはすいておられませぬか。お口にはあいますまいが、煮物と栗《くり》ごはんがございます」

「母の煮物は絶品です。ヒナも雀丸さまと遊びたがっております」

　雀丸はとまどったように、

「いえ……本日は火急の用件にてお父上とお話をせねばなりませんので、せっかくですがまた後日……」

「後日などない！」

　皐月は怒鳴ると、雀丸の背中を荒々しく突き、奥の一室へと連れていった。

「だれも来てはならぬぞ。茶もいらぬ」

そう言って、襖《ふすま》をぴしゃりと閉めた。雀丸は真面目《まじめ》な顔になり、

「皐月さま、先刻も申しましたが、こどもの命がなにより大事です。皐月さまは私をお嫌いかもしれませんが、しばらくのあいだ休戦ということでお願いいたします」

皐月は苦い表情で、

「おまえが嫌い……というわけではない。今、東町奉行所は横町奉行と親しくすることができぬのだ」

「はあ……」

「だが、わしは決めた。東町で掴んでおること、話せる範疇《はんちゅう》の事柄はみなおまえに教えよう。それがこの一件を早く解き明かすことになるならば、それでよい。そのかわり、けっして他言はならんぞ」

「もちろんです。でも……」

雀丸はくすくすと笑った。

「なにがおかしい」

「すいません。いつもならそちらの手札は見せずに、こちらの腹だけ探ろうとするのに、どうした風の吹き回しかと思いまして」

皐月は馬面《うまづら》をひと撫《な》でして、

「それは……わしもひとの親だ」

「は？」

「かどわかされたこどもの親の気持ちを思うと、なんとかせねばと思うたまでだ」

「ありがとうございます」

「帰宅するまえにかどわかしの件についての書き留めを見て、書き抜きを作ってきた」

それによると、東町奉行所で把握しているかどわかしは、全部で四件である。

・七月十五日、北堀江《きたほりえ》の呉服商「山城屋《やましろや》」の長男初太郎《はつたろう》五歳。
・七月二十一日、道修町《どしょうまち》の薬種問屋「全快堂《ぜんかいどう》」の次男忠吉《ちゅうきち》六歳。
・七月二十九日、順慶町《じゅんけいまち》の大工棟梁《とうりょう》金兵衛《きんべえ》の長男万太郎《まんたろう》六歳。
・八月二日、周防町《すおうまち》の醤油《しょうゆ》問屋「常盤屋《ときわや》」の三男三郎《さぶろう》五歳。

「いずれも詳しいことはわかっておらぬ。皆一様にひた隠しにしておるゆえだ」

「なにゆえ隠すのでしょう」

「こどもがいなくなってすぐに文が参る。それに身代金の額と支払い方が書かれており、末尾にはかならず『町奉行所に報せるとこどもの命はないと知れ』との一文が付け加えられているそうだ」

マツさんが言った「文がきた」という言葉の意味がやっとわかった雀丸は、憤りを込めて言った。

「卑劣ですね」

「それだけではないぞ。あわてた親が金を払っても、こどもは帰ってこぬのだ。はじめの山城屋だけはのちに戻ってきたそうだが、そのあとの三件は待てど暮らせど梨のつぶてだ。それではじめて町奉行所に届け出た、ということらしい」

「ますます卑劣ですね……」

「親としてはなんとしてもこどもを無事に取り返したい。そういう気持ちにつけ込んだ脅しのせいで、われらが知らぬ案件がいくつあるかもわからぬのだ」

「文はどのようにして届くのですか」

「投げ文だったり、駄賃をもらって近所の子が頼まれたり、やり口はいろいろだが、どこにでもある懐紙に金釘流《かなくぎりゅう》の文字で書かれていて、そこから下手人をたぐるのはむずかしい。――おまえのほうはどうだ」

「店の名は、今はご勘弁ください。本町のある瀬戸物屋で、かどわかしがあったのはおとといだそうです」

「おとといとはまた近いのう。すぐにでも詮議に行きたいところだが、やはり、奉行所に報せるなという文が来ておるのだろうな」

「はい。どうやらそのようです」

皐月は腕組みをして、

「男児ばかり、ということになんぞ意味があるのかと思うておったが、どうやら見込みが違《ちご》うたようだな。——これで、われらが知り得たかどわかしは五件ということになる。同じ下手人のしわざかどうかも今のところわからぬが……町奉行所としては動きにくい」

「でしょうね……」

こどもが戻ってきていない以上、町奉行所が下手に動くと誘拐されたものたちの命が危ない。三件の被害者たちも、いつまでたってもこどもが帰らないので、思い余って内々に町奉行所に相談したのだ。おおっぴらに詮議できるわけではない。

「そこでだ、雀丸。おまえやおまえの一党ならば下手人どもに知られることなく自在に調べを行えるだろう。此度の件にはうってつけではないか」

「まあ……そうですね。わかりました、やってみましょう。文には、町奉行所には報せるな、とは書いてありましたが、横町奉行に報せるなとはありませんからね」

「くれぐれも町奉行所の名は出さぬようにな。おまえたちが勝手にやっているという体《てい》で頼む」

「はい。では、さっそく今から動きます。なにかわかったらお報せにあがりますが……奉行所よりこちらに来たほうがいいですよね？」

「む……まあ……そうだな。そうしてくれ」

　雀丸は立ち上がり、部屋を出た。すぐに加世と園がやってきた。

「お話は終わりましたか。ではお夕飯を……」

　加世が言うのを、

「いえいえ、これから参るところがあるのです」

「いいじゃありませんか。せっかくお支度ができておりますのに……」

「申し訳ありません」

「あら、まことにお帰りですの？　あなた、雀丸さんがお帰りになるそうですの。お引き止めしてくださいまし」

「引き止めずともよい。雀丸にはやってもらわねばならぬことがあるのだ」

　雀丸は笑顔で、

「どうせこれからたびたびこちらには参ることになりそうです」

「えっ、そうなのですね！」

　園の顔が明るくなった。

「はい……よろしくお願いします」

「しばらくのあいだだけだ」

　皐月親兵衛は冷ややかな声を出した。

◇

皐月家の拝領屋敷を出た雀丸がまず向かったのは、植木職人のマッさんが出入りしている本町の「下松屋」である。五件のなかではいちばん最近に起きたものだから、耳寄りな情報があるのでは、と思ったのだ。もちろんその分、細心の注意を払う必要がある。

（地雷屋《じらいや》さん、鬼御前《おにごぜん》さん、大尊和尚《だいそんおしょう》さん……あのひとたちにも働いてもらおうかと思っていたけど、やめたほうがいいかも……。なにしろ目立つし、ことが大仰になるし……）

といって、のんびりしているわけにはいかない。迅速を要する事態なのだ。

（夢八さん……もダメだな。一番悪目立ちする……）

そんなことを考えながら同心町を南へと歩いていたとき、

「雀丸ではないか」

背後から声を掛けられた。振り向くと、立っていたのは、親のない武士のこどもを多数引き取り、養っている「雀のお宿」の主《あるじ》、河野四郎兵衛だった。あいかわらず月代《さかやき》も髭《ひげ》も伸ばし放題で、衣服もぼろぼろ、まるで野武士のようである。雀丸はあやうくこの浪人を、かどわかし事件の下手人と勘違いするところだったのだ。

「このあいだは世話になったたな」

「『お宿』のほうはいかがですか」

「修繕して雨漏りもなくなり、戸もついたので風が入ることもない。ドブも掃除してきれいになったし、道も土を盛って固めたので、ぬかるむこともない。みちがえるほど住み心地がようなったぞ」

「それはよかったですね」

「こどもの数は増える一方で、ちかごろは寺を追い出された小坊主やら両親《ふたおや》に捨てられた百姓の子なんぞも噂《うわさ》を聞きつけてやってくるが、ありがたいことに近所の女房連中がわしのことをわかってくれるようになり、米やら芋やら味噌《みそ》やらを差し入れてくれるものが出てきたのでな、まあ、なんとかやっておるよ」

「河野さんの人徳でしょう。よかったですね、ひとは見かけによらない、ということがわかってもらえて」

「その言い方は失敬だぞ」

「そうですか？」

「で、おまえのほうはどんな具合だ」

「ええ、じつはくわしいことは言えないのですが、こどものかどわかしが流行《はや》っているようです。河野さんのところも気をつけてくださいね」

「うむ、気をつけよう。わしのところは金はないが、子宝だけはたんとあるからな」

河野四郎兵衛は大股で歩み去った。少しだけほっこりした気分になった雀丸は、天満《てんま》橋《ばし》を渡り、大川沿いに西へ曲がると、松屋町筋《まつやまちすじ》を南へ下った。西町奉行所のまえを通り、本町橋を渡ってしばらく行くと、茶碗《ちゃわん》を模した形の「下松屋」の看板が見えてくる。表は閉められることもなく、通常どおり暖簾《のれん》が出ている。しかし、足を踏み入れた雀丸は、異様な緊張感を感じた。帳場に座っていた番頭らしき男が、

「なんだっしゃろ。うちは問屋で小売りはしまへんのやが……」

雀丸が、瀬戸物を仕入れにきた得意先のものとは思えなかったのだろう。

「客ではないのです。横町奉行をしている竹光屋雀丸と申します。こちらの嬢《とう》さんのことでうかがいました」

丁稚《でっち》や手代たちがびくっとして彼を見た。番頭の顔色が変わり、結界《けっかい》から立ち上がると、

「あ、あんさん、どこでそのことを……」

「どこでもいいでしょう。それより、身代金はもうお支払いになったのですか」

「ちょ、ちょっと待っとくなはれ。ただいま主人に報せて参ります。——おい、丁稚《こども》、奥へ行てな、旦さんに例の一件で横町奉行さんが来てはります、とそれだけ言うてこい」

「へーい！」

ひとりがはじかれたように店の奥に入っていったが、すぐに戻ってくると、

「旦さん、お部屋で待ってるさかい、上がってもらえ、と言うてはります」

番頭がうなずき、

「店先ではでけん話だすよって、奥で主に直《じか》に話していただいたほうが結構だす。どうぞ……どうぞ上がっとくなはれ」

番頭の案内で、雀丸は主の居間を訪れた。まだ四十にもならぬだろう主はやつれ果てて見えた。

「番頭どんも一緒におっとくれ。そこ、ぴしゃっと閉めてな。だれも立ち聞きできんようにして……それでええ。――お初にお目にかかります。私がこの店の主で、下松屋儀《ぎ》兵衛《へえ》と申します。今度の横町奉行は、えらい若いおひとやと聞いとりましたが、あんさんだしたか」

「私が横町奉行だということを信用していただけるかどうか……」

「いや、私、じつはあんさんを一遍お見かけしたことがおますのや。こないだ、ほれ、句合わせに出てはりましたやろ。私もちょっと俳諧に凝っとりますので、あれを観《み》にいきましたのやが、あのときたしかに土俵のうえにおられました。まさか横町奉行やとは思うとりまへんでしたけどな」

「えらいところをお目にいれて、すいません。でも、おかげで信じていただけたようで

なによりです」

「今日は、うちの娘のことでお越しやとか……」

「はい。娘さんがかどわかされた、と聞いて、やって参りました」

儀兵衛はため息をつき、

「どこでお聞きになられたのかわかりまへんけど、たぶん出入りのもんがうっかり漏らしましたんやろ」

「まあ、その……」

「そのとおりでおます。おとといの朝、寺子屋へ行く中途で急に見えんようになりました。丁稚をひとり、供につけてましたのやが、飛んできたトンボに気を取られて、ちょっとよそ見をしていたあいだにおらんようになった……そう申しとります。はじめは迷子になったんやろ、と思いまして、店のもん総出で探し廻りましたけど見つかりまへん。お奉行所に届けたほうがええのとちがうか……そんな話をしとるところに、投げ文がおまして……」

「町奉行所に届けるな、という……」

「へえ。それで、ようようかどわかしやということがわかりましたのやが、文には、奉行所に報せたら命はない、読んだら焼き捨てよ、と書いてあるさかい、お役人に届けることもできん、家内などは半狂乱になってしもた。とりあえず出入りのもん集まれ、ちゆうて人数を掻《か》き集めて、心当たりの場所を探したりしたものの、どうにもならん。それで、とどのつまりが……」

「身代金を払ったのですか」

「ついさっき……。悪党に屈するのは腹悪《あ》しゅうおますが、嬢《いと》の命には代えられまへんよって……」

「失礼ですが、いくらお払いですか」

「三両でおます。天保《てんぽう》一分《ぶ》銀で十二枚、紙に包んで、農人橋《のうにんばし》西詰めの欄干のうえに置け。主みずからひとりでやれ。そういう指図が書いてありましたんで、そのとおりにいたしました。あとで見にいったらのうなってましたから、だれかを取りに行かせましたんやな」

「見張りを立てるとか、だれが取りにくるか隠れて見ていた、というようなことは……」

「とんでもない。そんなおとろしいことできますかいな」

「それにしても、これだけのご身代で、お嬢さんの身代金にしては、三両……安すぎるのではないですか」

三両……大金といえば大金だが、身代金としてはどうだろうか。

「私もそう思いました。こういうことに相場はないと思いますけど、千両、二千両と言われても出すつもりでおましたさかい、えらい拍子抜けでおますわ」

主は力なく微笑《ほほえ》んだ。

「ふーん……おかしいですね。お嬢さんはどういう顔立ちですか」

「親の口から言うのもなんだすけど、近所ではトンビが鷹《たか》を生んだ、てなことも……」

「というか、なにか目印になるようなところはありませんか」

「そやなあ……どやろ、番頭どん」

番頭が、

「丸顔で、鼻筋は通ってはります。福耳でな、眉は細おますわ。一番目立つのは、左の目が右の目よりちょっと大きいことだすな」

考え込んだ雀丸に、主が言った。

「せっかく来てもろたのになんだすけど、私の望みは嬢《いと》が無事に戻ってきてほしい、それだけでおます。妙な詮議立てをして、ことを荒立てるのはやめとくなはれ」

「ところが、お金を払ってもお嬢さんは戻ってこないかもしれません」

「なんやと？　縁起でもない。あんさん、うちの嬢に恨みでもあるのか！」

下松屋儀兵衛は気色《けしき》ばんだが、雀丸は動ぜず、

「下松屋さん、かどわかされたのはこちらのお嬢さんだけじゃないんです」

「――え？」

「表沙汰になっていないだけで、同じようなかどわかしが相次いでいるのです。しかも、身代金は支払われてもこどもは戻ってこないのです」

下松屋は絶句した。

「ほな……うちの嬢《いと》は……帰ってこんと……もうあかんと……」

「いえ、そうは言っておりません。町奉行所が表立って動けないので私が働いているのです。なにとぞご助力ください」

「それはもう……けど……ああ……えらいことになった……ああ、どないしょ……」

下松屋は半泣きになってしまった。

「旦さん、お気持ちをたしかに……」

番頭がなぐさめようとしたが、下松屋は畳に崩れ落ちてしまった。番頭は顔を上げて、

「横町奉行さん、こうなったらあんさんにおすがりするほかおまへん。なにとぞ……なにとぞ当家の嬢《とう》さんをお救いくださいさい。お願いします」

何度も頭を下げられ、雀丸は逃げるように退出した。これぱっかりは胸を叩《たた》いて、「まかせてください」とか「吉報をお待ちください」と言うわけにはいかない。

つづいて彼は、道修町の薬種問屋「全快堂」を訪れた。ここも暗い雰囲気でいたたまれないほどだった。主は、町奉行所にかわって横町奉行が来てくれたことで大喜びし、なんとかこどもを取り戻してほしい、と懇願した。彼も身代金を言われたとおりに払っ

たのだが、そのあとなんの音沙汰もないのだという。

「神農《しんのう》さんの鳥居の根もとに置いておけ、と言われたんでそのとおりにしましたのやが……」

「おいくらでしたか」

「銀で三両でおました。安すぎるさかい三十両の書き間違えとちがうかと思うたぐらいだす」

「変ですよね……」

「変ゆうたらもうひとつおかしなことがおますのや。かどわかされた忠吉はうちの次男坊でな、身代金目当てなら跡取りのほうを狙うのがあたりまえやないかと思いますのやが……」

忠吉と長男の新吉《しんきち》は同じ場所でふたりで遊んでいて、だれが見ても新吉のほうが背が高く、身体《からだ》つきも大きいので、長男とわかるはずだと言うのだ。雀丸は首をひねったが、考えても理由はわからない。

「忠吉さんはどんな顔立ちでしたか」

「そやなあ、丸顔で耳は大きいほうだす。眉は太うて……そや、左目が右目より少し大きおました」

雀丸は、おっ、と思ったがなにも言わなかった。

「全快堂」を出たころには、すでに真っ暗になっていた。ほかの店はすでに暖簾を下ろしているだろう。雀丸はその日の探索をあきらめた。

二

翌朝早く、雀丸は茶漬けで急いで腹ごしらえをすると、家を出た。行き先は順慶町の大工の棟梁金兵衛宅である。棟梁といっても弟子をふたり使っているだけで、当人も長屋住まいである。雀丸はまわりに遠慮しいしい来たわけを言うと、金兵衛の女房が泣き崩れた。

「なんでうちみたいな貧乏人の子をかどわかしたんやろ。ほかになんぼでも金持ちの子がおるのに……」

「お澄《すみ》、もう言うな」

金兵衛は太い腕を組んで雀丸を見つめ、

「けどね、せっかく横町奉行さんがおいでやさかい申し上げますが、わしにもなんでうちの子を狙《ねろ》うたのかわかりまへんのや。棟梁とひとには呼ばれますけど、ご覧のとおりの貧乏所帯で、金なんぞ逆さに振ってもでてきまへん。うちの子はそこの路地にある井戸のまわりで遊んでたらしいんで、ここらへんの小せがれやいうことぐらいわかりそうなもんやのに……」

「身代金はいくらでしたか」

「二朱ですわ。なめとるんか、て言いたいけど、それでもわしらには大金で……」

二朱というと一分のまた半分である。どうやら下手人は、親の様子を調べて、払えそうな額を要求しているようだ。

「万太郎くんというのはどういう顔立ちでしょう」

「そやなあ、丸顔で耳はわしに似て福耳や。鼻筋は通ってて、眉毛は三日月眉ゆうやつや。それと……」

雀丸は金兵衛をさえぎり、

「もしかしたら、左目が右目より大きいんじゃないでしょうか」

「ようわかったな。そやねん。それがまた可愛《かわい》らしいてな……」

それを聞いて、女房はまた泣き伏した。

なんとなく一連のかどわかしの共通項が見えてきたように雀丸には思えた。つづいて、周防町の醤油問屋「常盤屋」を訪問したが、よそと異なるような情報は得られなかった。ただ、この店でかどわかされたのは三男であり、やはり左目が右目よりもやや大きいそうだ。誘拐された子の肉体的特徴が似通っている、というのはなにを意味するのか。そして、誘拐犯はなぜ身代金を受け取ってもこどもを返さないのか……。最悪の状況も覚悟する必要がある。そんなことを考えながら雀丸は、北堀江の呉服商「山城屋」に向かった。今摑んでいるかぎりではもっとも初期に誘拐が起きた店であり、唯一、こどもが戻ってきた店でもある。かなりの大店《おおだな》で間口も広い。横町奉行であることを明かし、ひそかに来意を告げたが、手代らしき若い男は雀丸を上から下まで値踏みするようにねめつけ、

「ちょっと待っとれ」

そう言って、店の奥に入っていった。えらい口のききようである。しばらくしてでっぷりと肥えた中年男が現れたので、

「山城屋の主さんですか」

男は雀丸を睥睨《へいげい》すると、

「いや……わしは一番番頭の啓助《けいすけ》というもんじゃ。あんた、横町奉行やそうやが、うちとこのぼんはちゃんと帰ってきとるのや。いまさらごちゃごちゃ蒸し返してもろたら困る」

そうなのだ。この店の子だけは戻ってきたのだ……。

「主さんはご在宅でしょうか」

「主は……今年の二月に病で亡くなった」

「え？　では、跡取りはどなたに……？」

「決まっとるやろ。ぼんを跡取りにして、わしが後見人を務めさせていただくことになっとる。御寮《ごりょう》さんも親戚筋も皆、承知してくれはった。なにか文句でもあるのか」

「いえ……そんなこと……とんでもないです。私はただ、こちらの息子さんがかどわかされて……」

「せやから、もう戻ってきとる、て言うてるやろ。おまはんらにこそこそ嗅ぎ回られるようなことはない。さあ、帰った帰った」

「いや……けど、こちらさんはよろしいでしょうが、ここを皮切りにあちこちでかどわかしが起きています。そっちのほうはどれも、身代金を払ってもこどもは戻ってこないのです。こちらの一件を解きほぐせたら下手人の手がかりを摑めるのではないかと思いまして……」

「よそさんのことは知らん。おまはん、町奉行所の役人でも手先でもないのに勝手に首を突っ込まんとってくれ。うちはぼんが無事に戻ってきて安堵《あんど》しとるのや。波風立てるつもりなら、少々手荒い真似《まね》をすることになるかもしれんのやで」

一流店の一番番頭とは思えない、ヤクザもののような脅し口調である。

「波風を立てるつもりなどさらさらありません。でも、お内儀《ないぎ》さんも番頭さんも、だれがこちらのこどもさんをかどわかしたか知りたくないですか」

「知りとうない。もうすんだことや。うちでは、かどわかしというのは禁句になっとんねん」

　それはわからないでもない。触れられたくない話題なのだ。

「丁稚さんや手代さんからお話をききたいのですが……」

「あかん。見てのとおりうちは忙しいのや。商いの手ぇとめておまはんの道楽に付《つ》き合《お》うとる暇はないで。迷惑や」

「お内儀さんならお手すきではないですか」

「無理やな。御寮さんは、かどわかしの件が身体に響いて、それがまだ本復しとらん。奥で床についてはる。ひとに会うやなんてもってのほかや」

「では、せめて初太郎さんに会わせてください」

「しつこいな。ぼんは、戻ってきてからずっと別宅で暮らしてはる。もう二度と怖い目に遭わさんようにな」

「別宅はどこにあるのですか」

「アホか。お隠ししとるのやで。居所を言うてどうするねん」

　それはまあそうだ。

　結局、こどもが帰ってきたのでもうあの一件は忘れたい……ということのようだ。取りつく島がないので、雀丸はここでの探索をあきらめ、表に出た。一番番頭は送りにも出てこなかった。こまっしゃくれた顔の丁稚が道を掃き掃除している横を通り過ぎようとしたとき、雀丸はその丁稚が向かいにある菓子屋の羊羹《ようかん》を物欲しげな目つきで見ていることに気づいた。手は箒《ほうき》を動かしているのだが、顔だけはぴたりと羊羹に釘づけになっている。

「この店の丁稚さんですね。私は、横町奉行を務める竹光屋雀丸と申します」

丁稚は驚いて雀丸を見た。

「羊羹が好きなのかな」

「好きやけど、一遍しか食べたことおまへん。まえに、うちのぼんが食べてるのを見てたら、一切れくれましたんや。美味《おい》しかったわー。もっぺん食べたいと思てまんのやけど、丁稚の小遣いでは買えるような品とちがいまっさかい、せめて毎日、目で見て楽しんどります」

よくしゃべる丁稚である。

「ちょっとこっちで話をしましょう」

雀丸はその丁稚を店から少し離れたところに連れ出すと、

「羊羹食べたいですか」

「そらもう……死ぬまでにもっぺんでええから食べてみたい」

「食べさせてあげようかなー」

「ええっ？　おっちゃんはまさか弘法大師《こうぼうだいし》さま？」

竹光屋
竹光屋

「そんなすごいひとじゃないけど、羊羹を買うお金はありますよ」

「ほ、ほ、ほな一切れ食べさせとくなはれ」

「でも、それには私の言うことも聞いてくれないとね」

「聞く聞く、なんぼでも聞きます」

「かどわかされた初太郎さんのことなんだけど……」

丁稚は急に警戒心をあらわにして、

「すんまへん。そのことはだれにも話したらあかん、てご番頭さんに言われてますねん」

「じゃあ羊羹はいらないんですね」

「ざ、残念やけど……惜しいけど……悲しいけど……うーん、しかたないわ」

丁稚は泣きそうになっている。かわいそうだが、もう一押ししなくてはならない。

「羊羹は、一切れじゃなくて、まるまる一本買ってあげるつもりなんだけどね」

「いいいいい一本?」

丁稚は目を丸くした。そして、ごくりと唾を飲み込むと、

「わかりました。羊羹一本のためやったらご番頭との約束なんかどうでもええ、言いますわ」

「初太郎さんというのは、丸顔で福耳、目が左のほうが大きいんでしょうね」

「よう知ってはりまんな。そうだすそうだす」

その丁稚の言うには、跡取り息子の初太郎は、部屋で遊んでいるとき、お付きのものが少し目を離した隙にいなくなったのだという。近所を探したが見つからぬ。二日経《た》っても三日経っても戻らぬので町奉行所に報せようかと思案しているところに、投げ文があり、それではじめてかどわかしだとわかった。夫を今年のはじめに亡くしている内儀は、心配のあまり取り乱したが、番頭たちの勧めもあって、身代金を支払うことにした。

「身代金というのはいくらでしたか」

雀丸がきくと、

「さあ、そこまでは知りまへん」

「で、初太郎さんはすぐに帰ってきたんですね？」

「いや……そこからがようわかりまへんねん」

丁稚は小首をかしげ、

「かどわかしのあった十日ぐらいあとに、一番番頭の啓助はんが、ぼんが戻ってきはった、もう大丈夫や、て言いはりましたんやけど、わてらだれもぼんを見てまへんねん。そのままぼんは別宅のほうに行きはって、今はそこで住んではるそうだすけどな……」

「お内儀さんはここにいる……ということは、女中さんかなにかが付き添ってお世話をしているのかな」

「そうやろうと思いますけど、うちの店のもんはだれも行ってしまへん。向こうでご番頭さんが新規に雇い入れはったんとちがいますか」

「店のもののほうが初太郎くんも慣れているから安心するでしょうに……」

「わてもそう思います」

「旦那さんが二月に亡くなって、初太郎くんが跡取りになり、一番番頭さんが後見をすることに決まった、と聞きました。一番番頭さんはお内儀さんに信を置かれているのですね」

「それがその……なんちゅうか……」

言いにくそうにしている丁稚に雀丸は、

「羊羹二棹《ふたさお》にしようかあ……」

「言う言う、言いますとも！　もともと死んだ旦さんは一番番頭さんと反りが合いまへんでした。せやさかい、今年のはじめに身体の塩梅《あんばい》が悪うなったとき、ぼんに跡目を継がしたら、一番番頭は別家させて、二番番頭に後見を任せる、て御寮さんには言うてはったみたいだす。それにご番頭さんは腹を立てはって、旦さんと御寮さんにことあるごとに逆らうようになって、お店がぎすぎすした雰囲気になってましたた」

「ふーん……」

「旦さんは、ほんまにええお方だした。わてら丁稚まで気にかけてくれて、いつもかわいがってくれはりました。その旦さんが亡くなって、跡継ぎはどないなるんやろ、て思てたら、はじめのうち御寮さんは、旦さんの遺言どおり、二番番頭に後見させる、て言うてたのが、途中で気が変わって、一番番頭と二番番頭、ぼんが気に入ったほうに後見させることにする、て言い出しはりました」

「こどもの気持ちが大事、ということですね。でも、そう言われても、こどもはこどもで悩むでしょう」

「へえ……それで、一番番頭、二番番頭のふたりが毎日毎日ぼんの機嫌を取りまくるようになりました。その矢先にかどわかしだっしゃろ。御寮さんは気が変にならはって、朝からずっと泣いてはるし、えらいこっちゃなあ、お店潰れるんとちがうか、て、わてら店のもんも心配してましたんや」

「そりゃそうでしょう」

「で、十日ぐらいしたころに、ぼんが帰ってきた、これからは別宅で暮らしてもらう、て一番番頭が言わはって、ああよかった、と思たけど、一番番頭、二番番頭のどっちが後見になるか、ゆうことについては決着してまへんでした。それが急に、御寮さんがお店に出てきはって、『一番番頭に初太郎の後見をさせることに決めたさかい、みなもそのつもりでな。初太郎がそう望んだのやから、あてに否やはおまへん』……そう言い張りましたんや」

「それはいつのことです」

「つい、昨日のことでおます」

最近も最近ではないか。

「もうよろしやろ。早う羊羹買うとくなはれ。わて、お店に戻らんと叱られます。なあー、羊羹羊羹羊羹羊羹、羊羹なあー」

「ああ、悪かった。――もうひとつだけきいていいかな」

「なんだす」

「山城屋さんの別宅っていうのはどこにあるんです」

「そ、それは……言えまへん。まだ下手人も捕まってないさかい、ぼんの身になにかあったら困ります。すんまへんけどご自分で探しとくなはれ」

丁稚としては、店の秘密をぺらぺらしゃべるわけにはいかないのだろう。雀丸もそうは無理を言えず、

「わかりました。では、羊羹を買いにいきましょう」

羊羹二棹はなかなかの出費だったが、それに見合うだけの収穫はあったというものだ。

丁稚はほくほく顔で、

「うわあ、うれしいなあ。わて、こんなにうれしいこと生まれてはじめてだす。おおきに……おおきに」

何度も頭を下げて店に帰っていった。

◇

雀丸は、皐月親兵衛にそこまでの調べを報せにいくつもりだったが、丁稚の言葉を聞いて考えをあらため、足を北浜に向けた。地雷屋蟇五郎《ひきごろう》に会うことにしたのだ。蟇五郎は上機嫌で雀丸を迎え、

「松尾芭蕉にも『這《は》いいでよかいやがしたの蟇《ひき》の声』という句がある。蟇蛙《ひきがえる》というのは風流なものや。一茶も『蟇蛙負けるな一茶これにあり』と詠んでおる」

「それは、やせ蛙でしょう」

「そこでわしの句や。『蟇蛙負けてもひいきの蟇たおし』というのはどや」

「あの……俳諧句合わせはもう終わったんです」

「ほな今日はなんの用や」

「北堀江にある呉服商の山城屋さんをご存知ですか」

「ああ、よう知っとる。うちとは取り引きもあるし、亡くなった主はわしの碁仇《ごがたき》やった」

「では、別宅がどこにあるかも知っておられますか」

「もちろんや。何遍も夜通し碁を打ったもんや。日頃の付き合いを忘れるためや、いう

て世間には隠してたが、茶臼山《ちゃうすやま》の南、池を挟んで邦福寺《ほうふくじ》近くの閑静なとこやったなあ」

「わかりました。行ってみます」

「なんの案件や。わしも手伝うで」

「ありがとうございます。あまり派手には動けないのですが……」

そう言って、雀丸は事件の内容を手短に説明した。

「なるほど……えらいことやな。わしらが句合わせではしゃいでいるときに裏でそんな騒動《そうど》が起きてたとは知らなんだ」

「私は、河野先生のことをかどわかしの下手人じゃないかとちらと思ったのです」

「それは見込み違いやったな。あの御仁は身寄りのない子を育てとるあっぱれなお方や。わしも悪徳商人やらなんやら陰口を叩かれとるさかい、なにくそっと思うたりもするが、ああいうひとのまえに出るとおのれの身過ぎ世過ぎが恥ずかしゅうなるわい」

「はい……」

うなずきながら雀丸はふと思った。

(そうだ……あの子らに頼めばいい……)

◇

茶臼山に着いたとき、すでに昼を過ぎていた。早朝に茶漬けを食べただけだったので空腹ではあったが、気が急《せ》いていたので昼飯はあとに回すことにした。あまり「御用」という感じにならぬよう、世間話をするような体で雀丸は周辺で話を聞き、山城屋の別宅というのを突きとめた。それはなかなか立派な構えの二階建ての寮で、ちょっとした料亭のような建物だった。しかし、なかにひとがいる気配がない。初太郎が住んでいるなら、物音や人声などが聞こえてもよさそうなのに静まり返っているし、だいいち入り口が閉ざされ、鍵が掛けられている。雀丸がとまどっていると、

「あの……山城屋はんの別宅になにかご用事だっか」

腰の曲がった老婆が声を掛けてきた。

「はい……今は皆さんお留守ですか」

「今は、というか……ここ半年ぐらいだーれも来てないで。家守《やもり》もおらんわ」

「あ、そうですか……」

話が違う。

「こどもが住んでいるようなことは……」

「ひとの出入りを見たことないさかい、空き家とちゃうか？」

「あの……山城屋さんの別宅というのは、どこかほかにもあるんですか」

「さあ、わてては知らん。ここだけやないやろか」

調べが行き詰まってしまった雀丸は、さっきの思いつきを実行することにした。向か

うは、空心町《くうしんちょう》の「雀のお宿」である。茶臼山から空心町までは一刻《いっとき》ぐらいかかる。雀丸は空腹と疲労でへとへとになってしまった。

「こんにちはー」

表から挨拶すると、長屋のあちこちからこどもたちが顔を出す。良い身なりの子はひとりもいないが、皆、雀丸に飛びついて、

「雀のおっちゃん！」

「なにしにきたん？」

「遊ぼうな」

手や足をひっぱる。

「今日は忙しいんです。河野さんはいますか」

ひとりの子が呼びにいき、のっそりと河野四郎兵衛が現れた。

「なんだ、昨日会ったばかりではないか」

「はい、思いついたことがありまして……」

雀丸は、かどわかしの一件をさらに細かく話した。

「ふむ……こどもをかどわかすとは許せぬ。しかも、身代金を支払うても子を返さぬとは……鬼畜にも劣る所業だ。親の嘆きはいかばかりであろう」

「でも、人質を取られているようなもので、町奉行所も私たちも大っぴらには調べられ

ません。そこで……」

「なるほど。ここの子らを使うと申すのか。うむ、わかった。小柄で、動きが機敏で、肝の太いものを選ぼう。というても、わしも近頃、何人おるのかわからぬほど人数が増えておる」

「くれぐれも危なくないように……」

「そうだな。なにか見つけたらすぐにわしかおまえのところに報せにいくようにしておこう」

「丸顔で福耳、左目が右目より大きなこどもを探してほしいのです」

河野が十五人のこどもを選び、雀丸の頼みごとを説明すると、皆大喜びした。

「面白そう！」

「やるやる！」

「もし、探し出したら小遣いおくれ」

「え？　小遣いもらえるの？　やる気出るう！」

しかたがない。雀丸も、

「わかりました。首尾よく探し出したものには些少《さしょう》ながら私がお金をあげましょう。よろしくお願いします」

「わーい！」

しかし、十五人の選に漏れた子らが不平を言い始めた。

「そんなんずっこいわ。わてらも小遣いほしい」

「ひいきや。ひいきしとる」

大騒ぎである。河野四郎兵衛が皆をなだめて、

「では、気をつけて行ってこいよ。危ない目に遭ったら、とにかく走って逃げろ、いいな」

こどもたちは大坂中に散っていった。あとに残った河野が雀丸に、

「その『山城屋』という呉服商の跡目騒動がどうもひっかかるな。そこだけこどもが戻ってきたというのも気に入らん」

「私もです。おそらく山城屋の一番番頭がなにか悪巧みをしていると思っていました。たとえば、別宅にこどもがみんな押し込められているとか……」

「そのあては外れたわけだ。山城屋の本宅にも別宅にもいないとなると……その初太郎という子はどこにおるのだ。——まさか……」

河野が考えたのは最悪の事態だろう。初太郎だけではなく、ほかの子らも同じく痛ましい状況にあるのではないか……それは雀丸も最初から思わぬでもなかったが、なるべくそういうことは考えないようにしていたのだ。可能性が少しでもあるうちは、無事だと信じて探すべきだろう。

「あとは『雀のお宿』のこどもたちに託しましょう」

「む……そうだな。うむ、そうしよう」

雀丸は「雀のお宿」を離れると同心町に赴き、皐月親兵衛に二日間の探索の成果を報告した。

「そうか……山城屋か……」

皐月はそう言ったあとなにやら考え込んでいる風だった。

「山城屋がどうかしましたか」

「二月に当主が亡くなり、内儀が代わりに主となっていたが、昨日、内儀の隠居願いと長男を当主とし十五歳になるまで後見役を番頭が務める旨の届が町奉行所に出されておった」

「その届は受け付けられたのですか」

「断る理由がない」

「戻ってきたこどもは別人かもしれません。二番番頭が後見を務めるはずだったのがひっくり返りました。一番番頭の差し金では……?」

「証拠がない。母親が当人だと認めておるのだから、我々が口を挟むわけにはいかん」

「お内儀さんはかどわかしのあと心労で気の病にかかり、床に伏しているそうです。それに、戻ってきた初太郎を見たものがおりません。別宅で暮らしているはずなのに、そこももぬけの殻でした」

「だとしてもだ、われら町方が山城屋に踏ん込むだけの理《ことわり》にはならぬ。初太郎を連れてこられ、内儀や店のもの一統《ご》が、これは初太郎に間違いありません、と口を揃《そろ》えられたら、とんだ恥晒《さら》しになる」

「そういうものですかねえ」

「そういうものだ」

「こどもの命が……」

「わかっておる。なれど、われらが踏み込んだことでこどもが殺されでもしたら、余計に悔やむことになる」

「はあ……」

「早ういたせ。さきほども上役より、まだなにもわからぬのか、と叱られた。かどわかされた子らがどこにいるのか、それさえわかればなんとかなるのだが……」

だとしたら、いくら急かされても「雀のお宿」の子らの報せを待つしかない、ということだ。

帰ろうとすると、加世と園が駆け寄ってきて、

「まあまあ、もうお帰りですか。今日こそお夕飯を……」

振り向くと、皐月親兵衛が鬼瓦のような怖い顔でにらんでいるので、

「あ、じつはおなかがいっぱいでして……また今度お願いいたします」

猫のヒナが、なんだ、もう帰るの？　遊ばないの？　という顔をしたが、しかたがない。

同心屋敷を出ると、あまりに腹が減り過ぎてふらっとしたので、目についたうどん屋に飛び込み、きつねうどんを食べた。油揚げは甘さも頃合いで、おつゆをよく吸って美味《うま》かったが、うどんはこしがなく、ふにゃふにゃだった。でも、腹拵《ごしら》えはできた。

彼は、山城屋に戻り、出入りを見張ることにした。夕暮れまで張りついたが、内儀はおろか、一番番頭も二番番頭も、あの丁稚も出てくることはなかった。

（無駄足だったか……）

空《むな》しい思いで、雀丸は「雀のお宿」を再訪した。こどもたちはほとんど戻ってきていたが、雀丸が期待するような報告はひとつもなかった。

「ごめん、役に立てなくて……」

「がんばったんやけどなあ……」

肩を落とす子らに雀丸は、

「いいよいいよ。また明日頼む、な」

そう言ったものの、なにも進展しない状況に内心は苛立《いらだ》っていた。

（待っているだけでは証拠は手にできない。こちらから仕掛けなければ……）

そのとき、ふと雀丸はあることを思いつき、その足でもう一度、地雷屋を訪れた。蟇五郎は晩酌の最中だった。唐墨《からすみ》、コノワタ、雲丹《うに》などの豪華な珍味をアテにちびちび飲んでいる。

「また来たな。一杯いくか」

「いえ……そんな気になりません。それより、ちょっとご相談が……」

「なんや」

「蟇五郎さんって抜け荷をしてましたよね」

蟇五郎は唐墨を喉に詰まらせてゲホッとえずいた。

「アホ！　そんなことするか！」

「でも、東町奉行所に召し捕られたじゃないですか」

「あれは無実の罪や。わしがなにもしとらん、ゆうのはあんたが一番よう知っとるやろ」

雀丸は蟇五郎になにごとかをささやいた。蟇五郎は飲みながら聞いていたが、やがて、盃《さかずき》を膳に置き、

「なるほど……それはあるかもしれぬな。ひとつ、片棒を担ぐか」

「よろしくお願いします」

雀丸は頭を下げ、地雷屋を出た。とうに日は暮れている。雀丸はあわてた。早く帰ら

ないと腹を減らした加似江《かにえ》が激怒する。ご機嫌取りに途中の酒屋で安い酒を一升買うと、雀丸は浮世小路《うきよしょうじ》に向かった。

家に入った途端、

「どこに行っておったのじゃ！」

案の定、加似江の怒声が降ってきた。

「すみません。すぐに支度をいたします」

「そうではない。客人がさっきから待っておるのじゃ」

「客人？」

見ると、山城屋のあの丁稚ではないか。丁稚は雀丸の顔を見るなり、

「おっちゃん、羊羹おおきに。美味しかったわあ。あんな美味しいもんがこの世にあるんか、と思うぐらい美味しゅうおました。一本を店の丁稚で分けて食べさせていただきました」

「ひとりで食べたんじゃないんですね」

「そんなことしたら、あとでバレたら丁稚仲間省かれてしまいます。――けど、もう一本おますやろ。これがまた楽しみで。へっへっへっ……」

「羊羹のお礼を言いにきたんですか」

丁稚は真顔になり、

「違います。おっちゃん、横町奉行だっしゃろ」

「そうですけど」

「うちの店で、なんぞ悪いことが起こってますねん。さいぜんは言おうかどうしよか、て迷てましたんやけど、思い切って言うてしまいますわ。山城屋を助けとくなはれ。横町奉行やったらなんとかしてくれるんとちがうか、と思うて、丁稚仲間で相談して……店閉めてからこっそり抜け出してきたんだす」

　丁稚の表情からは、羊羹を買ってもらったから、とかではなく、こどもながらに店を思う真摯な気持ちが感じられた。

「どういうことです」

「おとといのことでおます。わて、表の便所がふさがってたんで、ほんまはあかんのやけど、我慢できんと奥の便所に行ったんだす。そしたら、一番番頭さんと御寮さんが話してるのが聞こえましたんや。窓から部屋をのぞいたら、ご番頭さんが、御寮さん、ぼんが来てくれはりましたで、ゆうて、となりに座ってたこどもを床にふせってる御寮さんに見せてはりました。おかしいなあ、ぼんはとうに戻ってきて別宅にいてはるはずやけど……と思てましたら、御寮さんは泣きながら、初太郎やないか、やっと帰ってきてくれたんか、どんだけ心配したことか、よかったなあ、これこそほんまもんの初太郎や……て言うてはりました。ぼんも、お母ちゃん、お母ちゃんて言うてたんで、わて、別宅からぼんが戻りはった、ゆうことかいなあと思て、のぞいてみましたんやけど……」

「はい……」

「あれ、ぼんとちがいまっせ。よう似てたけど、あの子……女の子ですわ」

丁稚はそう言った。

◇

「うまいこといきましたなあ」

若い男が言った。山城屋の手代である。

「ほんになあ。御寮はんが気の病になっとるのをさいわいに、まんまとわしが後見人に納まることができた。いっぺんハンコ押させてしもたらこっちのもんや。お奉行所にも届けたし、いまさら『あれは間違いでした』とはならんわなあ」

山城屋の一番番頭啓助が、盃を傾けながら薄笑いを浮かべている。啓助にしなだれかかりながら酌をしているのは派手な化粧をした年増女だ。手代は上目遣いに、

「これでもうご番頭さんは旦さん、ゆうことだすな」

「ま、そやな。ぼんの後見役やが、そのぼんはどこにもおらんのやからな。どうせこどもや。主ゆうたかて、店に出て帳合いができるわけやない。飾りもんということは得意先かて百も承知や。世間には別宅で暮らしてる……という体にしとけばそれで丸う収ま

る」

「ほな、約束どおり、わてが一番番頭ということに……」

「二番番頭を差し置いて手代が一番番頭になるやなんて、あいつの悔しがる顔が頭に浮かぶわい。ええ気味や」

啓助はまた盃をぐいとあおった。

「けど、どこのどいつがぼんをかどわかしよったんだっしゃろな」

「わからん。わからんが、そいつに礼を言わなならんのう。そいつのおかげでわしがあの店をすっくりもらうことができたのやさかいな。身代金も言うてこんかったし、まあ、ひとさらいの類やろな」

「あのままやったら二番番頭が後見になっとりました。旦さんの遺言だしたから……」

「かどわかしの心労で御寮さんが寝付いたのを幸いに、よう似たこどもをむりやり連れてきて、初太郎の代わりを務めるようあれこれ仕込んで、『御寮さん、ぼんが帰ってきましたで』と見せたかて……」

「顔はよう似てるけど、声もちがうし、こんなのは初太郎やない、おまえらの目は節穴か……て言うてはりましたなあ」

「ぼんは、男の子にしては声が高かったからな。似た子をかどわかしてきては、ぼんに仕立て上げたけど、どれもこれも御寮さんの目を欺くことができなかった。ほんまのかどわかしに見せかけるために、いらんのにわざと身代金を払え、て言うてみたりしたけど。というて、あれこれ仕込んだ子をそのまま帰したら、なんやかやとぺらぺらしゃべられてバレてしまう。返すわけにいかんがな」

「そらそうだす。だんだん溜《た》まっていく一方で……」

「おまはんの、女の子にしてみたらどうだす、という思案のおかげで、ようよう御寮さんも騙《だま》すことができた、というわけや。えらい苦労やったで」

「ひょっこりほんまもんのぼんが戻ってきたら、どないしまひょ」

「まあ、戻ってこんとは思うが、ひょっとそんなことになったかて、後見人はわしに決まってしもとるのや。なにも変わらへん」

「当人がゴネたらやっかいなことおまへんか」

「そのときはひっ摑まえて、後腐れのないように……」

啓助は、手拭いを絞るような仕草をした。手代の顔が少しこわばった。

「ご番頭さんはほんまのワルだすなあ……」

「ふふふ……わしはもう腹をくくったさかいな」

酌をしていた女が、

「なあ、旦さん……」

「なんじゃや、お熊《くま》」

「二階におるガキ六人、いったいいつまで置いときますのん。言うことときかへんさかい、ときどき引っぱたいておとなしゅうさせてますけど、うるさいし、邪魔やし、三度のご飯の支度もたいへんですのやで。万事首尾よういったのやったら、そろそろどこぞにほかしてきとくなはれな」

「ふふふ……ほかすというても犬の仔《こ》やないのやからな。山城屋の別宅に住まわせていたのではひと目につく。その点、ここは店のだれにも知られとらんさかい、いちばん安心や。わしもカタブツの一番番頭で通ってるさかい、まさかこんなとこにこれほど大きい妾宅《しょうたく》を構えとるとは思いもすまい」

手代がもちあげて、

「さすが山城屋の一番番頭ともなれば、たいした羽振りでおますなあ」

「おだてるな。これもまあ、みな筆の先からどがちゃがどがちゃがと出るのやがな」

お熊と呼ばれた女が、

「そやかて、あて、こどもが嫌いだすねん。声がきーきーしてまっしゃろ。家に帰りたい、ゆうてすぐに泣くし……大工の小せがれなんか、一遍、あての手に嚙《か》みつきよったんだっせ。それからずっとあのガキにだけは飯食わせてまへんのや」

「無茶すなよ。——まあ、そろそろ潮時やろなとはわしも思とる。長引くとバレやすいさかいな」

手代が、

「どないなさるおつもりで……」

「ええ話があるのや。亡くなった旦那の碁仲間でな、うちとも取り引きのある大店の主やが、金儲《もう》けのためならどんな汚いことでもやってのけるゆうあくどいやつがおる」

「まるでご番頭さんみたいだすな」

「アホか。わしはあそこまでの悪党やないわい。——廻船《かいせん》問屋地雷屋の蟇五郎旦那や」

「ああ……名高い悪徳商人だすな。そう言えばうちの荷もあそこの廻船に積んでもろとりますわ」

「大きな声では言えんがな、あのお方は抜け荷もしとるのや。こないだ東町奉行所に召し捕られはったけど、すぐにお解き放ちになった。おおかた賄賂を山ほど渡しはったのやろな」

「お奉行所も金で動きますのやな」

「そういうこっちゃ。世の中は金や。金のないもんは、なんぼえらそうなこと言うたかてごまめの歯ぎしりにすぎん。よう覚えとき」

「へ……」

「その蟇五郎旦那が、わしに話を持ちかけてきた。おまはん、山城屋を乗っ取ったそうやな、上手《うま》いことやりよった、と言うさかい、乗っ取ったとはお言葉だすなあ、と言い返したら、ええやないか、これからも先代同様付き合い頼むで、と……」

「たいしたお方だすなあ」

「それだけやない。そのあと、ところでおまはん、近頃流行のかどわかしに関わりがあるんとちがうか、とおっしゃるのでな、わしもさすがにぎくりとしたが、そんなことおまへん、とか、どこで聞いてきましたんや、とかうろたえてもしゃあない。そこは腹をすえて、悪党らしゅう返事をした。『あったらどないぞしてくれはりますのか』……」

「ご番頭さんもあっぱれや」

「そしたら、蟇五郎さんの言うには、わしは清国と抜け荷をしとる。向こうはこどもを欲しがってる。もしよかったら、わしがまとめて清国に売り飛ばしたる……とな」

「うわあ、えげつのうおますな。けど、それが一番わずらわしいことがのうてええかもしれまへんな」

「そやろ。わしもこの手で片づけるとなると後生に触るさかいな。――ま、おまえも飲みや」

「へえ、おおきに。――けど、御寮さんがまたぞろ『初太郎はどこへ行った』とか騒ぎ立てまへんやろか」

「ふふふふ……あのお方はもう隠居しはったのや。騒ごうがわめこうが、もうなんの力もない。山城屋の商いの表舞台に戻ることはないわい。――じつはもうじき地雷屋のお使いの方がここへ来てな、こまごまだんどりの相談することになっとるのや」

「おお、それはええ手回しで……」

手代がそう言ったとき、

「ごめんくださーい」

表で声がした。

「はい……どなた？」

妾《めかけ》の熊が返事すると、

「地雷屋から参りましたー」

啓助と手代は顔を見合わせ、うなずきあった。熊はくすくす笑い、

「なんだか間の抜けた声のお使いだすな」

そう言って、熊は掛け金を外して戸を開けた。立っていたのは、商家の使用人というより職人らしい風体《ふうてい》の若い男だった。右手に太い火吹き竹を持っている。熊は不審そうに、

「あんた、地雷屋はんのお使いの方？」

「ちがいます」

「え？　今、地雷屋から参りましたて言うたやないの」

「地雷屋からここへ来た、というだけです」

「――あんた、だれや」

「横町奉行雀丸」

熊は声にならぬ声を上げ、戸を閉めようとした。

「こどもの命がかかっています。手荒なことをさせてもらいますよ」

そう言うと雀丸は戸を蹴倒した。熊はどたどたと奥へ走り込む。尋常ならぬ様子に気づいた啓助と手代は立ち上がった。雀丸は、むしゃぶりついてくる手代の脳天を火吹き竹で一発食らわせた。木魚を叩いたような「ポク!」という音がして、手代はひっくり返った。

「どないしましょ」

おろおろとすがりついてくる熊を啓助は、

「邪魔や、どけ!」

そう怒鳴って突き飛ばすと、台所から出刃包丁を持ち出し、二階へ駆け上がろうとした。こどもを人質にしようというのだ。

「そうはいかんぞ」

大きな手が啓助の背中をむんずと摑んだ。河野四郎兵衛である。

「ひえっ!」

啓助は階段を引きずり降ろされ、床に叩きつけられた。

「くそっ！」

啓助は包丁を構え直し、河野に斬りかかろうとしたが、

「やめておけ。素人《しろうと》が刃物を振り回すと怪我《けが》をするぞ」

「うるさい！」

啓助は無我夢中で河野に突っかかった。河野は身を反らしながら、啓助の手首をぐいとひねった。包丁は啓助自身の左腕に刺さった。

「うわっ、うわっ、うわあぁっ、血や……血やっ！」

啓助はおのれの血を見て力が抜けたのか、へなへなとその場に崩れ落ち、

「助けてくれ。血がこんなに出たら死んでしまう！」

「うるさいやつだな」

河野が血止めをしてやると、啓助は座り込んだまま動かなくなった。二階から降りてきた雀丸が、

「河野さん、こどもたちは皆無事でした」

「それはなによりだ」

腕組みをした啓助は雀丸と河野をきっとねめつけ、

「わしも悪党や。召し捕って、どうになとさらせ」

雀丸は冷ややかに、

「横町奉行にはあなたを召し捕る権はありません。なので、今からあなたを東町奉行所に引き渡して、あとはあちらの吟味にお任せします。でも……かどわかしの罪は重いですからお覚悟のほどを……」

啓助は突然、

「なあ……わしはようやく山城屋という大店を手にいれたのや。ここで人生終わりとうない。なあ……頼む、見逃してくれ。金はなんぼでもやる」

「お金が欲しくないわけではありませんが、あなたからはもらいたくないですね。牢《ろう》のなかで、こどもたちの気持ちとこどもをかどわかされた親の気持ちをよーく考えながらお裁きを待ってください。たぶん厳しいお沙汰が下ると思いますよ」

それを聞いた啓助が号泣しはじめたので、

「悪党なら最後まで悪党らしくしたらどうですか」

「あうっ、あうっあうっ……堪忍してくれえっ」

河野四郎兵衛が笑いながら、

「こやつ……悪党かもしれぬが、とんだ小悪党であったな」

そう言った。

◇

雀丸は翌日、園に手伝ってもらい、大量の薯蕷《じょうよ》饅頭《まんじゅう》を「雀のお宿」に運び込んだ。こどもたちはたちまち集まってきて、

「うわあ、すごいなあ」

「こんなぎょうさんの饅頭、どないしたん？」

「食べてええのん？」

雀丸はにこにこして、

「もちろんですよ。みんなに働いてもらったからそのお礼です。河野先生を呼んできてください」

ひとりが走り、すぐに河野四郎兵衛の手を引っ張ってきた。

「おお、饅頭の山だな」

「こどもたちにお世話になったので……」

「それはありがたい。よろこんでいただこう。わしの分もあるかな」

「はい。饅頭屋にあるだけ買い占めてきましたから」

「うむ。――だれか人数分、茶をいれろ」

数人のこどもが長屋に入っていった。

「こいつらはなにも見つけられなかったのに、散財させて気の毒だな」

「いえ、みんながんばって手伝ってくれました」

「山城屋の子だけが帰ってきた、ということになっておったが、こうなってみると、山城屋の子だけが見つからぬわけだな」

「そうなんです……」

山城屋の一番番頭啓助と妾態、手代丹七《たんしち》の三人は東町奉行所の皐月同心に引き渡され、与力南原卯兵衛の厳しい吟味を受けてすべてを白状した。山城屋の先代は、病床にあったとき、ひとり息子の初太郎に跡目を継がせるにあたっては、二番番頭に後見をさせ、一番番頭の啓助は別家されるよう内儀に伝えた。先代は、一番番頭の性根を見抜いていたのだ。別家だ暖簾分けだと言っても、少しの資金をもらって独り立ちするだけなので、商いが上手くいくとは限らない。本家からの体のいい追い出しである。

歯嚙みをする思いだった啓助だが、先代が亡くなったあと巧みに内儀に取り入り、どちらが後見を務めるかは初太郎の気持ちが一番大事だ、などと吹き込んだため、内儀は「初太郎に選ばせる」と宣言した。そして一番番頭と二番番頭が初太郎を取り合って激しく対立するようになったところにかどわかしが起きた。

心労のあまり床につき、うわごとを口走るようになった内儀を見て、啓助は「しめた」と思った。初太郎によく似た年格好のこどもをかどわかしてきて、

「ぼくは初太郎だよ。後見は啓助どんがええわ」

と言わせ、内儀を騙せばよいではないか。初太郎は丸顔で、福耳、なによりも左目が

右目より少しばかり大きい。そういう子を探しだし、初太郎のしゃべり方、歩き方、食べものの好み、さまざまな癖などを仕込むのだ。長い時間ではない。おのれの隠居届と、初太郎に跡を継がせ、後見は啓助に任せる旨の文書に判さえついてくれればそれでいい。それを町奉行所に提出すれば、山城屋は啓助のものになる。つまり、ほんの一瞬、「ぼんが帰ってきた」と思わせればよいのである。

　番頭は子飼いの手代丹七を抱き込み、ふたりでかどわかしを行った。目当てが金だと思わせるために、わざと身代金を要求した。しかも、相手が払える額にした。

　啓助は自分のところも被害者の一員だと主張するため、町奉行所にかどわかしについて届け出た。ただし、身代金を支払ったらこどもが戻ってきた、かなり動揺しているので別宅で養生させている、取り調べはしばらく待ってほしい、と付け加えることを忘れなかった。そのあいだに、こどもは病で死んだということにするつもりだった。なにしろ本当にいないのだから、身替わりの子をもとの姿に戻してしまえば「死んだ」ことになる。

　しかし、いくらぼんやりしていても、内儀は啓助が連れてくる子をことごとく「これはぼんやない」と拒絶した。母親なればこそだが、啓助たちも引き下がれない。つぎつぎと似たような顔立ちのこどもをかどわかし、初太郎に仕立て上げては内儀に見せる。もう無理か、と思ったころ、初太郎に瓜二《うりふた》つのこどもが見つかった。それは女の子だったが、啓助は男ものの着物を着せ、顔に化粧をほどこし、脅したりすかしたりして言葉づかいや立ち居振る舞いなども仕込んだうえで、内儀のまえに出すと、

「やっとぼんが帰ってきてくれた」

と涙を流して喜び、ぼんの言うことならなんでもきいてあげる、と断言した。啓助はここぞとばかりに、啓助どんを後見にしてほしい、と言わせると、内儀は一も二もなく賛同した。

問題は、かどわかしたこどもたちの扱いだ。いろいろと知られているので、解き放つわけにはいかない。といって、いつまでもタダ飯を食わせて養っているわけにもいかない。いずれ彼らからことの次第が漏れる可能性もある。そこで啓助は、地雷屋からの「清国の人買いに売り飛ばしてやる」という申し出にまんまと引っかかってしまった……というわけだ。

「終わりよければすべてよしだ。かどわかされたこどもたちの心の傷はこれからゆるゆると癒していかねばならぬがな」

「そうですね。あと、山城屋がどうなるか、です。よそから養子をもらって当主にする、という案も出ているようですが、お内儀さんが首を縦に振らないらしくて……」

園が、

「あくまで初太郎さんが帰ってくるのを待ちたい、ということなのでしょうね……」

そのとき、ひとりの子が饅頭を食べながらするすると前に出てきた。十五人の選には入っていなかった男児である。

「なあ、雀のおっちゃん、その初太郎ゆう子を見つけたらなんぼかくれる、ゆうやつ、まだ続いとるんか？」

「はい、これからさきも、もし見つけたら連れてきてください。ご褒美をあげますよ」

「ほな……ちょうだい」

そのこどもは右手のひらを雀丸に向けた。

「どういうことです」

「この子やろ」

そう言うと、もうひとりのこどもをまえに押し出した。その顔を見て、雀丸と園は仰天した。丸顔で、耳が大きく、左目が少し大きい。

「こいつにさっき、おまえ、ほんまは初太郎ゆうんとちゃうか、てきいたら、うん、て言いよった。この子が初太郎や。なあ、お金ちょうだい」

雀丸は動転して、

「え？　え？　どうして初太郎くんがここにいるんです？」

河野四郎兵衛も、

「おまえはたしか、二十日ほどまえうちに来た松太郎《まったろう》ではないか。両親が亡くなって、行くところがないと申しておったが……おまえ、山城屋の跡取りの初太郎なのか？」

こどもはうなずき、

「河野先生、ごめんなさい。番頭さんがぼくを取り合って喧嘩《けんか》して、お店のなかがめちゃくちゃになってしもて、お母はんもどっちの番頭がええか早う決めなはれ、て怒るし、お客さんも嫌がって来《け》えへんようになるし……みんなぼくのせいや、ぼくさえおらなんだらもとのお店になる、と思て……」

「それで家出したんですか！」

雀丸は叫んだ。

「よくないことです。おとなの勝手な思惑でこどもが振り回されて傷つくなんて……」

雀丸はしゃがんで初太郎の顔を見つめ、

「でも、悪いおとなは召し捕られました。お店のみんなもお母さんも、あなたの帰りをずっと待っています。どうしますか？」

「うん、ぼく帰る」

初太郎は河野四郎兵衛に、

「河野先生、嘘《うそ》ついててごめんなさい。いろいろお世話になりました。ぼく、家に帰ります」

「そうか、うむ……それでよい」

河野は初太郎の頭を撫でた。

「では、私と園さんでお店まで送ります」

雀丸は初太郎とともに「雀のお宿」を出た。こどもたちが皆、

「おーい、松太郎、やのうて初太郎、また遊びに来いよー」

「待ってるでー」

「来るときはおみやげ持ってこーい」

初太郎も泣きながら、

「また来るよー」

そう言って、何度も振り返り、長屋が見えなくなるまで手を振っていた。

「友だちっていいものですね」

雀丸が言うと、園も大きくうなずいた。雀丸ははじめて、横町奉行になってよかった、と思ったのだった。

本作に登場する「横町奉行」は、大坂町奉行に代わって民間の公事を即座に裁く有志の町人という設定ですが、これはもともと有明夏夫氏の「エレキ恐るべし」（『蔵屋敷の怪事件』収録）という短編に一瞬だけ登場する「裏町奉行」という存在が元になっています。この「裏町奉行」についていろいろ文献を調べ、大坂史の専門家の方にもおたずねしたのですが、どうしてもわかりません。有明氏の創作という可能性もあるのですが、ご本人が二〇〇二年に亡くなっておられるため現状ではこれ以上調べがつきません。そのため本作では「横町奉行」という名称にしておりますが、これは作者（田中）が勝手に名付けたものであることをお断りしておきます。

なお、左記の資料を参考にさせていただきました。著者・編者・出版元に御礼申し上げます。

『大坂町奉行所異聞』渡邊忠司（東方出版）

『武士の町 大坂 「天下の台所」の侍たち』藪田貫（中央公論新社）

『町人の都 大坂物語　商都の風俗と歴史』渡邊忠司（中央公論社）

『歴史読本 昭和五十一年七月号　特集　江戸大坂捕り物百科』（新人物往来社）

『大阪の橋』松村博（松籟社）

『大阪の町名―大阪三郷から東西南北四区へ―』大阪町名研究会編（清文堂出版）

『図解 日本の装束』池上良太（新紀元社）
『清文堂史料叢書第１１９刊 大坂西町奉行 新見正路日記』藪田貫編著（清文堂出版）
『清文堂史料叢書第１３３刊 大坂西町奉行 久須美祐明日記〈天保改革期の大坂町奉行〉』藪田貫編著（清文堂出版）
『日本刀を嗜む』刀剣春秋編集部監修（ナツメ社）
『刀匠が教える日本刀の魅力 改訂増補新版』河内國平・真鍋昌生（里文出版）
『近世風俗志（守貞謾稿）（一）』喜田川守貞著 宇佐美英機校訂（岩波書店）
『カラー版 芭蕉、蕪村、一茶の世界』雲英末雄監修（美術出版社）

本作執筆にあたって成瀬國晴、片山早紀の両氏に貴重なご助言を賜りました。謹んでお礼申し上げます。

浮世奉行に余計なお世話の解説少々

ペリー荻野

いやー、もう無茶苦茶キャラたってるわー。

本作を読み終わったみなさんは、きっとこんな感想をお持ちだと思う。まさにその通り。この物語を動かすのは、全員、一筋縄ではいかないクセモノばかり。

主人公の雀丸《すずめまる》は、もとは藤堂丸之助《とうどうまるのすけ》という名で、大坂弓矢奉行付き与力だったが、おっとりした性格が災い（幸い？）して、あっさり「竹光屋《たけみつや》」に転職。前任の松本屋《まつもとや》甲右衛門《こうえもん》に見込まれて、庶民のもめごとに裁きをつける「横町《よこまち》奉行」となった。

江戸に北町・南町両奉行所の他に一時期「中町奉行所」というのが置かれていたことは知られているが、なんですか、この「横町奉行」って？　と思ったら、行政や司法ではとても時間がかかる庶民のもめごとを解決するこれは今でいえば民間のＮＰＯか奉仕活動のようなもの。雀丸もコツコツ竹光作りを続けながら、横町奉行として町の人のために東奔西走。これがすべて無報酬、ボランティアというところが大坂町人の知恵というか文化というか。しかし、時に雀丸ひとりでは手に余る案件もあり、そんな時には助《すけ》っ人《と》「三すくみ」の手を借りることになる。

この三すくみのキャラはものすごい。美食と美女が大好きで金儲《かねもう》け命のギラギラ豪商・地雷屋蟇五郎《じらいやひきごろう》、筋目を通すためなら血の雨も降らす勢いの女俠客《おんなきょうかく》・鬼御前《おにごぜん》、名前だけ聞くと吸引力抜群の掃除上手かと思いきや汚れ放題の荒れ寺で清貧に生きる酒好き和尚《おしょう》・大尊《だいそん》。なんだかんだで彼らも結局ボランティアに駆り出される。

三すくみも魅力的だが、強烈な彼らを前にしてもまったく動じないふたりの人物も重要だ。

ひとりは雀丸の祖母・加似江《かにえ》。口は悪いわ、食い意地は張ってるわ。「俳諧でぼろ儲けの巻」では真剣に賞金を狙う金銭欲も丸出しになったパワフルおばば様だが、こんな人柄だからこそ、両親《ふたおや》を亡くした雀丸も、健やかに暮らしていけるのである。

そしてもうひとり。ここ一番のときに出てくる夢八《ゆめはち》。雀丸が「もっとも信を置いている」この男は、真っ赤な襦袢《じゆばん》に黄色いひらひらの女ものの着物を着、金色の羽織に緑の烏帽子《えぼし》、腰には鉄の板やら鈴やらでんでん太鼓やら当たり鉦《がね》やらを紐《ひも》でぶら下げている。パンクロッカーみたいである。夢八は、そんなけったいな格好で、面白いウソで酒席を盛り上げる「嘘《うそ》つき」の芸人なのだ。自己PRのため、辻々《つじつじ》を流して歌う「コマアサル」は、

「撃てば当たるは鉄砲で

食えば当たるはてっちりで
継ぎが当たるは破れ着で……」

と実に調子がいい。よく聴いてみれば、これってほとんどラップじゃん！

夢八は、歌い歩く辻々で、ウワサが集まるお座敷で、さまざまな情報を耳にできる貴重な存在。地雷屋があらぬ疑いをかけられた「抜け雀の巻」の一件でも、夢八がお客や舞妓《まいこ》から聞いた話が、事件の真相に迫るヒントになっている。

主人公がさまざまな事件に出くわす時代小説では、事件について推理を巡らす知恵者、悪人たちにも負けない腕っぷしを持つ武芸者、探索に必要な情報を集める情報屋は欠かせぬ存在。雀丸の周囲には、バッチリ役者が揃《そろ》っているのである。各々のポジションにキレキレの個性派を配置した作者の腕は冴《さ》えている。

また、本書には浪花《なにわ》ならではの興味深い人物がサラリと出てくる。それらは物語の隠し味であり、スパイスだ。そうした隠し味について、ここで少し、ペリー流に余計なお世話の解説をしていこうと思う。

「抜け雀の巻」には、こんな一文がある。

「島原《しまばら》の乱以来の大乱である大塩《おおしお》の乱が勃発し、ロシア、イギリス、アメリカ、フランス……といった諸外国の船が頻々と現れ、この国を二百五十年におよぶ長い泰平の眠りから揺り起こそうとしているのだ。」

これはこの巻全体に関わってくるキーセンテンスでもあるのだが、この中の「大塩の乱」とは、有名な「大塩平八郎《へいはちろう》の乱」のこと。大塩は、大坂の東町奉行所与力《よりき》で陽明学《ようめい》の学者になった人物で、飢饉《ききん》の後、私財をすべてなげうって、六百二十両もの金を工面し、飢饉で困窮した村々に届くようにした。ところが平八郎の慈善活動に町奉行所は「届出がない」と文句をつけてきたのだった。

天保《てんぽう》八年（一八三七）二月十九日朝、決行した反乱で一時期大塩勢力は町民数百名にふくれあがったともいわれる。しかし、奉行所の取り締まりが始まると、武器を捨てて逃走する者が相次ぎ、大きな成果をあげることはできなかった。平八郎と養子格之助《かくのすけ》は、包囲網を突破したものの、決起から約四十日後、商家に潜伏していることを突き止められ、家に火を放ち、脇差《わきざし》で自害したとされる。「俳諧でぼろ儲けの巻」には「大塩焼けの影響はまだ残ってはいるものの」との記述もあるし、奉行所がその残党について厳しく目を光らせていることがわかる。大坂の人々は、大火の中で果てた大塩が、どこかで生きていると長く信じていたそうだ。

この乱について書いたのは、当時の大坂の市民感情がよくわかるから。本作にもあるように、徳川家も諸大名も商人の顔色をうかがうようなご時世ではあったが、まだまだ奉行所の力は強かった。雀丸たちも抜け荷の疑いで捕えられた地雷屋蟇五郎が冤罪《えんざい》だと信じるものの、救出は容易ではない。奉行所内では厳しい牢問《ろうどい》が行われ、罪を認めたら死罪の可能性も高い。賄賂《わいろ》大好き役人による理不尽がまかり通っているのである。大塩の乱に賛同した町民たちも、腐敗した役人たちへの怒りは同じだ。

もうひとりの隠し味的人物が「五代目淀屋辰五郎《よどやたつごろう》」。美女を侍《はべ》らせ、美食に酔いしれる蓁五郎が贅沢《ぜいたく》の見本のように挙げた商人である。

淀屋は天井をギヤマン張りにして金魚を泳がせるなど、しながわ水族館か！ と突っ込みたくなるような贅沢にふけったが、そのおごりが公儀の怒りを買い、闕所《けっしょ》・所払《ところばら》いとなった。しかし、これにはウラがあると、現代の歴史家の間でもいろいろとウワサをされているらしい。諸大名が淀屋からの莫大《ばくだい》な借金を帳消しにしようとした？ 交流があった大石内蔵助《おおいしくらのすけ》の討ち入りの陰のスポンサーで幕府の怒りを買った？ などなど。

いずれにしても、淀屋の一件は、大阪商人の戒めとして残ったはず。ところが、その戒めが蓁五郎には違う効果をもたらす。金の箸、金の皿、金の柱、キンキラキンの悪趣味な贅沢を続ける蓁五郎は言う。

「こんな馬鹿げた暮らしができるのも今なりゃこそや」

「こういうことはなにもかも一炊《いっすい》の夢なんや」

その後、語られる蓁五郎の一代記。両親を早く亡くし、因業な育てのおばはんに飯も食わせてもらえなかった蓁五郎は八歳で家出し、一代で豪商へ成り上がる。ルール違反もウソも裏取引も何でもアリで金、金、金。欲にまみれた蓁五郎の人生は、ダークヒーロー的な面白さとともに、割り切った潔さと、どこか愛嬌《あいきょう》がある。その上、先代の横町奉行・甲右衛門と出会ってから、蟇五郎の考え方は変わったという。淀屋橋を架けて人々の往来を助けた淀屋とはちょっと違うが、三すくみとして働く蟇五郎には愛すべきところがいろいろある。

そんなしたたかな蟇五郎を陥れた悪人は、「おぬしの悪知恵には河内山《こうちやま》や村井長庵《むらいちょうあん》も裸足《はだし》で逃げそうじゃな。」てなことを密談の場で言い合う。

この河内山とはご存知、河内山宗春《そうしゅん》（宗俊）。江戸城で働くお数寄屋《すきや》坊主という地位を利用して、小耳にはさんだ大名や高僧のスキャンダルをネタに強請《ゆすり》など働く。悪が悪をやっつける痛快さで講談や芝居の主人公として描かれる人物で、ドラマでは勝新太郎《かつしんたろう》や丹波哲郎《たんばてつろう》が演じて人気を集めた。一方、村井長庵は、講談「大岡《おおおか》政談」に登場する町医者。こちらは弟を手にかけ、その娘たちを売り飛ばすという極悪男。加藤剛《かとうごう》主演のドラマ「大岡越前《えちぜん》」にも、この男をモデルにした悪人が出てきたが、お白洲《しらす》で動かぬ証拠を突きつけられても、こんな自分にした世の中が悪いなどと言い出して、まあ、憎たらしいことこの上なかった。

大塩、淀屋、河内山、村井とこれだけアクの強い人物たちの名前をサラリと一編の中に入れ込むとは。田中啓文という作家は、よっぽどこの手の話が好きなんだろうと思ったら、思った通り、上方《かみがた》落語や古典芸能に精通した方だという。なるほど、本作にしばしばでてくる言い合いやケンカの場面がめちゃくちゃ面白いのは、落語や芝居のリズム感とテンポを耳が覚えているからに違いない。

「なんやて、あんたこそ黙ってなはれ、この土瓶!」

土瓶て……。このほか、「ひょっとこ」「おかめ」「狛犬《こまいぬ》」「どたふく」など、今度、ケンカしたら使わせてもらいたい言葉も満載。私は「どたふく」がお気に入りだ。

どこをどう聞けば、「かどわかし」が「お・も・て・な・し」に聞こえるのか。「し」しか合ってないじゃん! と笑わせて始まった「あの子はだあれの巻」の見事な解決で本作は締めくくられるが、まだまだ気になることはいろいろ残る。

横町奉行を潰してやると言い切る定町廻《じょうまちまわ》り与力南原卯兵衛《なんばらうへえ》の動き。雀丸と園《その》のビミョーな関係。「俳諧」の章からレギュラー入りした河野四郎兵衛《こうのしろべえ》と「雀のお宿」の行く末。そして、私が一番気になるのが、夢八だ。飄々《ひょうひょう》と生きているように見える夢八だが、いざとなると通信手段にハトを使ったり、河野のピンチに石つぶてを飛ばして助けたりする。いったい何者?

雀丸がこれからどんな事件に巻き込まれるのか。資料の読み込みが大好きという田中さんはいろいろ企《たくら》んでいるに違いない。読者としては、その企みが明かされるのを楽しみに待つこととしよう。

では、最後に私が個人的に流行《はや》らせたいと思った夢八の言葉をひとこと。

「おごめーん！」

みなさんもどなたかの玄関で、こう叫んでみてはいかがでしょうか？


（ぺりー・おぎの　コラムニスト）

集英社文庫

俳諧《はいかい》でぼろ儲《もう》け　浮世《うきよ》奉行《ぶぎょう》と三悪人《さんあくにん》

2017年12月20日　第1刷　　定価はカバーに表示してあります。

著　者　田中啓文《たなかひろふみ》

発行者　村田登志江

発行所　株式会社　集英社
東京都千代田区一ツ橋2-5-10　〒101-8050
電話　【編集部】03-3230-6095
　　　【読者係】03-3230-6080
　　　【販売部】03-3230-6393（書店専用）

印　刷　図書印刷株式会社

製　本　図書印刷株式会社

フォーマットデザイン　アリヤマデザインストア　　マークデザイン　居山浩二

ISBN978-4-08-745682-0 C0193